Refugees Worldwide
Literarische Reportagen

Mit freundlicher Unterstützung von:

Fondation Jan Michalski pour l'écriture et la littérature
Auswärtiges Amt
Heinrich Böll Stiftung
Konrad Adenauer Stiftung
institut ramon llull – Llengua i cultura catalanes
Japan Foundation – Japanisches Kulturinstitut

Wagenbachs Taschenbuch 783
Originalausgabe

Umschlaggestaltung Julie August unter Verwendung einer Fotografie
© Adrian Paci, Centro di Permanenza temporanea, 2007.
Redaktion: Bettina Baer und Lena Luczak.
Projektkoordinatorin: Lucy Curzon. Gesetzt aus der Plantin.
Vorsatzpapier von peyer graphic GmbH, Leonberg. Gedruckt und gebunden bei Pustet, Regensburg. Printed in Germany.

ISBN 978 3 8031 2783 9

Refugees Worldwide
Literarische Reportagen

Herausgegeben von Luisa Donnerberg
und Ulrich Schreiber

Verlag Klaus Wagenbach Berlin

Vorwort

Meine Schwester, die ich seit mehr als zwei Jahren nicht mehr gesehen habe, erzählte mir am Telefon, dass sie das Meer in einem Schlauchboot überqueren wolle. Dann legte sie auf. Meine Meinung dazu wollte sie nicht hören. (Khaled Khalifa)

Ein Buch über eine der großen Herausforderungen unserer Zeit: 14 literarische Reportagen über Flucht, Fluchtursachen, Identität und den Umgang mit dem, was einen nach einer geglückten oder gescheiterten Flucht erwartet. Die Zahl der Geflüchteten entspricht der Vielfältigkeit der Geschichten von Flucht und Vertreibung und den Gründen zum Verlassen der gewohnten Umgebung. 14 Autorinnen und Autoren aus 13 Ländern in vier Kontinenten reflektieren Facetten des Lebens von Flüchtlingen. Um diese zu erfassen, haben sich einige von ihnen mit dem Flugzeug, dem Auto oder zu Fuß, oft in ihrem eigenen Land, auf den Weg zu Fluchtbrennpunkten, andere ins Innere ihrer Gefühlswelt gemacht. Ihre Erfahrungen, Eindrücke und Erlebnisse verdichten sie in den hier vorliegenden horizonterweiternden Texten. Der Peter-Weiss-Stiftung für Kunst und Politik e.V., die das Projekt *Refugees Worldwide*, in dessen Rahmen die hier abgedruckten Reportagen entstanden sind, initiierte und organisierte, war die *literarische* Darstellung der Thematik von besonderer Bedeutung, in der die Einzigartigkeit und Besonderheit der Schicksale aufscheinen.

Der Hohe Flüchtlingskommissar der Vereinten Nationen (UNHCR) konstatierte in seinem Global-Trends-Bericht über 65 Millionen Geflüchtete weltweit im Jahr 2015. Die Krisenherde sind seitdem nicht weniger geworden. Das Ende des Bürgerkrieges in Syrien ist nicht in Sicht, die Lage in der Ukraine ist nach wie vor angespannt. Im größten Flüchtlingslager der Welt, dem kenianischen Dadaab, leben über

200 000 Geflüchtete – nun schon generationenübergreifend. Solange es Krisen auf der Welt gibt, werden Menschen auch nach Europa fliehen.

Aber! Es war uns wichtig, dass auch und vor allem Geschichten erzählt werden, die nicht in Europa stattfinden, weil der mediale Blick auf das Thema in Deutschland und Europa eurozentrisch geprägt ist. So haben wir etwa die Möglichkeit, von Masatsugu Ono etwas von dem Leben eines kongolesischen Flüchtlings in Tokio zu erfahren und etwas über den höchst unterschiedlichen Umgang mit Geflüchteten in den verschiedenen Regionen der Welt. Japan beispielsweise nahm 2015 gerade mal 28 Geflüchtete gemäß der offiziellen Statistik auf. In Nigeria gibt es eine große Zahl von Binnenflüchtlingen, die aus dem Einflussgebiet der Terrororganisation Boko Haram im Nordosten des Landes fliehen. Es erscheint uns substanziell, dass wir über den Tellerrand schauen und uns bewusst machen, dass das Thema kein primär europäisches ist. Diese Geschichten sollen die Reflexionen über den Umgang mit Geflüchteten bereichern.

Luisa Donnerberg und
Ulrich Schreiber im Juni 2017

Meine Identität ist das Exil

Nora Bossong

Es gibt keine Wahrheiten, nur Formulare. Dieser Satz wird mir noch lange nach den Gesprächen durch den Kopf gehen, die ich in New York geführt habe, mit Menschen, die in die USA gekommen sind, um Asyl zu suchen. Was für sie Heimat bedeutet, will ich von ihnen wissen und zugleich besser verstehen, wie es um das Einwanderungsland USA und die Weltoffenheit einer Stadt wie New York bestellt ist in den Monaten, da im Präsidentschaftswahlkampf der republikanische Kandidat erfolgreich mit hohen Mauern entlang der mexikanischen Grenze und einem generellen Einreiseverbot für Muslime wirbt.

Im Spätsommer 2016 bin ich für zwei Wochen in New York, um mir einen Eindruck zu verschaffen, wie es den Menschen ergeht, die als Geflüchtete oder Asylsuchende in diese Großstadt kommen, die als so liberal und multikulturell gilt. Angeblich gehört New York zu den drei Staaten mit den meisten Geflüchteten, doch nach ein paar Tagen habe ich das Gefühl, dass kein einziger mehr in der Metropolregion wohnt. »Die Flüchtlinge aus unserem Programm sind umgesiedelt worden«, bekomme ich von einer Hilfsorganisation mitgeteilt. New York City sei einfach zu teuer. Henrike von der Organisation IRAP bemerkt trocken, dass die US-Behörden schon Schwierigkeiten hätten, die Quote von 10000 syrischen Geflüchteten einzuhalten, die pro Jahr aufgenommen werden sollen, aufs ganze Land verteilt, ein Fünftel nur von der Aufnahmezahl, die sich Kanada für denselben Zeitraum gesetzt hat. Doch bislang seien in den USA nicht einmal halb so viele Syrer angekommen. Ich versuche Kontakt aufzunehmen zu Migranten, insbesondere zu den illegal in New York lebenden Geflüchteten. Ein Freund erzählt mir, er kenne zwar einige illegale Migranten, aber die hätten Angst, Ärger mit den Behörden zu bekommen. Sie wollten auf keinen Fall mit einer Reporterin sprechen. Fast kommt es mir luxuriös vor, dass der junge Mann und die beiden Familien, die ich schließlich doch kennenlerne, mit dem Flugzeug und einem Touristenvisum in die USA gekommen sind und nicht heimlich über die mexikanische Grenze fliehen mussten. Bei Nacht und Nebel von Ciudad Juárez nach Texas, ohne Papiere und mit Glück der US Border Patrol entgehend, wie jene Männer, die mit mir im Wartezimmer von CALA sitzen, der Central American Legal Association. Untergebracht in einer maroden Souterrain-Etage im westlichen Brooklyn, mit einer Karte von Zentralamerika an der Wand bietet die NGO Asylsuchenden aus den Ländern zwischen Mexiko und Kolumbien kostenlose juristische Hilfe an.

»Wir können bei Weitem nicht alle beraten«, sagt Heather, eine der Juristinnen, die hier arbeiten. »Es gibt einfach viele, bei denen wir keine Aussicht auf Erfolg vermuten.« Diese sollten es lieber gar nicht erst versuchen, meint sie. Wer ein Asylverfahren verliert, werde schließlich sofort zurückgeschickt. Meist blieben diese Leute dann als »unauthorized immigrants« in den Staaten, elf Millionen leben schätzungsweise im Land, die meisten von ihnen kommen aus Mexiko. Zwar dürfen die Behörden offiziell nichts von diesen Menschen wissen, und es wird ihnen weder staatliche Unterstützung noch eine legale Arbeitserlaubnis zuteil, gleichwohl ist es ihren Kindern möglich, die Schule zu besuchen. Auch minimale Gesundheitsversorgung gibt es und zumindest für alle Stadtbewohner New Yorks eine City ID. Schwarzarbeit ist ohnehin möglich, im kleinen und großen Stil. Nicht zuletzt Trump habe sich gern dieser billigen Arbeitskräfte bedient, wie es ihm Hillary Clinton in einer Präsidentschaftsdebatte vorwarf.

Zum Teil sind die Neuankömmlinge schon einmal erwischt und zurückgeschickt worden, erzählt Heather. Trotzdem versuchen sie es wieder. Ich muss an Sisyphos denken, nur dass die Steine, die immer wieder den Berg hinunterrollen, die

Menschen selbst sind. Ob sich die Situation noch verschärfen würde, falls Trump die Wahl gewinnt, frage ich Heather zum Abschluss. »Trump wird nicht Präsident«, sagt sie kategorisch und fügt etwas leiser hinzu: »Das wäre eine Katastrophe.«

Venezuela sei eigentlich nie ein Auswanderungsland gewesen, bemerkt Wendy und stellt mir ein Wasserglas hin. Alle wollten dort bleiben. Sie selbst sei eine Ausnahme, weil sie, als sie vor 26 Jahren zum Studieren hierherkam, ihren Mann kennenlernte und somit blieb. Luisa, einige Jahre jünger als sie, studierte an der Universidad Central de Venezuela Internationale Beziehungen, ging nach Ecuador und arbeitete dort an der venezolanischen Botschaft. Sie kümmerte sich um inhaftierte Venezolaner, die lange Jahre im Gefängnis saßen. Meist wussten nicht einmal die Angehörigen, was aus ihnen geworden war. Der Botschafter hatte für Luisa bereits eine feste Stelle vorgesehen, als er sie fragte, ob sie bei der letzten Wahl für Hugo Chávez gestimmt habe. Nein, das habe sie nicht, sie sei mit Chávez' Politik nicht einverstanden. Nach diesem Gespräch begannen die Probleme.

Die feste Anstellung war hinfällig, einen Monat später musste sie zurück nach Venezuela. Sie sah sich in Caracas nach anderen Jobs um, doch stieß sie überall auf verschlossene Türen. Als Luisas Tochter an einer Mittelohrentzündung erkrankte und sie keine Antibiotika auftreiben konnte, weil die Apotheken leer waren und die Ärzte mit den Schultern zuckten, war ihr klar, dass sie das Land verlassen musste. »Was derzeit in Venezuela los ist«, wirft Freddy wütend ein, »das ist eine Verletzung der Menschenrechte. In den Geschäften sind die Lebensmittel knapp, und auf der Straße wird es immer gefährlicher.« Er sitzt etwas abseits im Sessel und verfolgt das Gespräch genau. Auch er ist wie Luisa erst seit wenigen Monaten in den USA.

Einmal schon habe sie ein Leben in Mexiko versucht, erzählt Luisa, doch habe sie sich dort nicht über Wasser halten können. Vor sechs Monaten kam sie dann in Orlando an, fand für sich und die Tochter ein Zimmer, meinte sogar, einen Job in Aussicht zu haben. »Aber sie sollte mit Schecks bezahlt werden«, ergänzt Wendy, »die kann sie nicht einlösen, wenn sie nur ein Touristenvisum hat. Und wenn sie während der Arbeit ihre Tochter allein zu Hause lässt, bekommt sie Ärger mit den Behörden. Ich habe ihr gesagt: Geh zu einem Anwalt und lass dich beraten.« Im Juni ist Luisa mit ihrer Tochter nach New York gegangen, nächste Woche wird sie ihre Fingerabdrücke registrieren lassen, ihr Aufenthaltsstatus wird sich dann ändern, von einer Touristin zur Asylsuchenden. Sie glaubt, in dem Prozess Aussicht auf Erfolg zu haben.

»Die Lage in Venezuela wird sich ja so bald nicht ändern«, sagt Freddy, »das ist der Wilde Westen dort.« Er erzählt von einem der letzten Sonntage, den er dort verbracht hat. Mitten am Vormittag brachen zwei bewaffnete Männer in sein Haus ein. Freddy schlich in sein Schlafzimmer und lud seine Pistole, um kurz darauf zu schießen. Das sei der Moment gewesen, in dem er entschieden habe, Venezuela zu verlassen.

In einem Café im Financial District von Manhattan warte ich auf meine nächste Begegnung, auf Alex. Während ich an meinem Eistee nippe, die jungen Menschen an den Tischen um mich herum beobachte, überlege ich, ob überhaupt irgendjemand in New York Sympathien für Trump hat, ob hier sein Wahlspruch von der neuen Größe Amerikas verfängt. Eine republikanische Hochburg ist New York nicht, aber immerhin hat Trump auch hier die Vorwahlen gewonnen und ist selbst Bürger dieser Stadt. Bislang habe ich nur Leute getroffen, die ihn vehement ablehnen, so wie Don, Mitarbeiter eines Thinktanks für Migrationspolitik, den ich in seinem Büro besuche. »Trump würde die USA ruinieren«, sagt er. In der Wallstreet gäbe es Wetten auf seinen Sieg, und Investoren zögen bereits ihr Geld aus dem Land ab. Auch mein Nachbar, bei dem ich abends noch auf einen Wein vorbeigehe, prophezeit wenig Gutes unter einem Präsidenten Trump. »Dann wird es hier so werden wie in Venezuela«, meint er. Auch für ihn ist es unvorstellbar, dass Trump gewinnen könnte. Bewege ich mich mal wieder in einer Blase, in der ich nur Menschen treffe, die meine politischen Ansichten zumindest im Groben teilen?

Alex steht vor mir, lachend und ein wenig aufgeregt. Aufgewachsen ist er im russischen Togliatti, wo es, wie er mir erzählt, außer Autofabriken nicht viel gebe. Das Detroit des Ostens, denke ich. In die USA ist er über ein Work-and-Travel-Programm gekommen, jetzt studiert er, übt weiter die Sprache, die er bereits exzellent beherrscht, arbeitet und verdient sein Geld. Auf seine Arbeitsdisziplin ist er sichtlich stolz. Er fühle sich bereits mehr als US-Bürger denn als Russe und denke darüber nach, seinen Nachnamen zu ändern, um nicht mehr so slawisch zu klingen. Eine Passage von Vladimir Nabokov fällt mir ein, über die absurden Versuche einiger Amerikaner, den russischen Namen Pnin richtig auszusprechen. Doch Alex geht es nicht nur um die Artikulation. Am liebsten wäre ihm der Name seiner Schwiegergroßmutter, »ein guter deutscher Name«.

Bald werde er seine Greencard erhalten. Das Asylverfahren sei für ihn nicht schwierig gewesen, ein Freund habe beim Ausfüllen der Unterlagen geholfen und ihn auf das Interview vorbereitet. Bis spät in die Nacht habe er dafür gelernt. Mittlerweile könne er sich gar nicht mehr vorstellen, wieder in Russland zu leben, in der drückenden Stimmung seiner Geburtsstadt und unter einem Präsidenten namens Putin. Wie dankbar er den USA sei, das betont Alex immer wieder, und wie er die Freiheit hier liebe. Nur dass in das Viertel, in dem er mit seinem Ehemann wohnt, zunehmend viele Asiaten zögen, gefalle ihm nicht. In seinem ersten Job in New York habe er nur mit Afroamerikanern zusammen gearbeitet, das habe er nicht ertragen, nach ein paar Tagen habe er gekündigt. Alex träumt von einem Leben in einer weißen Mittelschichtstadt, von einem Leben unter seinesgleichen.

Was ich von der Migrationspolitik in Europa hielte, fragt er mich. Ob ich nicht der Meinung sei, dass Muslime nicht in den westlichen Kulturkreis gehörten? Dass sie unsere Kultur unterwanderten? Ich lächele ihn fassungslos an. Solche Fragen habe ich nicht erwartet, mitten im scheinbar so liberalen New York, von einem sympathisch wirkenden jungen Mann. Einige meiner besten und überdies europäischsten Freunde seien muslimisch, entgegne ich. Aber es gäbe doch einen Unterschied, beharrt Alex, zwischen der christlichen Kultur und dem Islam, jede habe ihren Platz, aber nicht beide in Europa. »Am Ende«, meint er, »wirst du dich in deinem eigenen Land wie eine Migrantin fühlen.«

Ich versuche, eine freundliche Miene zu wahren, und frage mich, wie jemand, der selbst Diskriminierung aufgrund seiner sexuellen Orientierung erlebt hat, so über andere Menschen reden kann, über ihre Religion, ihre Herkunft, ihre Hautfarbe. Weißsein, einen deutschen Nachnamen tragen, keine »Anderen« in der Nachbarschaft wünschen … Hätte er sich auch mit mir getroffen, wenn ich Nora Morales hieße und für eine mexikanische Zeitschrift schriebe? Was er von Donald Trump hält, frage ich ihn lieber nicht mehr.

»Wenn du Asyl willst«, erzählt mir Tsamchoe, »kannst du nicht die Wahrheit erzählen, du musst eine Geschichte präsentieren. Sie kann falsch sein, aber sie muss sich gut anhören. Und du musst sie mit Papieren belegen, das ist das Wichtigste hier.«

Wir sitzen in ihrem kleinen Apartment mitten in Queens, nahe am Corona Park. Die beiden Schlafzimmer teilen sich ihre vier Kinder, die älteste Tochter Khachoe sitzt bei uns und übersetzt für ihre Mutter. Bunte tibetische Gebetsfahnen schmücken das winzige Wohnzimmer, dessen Mittelpunkt Tsamchoes Bett und eine Kommode bilden, beide kunstvoll geschnitzt. Die Möbelstücke hat sie sich aus ihrer Heimat schicken lassen, sie fühle sich dadurch näher an Tibet. Zurückkehren könne sie ja nun nicht mehr, nicht einmal für einen kurzen Besuch.

Doch, Tsamchoe zögert, sie sei froh, in die USA gekommen zu sein. Sie habe eine Stelle als Putzkraft in einem Hotel und arbeite so viel sie könne, damit ihre Kinder es gut hätten. Vom Staat habe sie nie finanzielle Unterstützung gewollt. Seit acht Jahren ist sie schon hier, die jüngsten Kinder sind in den USA geboren, und auch Khachoe hat einen großen Teil ihres Lebens hier verbracht. Sie ist 20 und wartet darauf, am College weiterstudieren zu können, sie musste es unterbrechen, weil das Geld für die Gebühren nicht mehr gereicht hat. Ob sie sich nach all den Jahren amerikanisch fühle, frage ich sie. Oder doch tibetisch, obwohl sie selbst Tibet nie erlebt hat? Khachoe überlegt eine Weile. Sie fühle sich tibetisch, antwortet sie dann, aber sie gehöre einer neuen Generation an, jener Generation Tibeter, die im Exil geboren und aufgewachsen ist. »Ich kann mir vieles von dort vorstellen, aber ich werde nie ganz fühlen, was es bedeutet, Tibeterin in Tibet zu sein. Ich bin Tibeterin im Exil, das ist meine Identität.«

Ihren zweiten Ehemann lernte Tsamchoe in den USA kennen, ebenfalls ein Tibeter, der die amerikanische Staatsbürgerschaft bekommen hatte. Ohne die Heirat wären sie bis heute schlechter gestellt. Asyl haben sie nie bewilligt bekommen. »So viele in unserer Familie waren politische Gefangene. Wir haben Bücher, in denen sie vorkommen, Artikel, aber das haben die Behörden nicht akzeptiert. Es gibt hier keine Wahrheiten, nur Formulare«, übersetzt ihre Tochter für Tsamchoe und fügt hinzu: »That's the American Way.« Ich weiß nicht, ob sie noch übersetzt oder bereits kommentiert, was ihre Mutter erzählt.

Zu der Zeit, als Tsamchoe mit ihren Kindern in den USA ankam und ihren endlosen Gang durch die amerikanischen Ämter antrat, waren ihr Vater und einer ihrer Brüder in Tibet inhaftiert, festgenommen während der tibetischen Unruhen Ende der achtziger Jahre. »Die chinesische Regierung wollte alles reinwaschen, eine neue chinesische Identität installieren«, sagt Tsamchoes Tochter. Ihr Vater wurde später von der Armee getötet. Bewaffnet seien Soldaten mitten in die Privatzimmer marschiert, erzählt ihre Mutter, sie hätten die

Menschen eingeschüchtert und gefordert, ihren Besitz zu teilen. »That's the communist way«, sagt die Tochter.

Tsamchoe spricht auf Tibetisch schnell. Sie meint, ihr Englisch sei nicht gut genug, obwohl wir uns vor ein paar Tagen schon einmal unterhalten haben, ohne Dolmetscherin. Vielleicht liegt es gar nicht an ihren Sprachkenntnissen, sondern daran, dass diese Geschichte in ihrer Muttersprache ein wenig leichter zu erzählen ist. Es gäbe Leute, sagt sie, die nie im Gefängnis waren, die sich aber Papiere besorgen konnten. Und dann gäbe es Ex-Häftlinge, die gefoltert worden waren, aber der Haft entkommen konnten. Aber dann hätten sie natürlich keine Papiere. Wer zertifiziere ihnen schon Misshandlungen? »In der tibetischen Kultur vertrauen wir Menschen, wir geben nicht viel auf Papier«, sagt sie. Dass es hier anders ist, sei eine ihrer wichtigsten Lektionen gewesen. Sie wirft sich bis heute vor, sie nicht schon vor ihrer Ankunft gelernt zu haben.

Nach meinem Besuch in Queens fahre ich mit der Linie 7 bis zum Bryant Park in Manhattan, um noch ein wenig spazieren zu gehen. Es ist einer der vielen gleißend hellen Tage in New York, der Himmel schon fast künstlich blau. Auf dem Titel des Time-Magazins schmilzt Donald Trump wie eine Kugel Eiscreme davon. *Meltdown* titelt das Heft. Die letzte, vielleicht zu naive Hoffnung, die vom großen »Melting Pot« USA in diesem Jahr geblieben ist?

Der Verkehr staut sich in den Straßen, Passanten eilen an mir vorbei. Ich gehe langsam und denke über die Menschen nach, die ich getroffen habe und die vor einigen Monaten oder Jahren neu in diesem Land angekommen sind, das für so viele das gelobte Land und die große Freiheit bedeutet, aber dessen innere Grenzen aus Bürokratismus und Ressentiments zu spüren bekommen: Wenn sie bemerken, dass es auch hier Leute gibt, die nicht mit ihnen in einem Haus leben wollen, weil sie eine andere Hautfarbe oder Konfession haben. Wenn sie begreifen, dass sie nie wieder in ihre Heimat zurückkehren können, dorthin, wo der Rest ihrer Familie lebt. Wenn sie lernen, dass nicht ihre Geschichte zählt und nicht sie selbst als Person, sondern nur abgestempelte Papiere gelten, als gäbe es den Menschen gar nicht, für den diese Papiere sprechen sollen.

Vertagte Träume
(Ein Leben im Schwebezustand – Dadaab, das größte Flüchtlingslager der Welt)

Abdi Latif Dahir

Aus dem Englischen von Gregor Runge

Es ist kühl an jenem Morgen in Dadaab, dem größten Flüchtlingslager der Welt. Amphile Kassim, von allen bloß Anfi genannt, sitzt im Schneidersitz auf einer dünnen Matratze und denkt über die Vergangenheit nach. Er streicht sich durch seinen hennaroten Kinnbart und erzählt davon, wie er im Alter von zehn Jahren zum Flüchtling wurde, als er, ein ethnischer Somali, und seine Familie vor Kämpfen in ihrer Heimatstadt in der äthiopischen Bale-Zone (heute: Oromia-Zone) geflohen sind. Damals, im Jahr 1974, haben seine Eltern mit Anfi und seinen Geschwistern Zuflucht im benachbarten Somalia gesucht. Nachdem die dortige Zentralregierung 1991 aufgelöst und das Land von zahllosen Banden und Splittergruppen ins Chaos gestürzt worden war, brachen sie erneut auf, diesmal nach Kenia, wo man ihnen Asyl gewährte. Dort ließen sie sich im Flüchtlingslager von Dadaab nieder.

Seit mehr als zweieinhalb Jahrzehnten lebt Anfi also nun in Dadaab, und hier wird er vorerst auch bleiben – in einem abgelegenen Camp im trockenen Nordosten von Kenia, in dem 1991 die ersten Geflüchteten aufgenommen wurden. Inzwischen ist Dadaab das größte Flüchtlingscamp der Welt; zeitweise haben hier mehr als 600 000 Menschen aus mehr als einem Dutzend Ländern Obdach gefunden. Die Geflüchteten verteilen sich auf fünf verschiedene Untercamps, auf einer Fläche von 50 Quadratkilometern. 95 Prozent der Geflüchteten sind ethnische Somalis wie Anfi. Den jüngsten Zahlen des Hohen Flüchtlingskommissars der Vereinten

Nationen (UNHCR) zufolge nennen mehr als 260 000 Somalis Dadaab ihr Zuhause.

Nach und nach dringt die Sonne durch die Ritzen des Lehmhauses, in dem Anfi seit vielen Jahren wohnt; allmählich wird der graue Morgen zum Tag. Anfi strahlt eine durch nichts zu erschütternde Ruhe aus. Als seine Familie damals aus Äthiopien nach Somalia aufgebrochen sei, so Anfi, »hätte ich nicht gedacht, so lange ein Flüchtling zu bleiben«. Inzwischen ist er ein 52-jähriger Mann, die letzten vier Jahrzehnte seines Lebens musste er fliehen, wieder fliehen, warten. In all der Zeit, sagt er, habe er die Hoffnung verloren, je wieder nach Hause zurückzukehren. Immer wieder betont er, dass der UNHCR, der das Camp leitet, »seine Regierung« sei, ihr habe er die Treue geschworen; das weiß-blaue UNHCR-Logo sei »seine Flagge« und das Flüchtlingslager »sein einziges Land«.

So deutlich Anfi seine Vergangenheit vor Augen steht, so unklar ist seine Zukunft. Über zwei Jahrzehnte ist man den Geflüchteten mit großer Warmherzigkeit begegnet, inzwischen hat sich die Lage in Dadaab merklich verschlechtert. Im November 2013 haben die kenianische und die somalische Regierung sowie der UNHCR ein Dreierabkommen unterzeichnet, das die freiwillige Rückführung somalischer Geflüchteter aus Kenia ermöglichen soll. In den vorangegangenen Jahren waren erneut Zehntausende Somalis infolge wiederaufflammender Konflikte und einer schweren Dürre über die Grenze gekommen, um in Dadaab Zuflucht zu suchen. Vor allem die Dürre im Jahr 2011 hatte dramatische Folgen: Nahezu fünf Prozent[1] der somalischen Gesamtbevölkerung fielen ihr zum Opfer; Hilfsaktionen im Umfang von einer Milliarde Dollar wurden notwendig.

Im Oktober 2011, auf dem Höhepunkt der Hilfseinsätze, wurden zwei Mitarbeiter von Ärzte ohne Grenzen aus Dadaab entführt. Wenige Tage später marschierte die kenianische Armee in Somalia ein,[2] um sich auf einen Angriff auf die somalische Terrormiliz Al-Shabaab vorzubereiten, die

Berichten zufolge für die Entführung verantwortlich war. In den Folgejahren schlug Al-Shabaab unerbittlich zurück, verübte in ganz Kenia Anschläge auf Kirchen, Busbahnhöfe und Nachtclubs.

Im September 2013 wurden in der exklusiven Westgate Mall in Nairobi 67 Menschen getötet. Unmittelbar darauf forderten Vertreter der kenianischen Regierung, Dadaab zu schließen; sie bezeichneten das Flüchtlingslager als »Brutstätte« und »Kinderstube für Terroristen«.[3]

Im April 2014 kam es zur Operation Usalama Watch (Peace Watch), in deren Verlauf nahezu 4000 Menschen somalischer Herkunft festgenommen wurden, die meisten von ihnen Geflüchtete.[4] Erklärtes Ziel der vor allem in den von Somalis bewohnten Vierteln der Hauptstadt Nairobi ausgeführten Operation war es, illegale Einwanderer und Sympathisanten von Al-Shabaab außer Landes zu bringen. Festgesetzte Personen wurden in Sammellager gebracht. Kritiker bezeichneten diese als »Konzentrationslager«, die Zustände würden an die »britischen Gulags« erinnern,[5] in denen die Kolonialregierung in den fünfziger Jahren Kenianer inhaftiert, misshandelt und gefoltert hatte, die sich für die Unabhängigkeit des Landes eingesetzt hatten. Dutzende somalische Geflüchtete wurden laut Human Rights Watch nach kurzer Haft und ohne jedes Gerichtsverfahren nach Somalia abgeschoben.[6]

Acht Monate später, am 8. Dezember 2014, ging ein UNHCR-Projekt in die Pilotphase, das die Rückführung somalischer Geflüchteter aus Kenia vorsah. Das Flüchtlingskommissariat bezeichnete den Vorgang als »einen wichtigen Schritt auf dem Weg zu einer nachhaltigen Lösung für eines der langanhaltendsten Flüchtlingsprobleme weltweit«.[7] Zehn Tage darauf kam es im kenianischen Parlament zu im Fernsehen übertragenen Handgreiflichkeiten,[8] als ein umstrittenes und weitreichendes Sicherheitsgesetz verabschiedet wurde. Dieses sah vor, die Zahl der im Land befindlichen Flüchtlinge von 600000 auf 150000 zu reduzieren und deren Aufenthalt auf zugewiesene Camps zu beschränken. Menschenrechtsgruppen verurteilten diesen Vorgang und warnten davor, dass Geflüchtete von nun an zwangsweise zurückgeführt werden könnten – was den kenianischen und internationalen gesetzlichen Regelungen zuwiderlaufen würde. Zwar erklärten Richter des High Court of Kenya das Gesetz in seiner ursprünglichen Form für verfassungswidrig, ließen gleichwohl aber jene Teile des Gesetzes gelten, welche die Freizügigkeit von Geflüchteten innerhalb Kenias einschränkten.[9]

Die Situation verschärfte sich infolge eines Anschlags, der am 2. April 2015 auf das Garissa University College im Nordosten von Kenia verübt wurde; gerade einmal 70 Meilen vom Flüchtlingscamp Dadaab entfernt fielen 148 Menschen, überwiegend Studierende, Al-Shabaab-Kämpfern zum Opfer. Nach diesem Vorfall verlangte der kenianische Vizepräsident William Ruto die Schließung des Camps[10] binnen drei Monaten und die Umsiedlung aller Geflüchteten. In einer Erklärung verkündete er: »So wie sich Amerika nach dem 11. September gewandelt hat, so wird sich – nach Garissa – auch Kenia wandeln.«

Mit dem Anschlag auf das Garissa University College, so Anfi, und nach all den Ereignissen der letzten Jahre hätte sich die Situation in Dadaab zu einem Albtraum entwickelt: wachsende Unsicherheit, sanitärer Notstand, Krankheiten, polizeiliche Übergriffe und dazu die bange Vorahnung, was eine Rückführung für seine Familie bedeuten könnte. Außerdem hätten Hilfsorganisationen, darunter das Welternährungsprogramm der Vereinten Nationen, angekündigt, die Nahrungsrationen und Hilfsmaßnahmen wegen schrumpfender finanzieller Mittel zurückzufahren.[11] Viele Jahre lang hatten nicht-staatliche Organisationen und die Regierungen anderer Länder den Betrieb von Dadaab mit Spenden finanziert, ohne dass Kenia dazu viel beigetragen hätte. Gleichzeitig hat die Flüchtlingspolitik der Regierung aber die Campbewohner von den Hilfen abhängig gemacht und damit verhindert, dass diese sich eine nachhaltige Lebensgrundlage schaffen.

»Wir kommen uns hier wie in einer Lagerhalle vor«, sagt Anfi. »Nichts bewegt sich. Wir sitzen fest. Es ist wie im Gefängnis.«

Anfi und Hunderttausende weiterer Geflüchtete fragen sich, wie sich der Ort, den sie seit Jahrzehnten ihr Zuhause nennen, in den nächsten Jahren entwickeln wird. Anfang März 2016 hat die kenianische Regierung das Department of Refugee Affairs aufgelöst – eine Regierungsbehörde, die für die Flüchtlingsregistrierung und -verwaltung zuständig war – und damit den Weg für die Schließung des Camps geebnet. Frust lässt ihn fast an eine Verschwörung glauben: Seiner Ansicht nach wendet sich die Campverwaltung gegen die Geflüchteten und beschneidet ganz bewusst grundlegende Versorgungsleistungen, um so den Druck zu erhöhen, damit die Bewohner das Camp verlassen.

»Aber wo soll ich denn hingehen?«, fragt Anfi und gestikuliert mit seinen langen Armen und dünnen Fingern. »Ich kann doch nirgendwohin zurück!«

*

Bis zu seiner Abwicklung war das Department of Refugee Affairs für die Besuchsgenehmigungen für Dadaab zuständig gewesen, und ich machte mich auf den Weg dorthin. Die Behörde befand sich in Lavington, einem ruhigen Viertel am Stadtrand von Nairobi, in einem Gebäude namens The Castle, das architektonisch an ein Kolonialfort erinnerte – große, imposante Fenster, weitläufige Räumlichkeiten. Eine unheimliche Stille und eine enorme Diskrepanz zwischen dem Pomp und den Menschen, um deren Belange man sich hier kümmern sollte. An den Wänden hingen kitschige Kalender mit dem Motto der Behörde: »Flüchtlinge sind Menschen.« Nachdem ich die Genehmigung erhalten habe, fahre ich frühmorgens mit dem Bus von Nairobi in die Stadt Garissa, dem Verwaltungszentrum von Garissa County mit seinen sechs Distrikten;[12] von denen einer Dadaab ist. Der Bus ist schnell unterwegs und mit allerhand religiösem Klimbim und Bildchen geschmückt: »Es gibt keinen Gott außer Allah«, verkünden sie, islamische Feiertage werden gepriesen. Nach einer sechsstündigen Fahrt durch grünes, nebliges Hochland geht es bei hohen Temperaturen über unfruchtbares Land bis nach Garissa. Die florierende, überbevölkerte Stadt liegt etwa 350 Kilometer nördlich von Nairobi und wurde von Interpol einmal als sicherste Stadt in Ost- und Zentralafrika bezeichnet.[13] Ich übernachte in Garissa. Am nächsten Morgen mache ich mich auf nach Dadaab.

Laut Google Maps braucht man mit dem Auto von Garissa nach Dadaab etwa eine Stunde und 25 Minuten. Tatsächlich aber fährt man dreieinhalb Stunden durch eintönige Landschaft, hier und da ein Akazienbaum oder Busch – aber nichts, das als Orientierungshilfe dienen könnte. Ein Anflug von Vertrautheit auf diesen verlassenen Pisten entsteht nur, wenn Autofahrer anhalten, um sich herzlich zu begrüßen, oder hupen, wenn sie aneinander vorbeifahren. Trostlose alltägliche Szenerien mit verschlafenen Siedlungen wischen an einem vorüber – Mütter halten im Schatten der Bäume ihre nackten Kinder im Arm und sehen den Autos nach, Mädchen am Straßenrand laufen auf Busse und Lastwagen zu, in der Hoffnung, sie anzuhalten, damit ihnen jemand in alte Plastikflaschen abgefüllte Kamel- oder Ziegenmilch abkauft.

Bevor wir Dadaab erreichen, halten wir – der Fahrer, mein Begleiter und ich – in einem kleinen Dorf namens Hagar Buul. Wir sitzen in einer Hütte, in der ein solarbetriebener Fernseher läuft. Vier Männer kauen Khat, ein leicht anregendes pflanzliches Rauschmittel. Sie trinken Tee und lauschen, wie Sean Hannity auf Fox News über Bernie Sanders spricht, den Präsidentschaftskandidaten der Demokraten. Die Männer haben rissige Lippen und staubige Beine, jeder hat einen Dolch und einen Gehstock neben sich. »Der alte Mann da soll gewinnen«, sagt einer von ihnen und deutet auf Sanders. »Nein, nein«, sagt der Mann zu seiner Rechten. »Die Lady soll gewinnen. Die hat es verdient.« Dann streiten sie sich über Führungsqualitäten, Frauen, die amerikanische Demokratie, und wenig später beginnt der Sanders-Unterstützer, der im Besitz der Fernbedienung ist, durch die Kanäle zu zappen. Er landet bei Russia Today, gerade läuft die Vorschau für eine Reportage über einige Angehörige der kenianischen Volksgruppe der Massai, die Russland besucht haben: »Massai: Aus dem Sand in den Schnee« lautet der Titel. Bald darauf überlassen wir die Männer ihrem Khat und fahren weiter durch das schwierige Gelände, bis wir auf den gewundenen, labyrinthartigen Sandpisten gegen sechs Uhr nachmittags in Dadaab-Stadt ankommen.

Der gesamte Flüchtlingskomplex von Dadaab besteht aus fünf Camps. In Hagadera, Dagahaley und Ifo sind die bis 1991 angekommenen Geflüchteten untergebracht; die jüngeren Camps, Ifo 2 und Kambios, wurden für die im Juli beziehungsweise September 2011 neu dazugekommenen Geflüchteten errichtet. Jedes Camp ist in Sektoren unterteilt, die in alphabetischer Reihenfolge benannt und wiederum in Blöcke aufgeteilt sind. Jeder Block verfügt über einen Gemeindevorsteher, einen Spielplatz, eine Krankenstation, eine Moschee und eine Wasserstelle. Einige Behausungen sind aus Wellblech und Pflöcken errichtet, andere aus Steinen, die meisten verfügen jedoch nur über eine Plane als Dach. Auf geschäftigen Marktplätzen, vor allem in Hagadera und Dagahaley, gibt es billige Gebrauchswaren, Textilien und Spielzeug. Darüber hinaus finden sich hier auch Apotheken, Banken, Restaurants, Agenturen für Bargeldtransfer, Läden für elektronisches Gerät, Fleischer sowie Herren- und Damenfriseure. Mit den Jahren hat sich das Camp zu einer eigenen Stadt entwickelt, einem abgelegenen Außenposten, dessen geographischer Umriss auf der Karte an ein etwas kümmerlich geratenes L erinnert.

Überall im Camp informieren großformatige Plakate über Präventivmaßnahmen gegen die Ausbreitung von Cholera, HIV und zahlreichen anderen Krankheiten. Auf Metallschildern bewerben NGOs ihre Arbeit: Projekte in Dadaab sollen wieder ein- und umgesetzt sowie gefördert werden. Die Liste der NGOs, die rund um Dadaab aktiv sind, ist schier endlos: International Rescue Committee, Norwegian Refugee Council, World Food Programme, Lutheran World Federation, International Organization for Migration (IOM), African Development Solutions usw. Nur dank der Arbeit all dieser Organisationen konnte Dadaab zu dieser Stadt werden, die ihren staatenlosen Bewohnern den Zugang zu Bildung, medizinischer Versorgung und Wasser und gewisse ökonomische Möglichkeiten bietet. Seit der Gründung vor 25 Jahren ist Dadaab für viele Menschen ein ständiges Zuhause – eine selbstgestaltete Flüchtlingsrepublik für Menschen, die in einem Zustand ewigen Wartens gefangen sind.

*

Zwischen Dezember 2014 und Oktober 2015 wurden 33 000[14] der in Kenia ansässigen Somalis an mehr als 30 verschiedene Orte in Somalia zurückgeführt. Die meisten somalischen Geflüchteten lehnten eine Rückführung jedoch ab – laut einer im Jahr 2014 gemeinsam vom UNHCR und der IOM durchgeführten Umfrage[15] wollten nur 2,6 Prozent der in Dadaab lebenden Flüchtlinge zurück in ihr Heimatland. Zustimmend reagierten vor allem diejenigen Geflüchteten, die erst nach der Jahrtausendwende in Dadaab angekommen und deswegen zuversichtlicher waren, in ihre Häuser und Wohnungen zurückkehren zu können, oder Geflüchtete, die Freunde und Bekannte in ihrem Herkunftsland hatten, die bei der Bezahlung einer Unterkunft behilflich sein oder selbst Obdach bieten konnten. Menschen wie Anfi dagegen, die bereits in den frühen neunziger Jahren gekommen waren, lehnen eine Rückkehr ab aus Angst, wirtschaftlich nicht überleben zu können.

Die Drohungen Kenias, das Camp zu schließen, stehen in krassem Widerspruch zu dem mit Somalia und dem UNHCR abgeschlossenen Dreierabkommen. In dem 15-seitigen Dokument[16] wird Kenia verpflichtet, allen Geflüchteten so lange Schutz und Hilfe zu gewähren, bis eine nachhaltige Lösung in Sicht ist, das heißt mit anderen Worten: bis in Somalia Frieden herrscht. So gesehen handelt es sich bei dem Dreierabkommen um eine mangelhafte Vereinbarung. Sie basiert auf der Annahme, dass sich die Sicherheitslage in Somalia verbessern wird und dass Kenia auf der anderen Seite wegen der Geflüchteten in ökonomische und sicherheitspolitische Schwierigkeiten gerät. Aufgrund der prekären Bedingungen, mit denen sich die Rückkehrer vor Ort konfrontiert sehen, kommt die Zustimmung zur Rückkehr einem Teufelspakt gleich, bei dem die Geflüchteten leer ausgehen. Denn zum einen ist Somalia weiterhin mit komplexen Problemen[17] konfrontiert, sogar mehr noch als vor ein oder zwei Jahrzehnten: Millionen von Menschen sind aufgrund lang ausbleibender Regenfälle von Ernährungsunsicherheit bedroht; Städte und Dörfer sind ständig den Terrorattacken der Al-Shabaab ausgesetzt; die von der internationalen Gemeinschaft gestützte Zentralregierung ist durch Korruption und Fehlmanagement geschwächt, ganz abgesehen von den politischen Auseinandersetzungen in den verschiedenen Bundesstaaten.[18]

Und doch sind Experten der Ansicht, dass es sich bei dem Dreierabkommen um eine zukunftsweisende Vereinbarung handelt, weil es eben auch die Bedürfnisse von Geflüchteten berücksichtigt, die zurückkehren wollen. Zudem dürfen laut Abkommen Familienmitglieder nicht gegen ihren Willen getrennt werden, und den Geflüchteten müssen gültige Ausbildungs-, Geburts- und Familienstandsdokumente zur Verfügung gestellt werden. Kindern, Frauen und älteren Menschen steht bei der Wiedereingliederung eine Unterstützung zu. Über die Jahre angesammelte Individual- und Gemeinschaftseinkommen dürfen nicht besteuert werden. Außerdem verpflichtet sich die somalische Regierung, jedem nicht-somalischen Familienangehörigen eine Aufenthaltserlaubnis zu erteilen.

Das Abkommen »trägt zu einer gewissen Verbesserung bei«, so Andrew Maina, Programmbeauftragter der Nichtregierungsorganisation Refugee Consortium of Kenya, die sich in Kenia für den Schutz von Geflüchteten und Staatenlosen einsetzt. »Zielsetzung ist weniger die Rückkehr als solche als eine Rückkehr in Sicherheit und Würde.«

Der Rückführungsprozess beginnt, sobald sich die Geflüchteten an eines der ausgewiesenen Büros wenden, die sich in allen fünf Camps befinden. Die Büros sind dreistufig organisiert. Der UNHCR als leitende Institution organisiert die Rückkehr, das Norwegian Refugee Council bietet Informationen über mögliche Rückkehrgebiete, und eine kenianische Behörde stellt die nötigen Reiseunterlagen aus. Der gesamte Vorgang dauert bis zu einer Woche. UN-Beamten zufolge hätten die Rückkehrer aber ausreichend Zeit, sich mit Freunden zu besprechen und Familienmitglieder über ihre Entscheidung zu informieren.

Für einige der Geflüchteten, die schon lange in Dadaab sind, hat die Schnelligkeit, mit der das Ganze vonstatten geht, allerdings eine Kehrseite. Eines Nachmittags frage ich den Kellner, bei dem ich im Midnimo Restaurant im Hagadera-Camp die Rechnung für mein Mittagessen begleiche, was er von dem Rückführungsprozess halte. Er habe sechs Kinder, sagt er, das älteste sei 13; zwar plane er nicht zurückzugehen, aber selbst wenn – für seine Familie wäre es zu schwierig, heimisch zu werden. »Meine Kinder kennen doch Somalia gar nicht«, meint er. »Wie auch? Es ist jetzt nicht der richtige Zeitpunkt, mit ihnen darüber zu reden.«

Als ich erwidere, es müsse hart sein, länger als zweieinhalb Jahrzehnte in einem Flüchtlingscamp zuzubringen und dass es vielleicht besser wäre, nach Somalia zurückzukehren, schüttelt er den Kopf. »In Kenia«, sagt er, »sind wir Flüchtlinge, aber wenn wir nach Somalia zurückgehen, sind wir Flüchtlinge im eigenen Land.« Er wolle nicht in die Vergangenheit, sondern nach vorne blicken: »Ich hoffe darauf, umgesiedelt zu werden. Ich möchte aber nach Amerika«, ergänzt er.

Um die Bewohner von Dadaab mit der Möglichkeit einer Rückkehr vertraut zu machen, organisiert der UNHCR für ausgewählte Geflüchtetengruppen einen Besuch in Somalia. Jeweils 20 bis 30 Personen haben auf diese Weise gemeinsam Städte wie Mogadischu und Kismayo besucht, um nach ihrer Rückkehr den anderen Geflüchteten im Camp von ihren Erlebnissen zu berichten. Sie wurden von Beamten empfangen, besuchten Schulen, Krankenhäuser und Regierungsbehörden und trafen sich mit Unternehmern sowie Jugend- und Frauenorganisationen.

Laut Aden Rashid – der für Rückführungen zuständige Mitarbeiter des UNHCR – wurde man auf diese Weise aktiv, um somalische Geflüchtete zu informieren und nicht etwa, um aktiv für eine Rückkehr nach Somalia zu werben. Denn die UN, so Rashid, sei sich der unsicheren Lage im Land bewusst. Der Besuch in Somalia, sage er, sollte es den Geflüchteten ermöglichen, sich nach langer Zeit der Abwesenheit selbst ein Bild zu machen und ihre Erfahrungen mit ihren Leuten vor Ort zu teilen.

Hawa Abdi Mohamed, eine Gemeindevorsteherin aus Dagahaley, einem der fünf Camps von Dadaab, gehörte zu einer Gruppe, die im November 2015 nach Kismayo reisen konnte. Hawa war einst aus Kismayo geflohen und 1992 als Flüchtling nach Dadaab gekommen. Sie hat im Camp 13 Kinder zur Welt gebracht, drei davon sind gestorben. Als Teil eines Regierungskonvois haben Hawa und die anderen Mitreisenden den Hafen von Kismayo besucht, der früher ein profitables Handelsdrehkreuz der Al-Shabaab-Miliz war. Sie besichtigten den Flughafen, Gesundheits- und Bildungseinrichtungen und versuchten abzuschätzen, ob eine Rückkehr denkbar wäre. Aber Hawa erkannte die Stadt, in der sie als junge Frau gelebt hatte, nicht mehr wieder – das Ausmaß der Zerstörung erschreckte sie. Eine zumindest partielle Sicherheit beschränkte sich auf das Stadtgebiet, die Gegend jenseits der Stadtgrenzen war insgesamt gefährlich und unzugänglich.

Während des Besuchs in Kismayo waren eines Nachmittags plötzlich ganz aus der Nähe Gewehrsalven zu hören. Eine der Frauen in Hawas Gruppe rannte vor Angst ziellos umher, bis jemand schrie, sie solle in Deckung gehen. Hawa muss zwar kichern, als sie mir von dieser Szene erzählt, aber sie stellt auch mit Bestürzung fest, dass sie ganz vergessen hatte, wie sich Krieg anhört – sie hatte sich an den relativen Frieden in Dadaab gewöhnt.

In Kismayo dachte sie auch an die Sicherheit ihrer Kinder, vor allem ihrer ältesten Tochter – eine vierfache Mutter, die gerade zum fünften Mal schwanger war. »Kismayo war nicht wiederzuerkennen. Was sollte denn dort aus meiner Tochter werden?« Hawas Kinder fühlen sich Kenia verbunden, sie sind aufgewachsen in diesem Land – über Somalia wissen sie nichts, das ist auch hier das Dilemma.

Hawa ist nicht entgangen, dass ihre Kinder und Enkel in erster Linie Flüchtlinge sind und in einem Land leben, in dem sich die Stimmung zunehmend gegen Somalis gewendet hat. Die kenianische Öffentlichkeit ist gespalten: Die einen fordern, Geflüchteten mit Menschlichkeit zu begegnen, sie willkommen zu heißen, die anderen fordern vehement, sie aus dem Land zu vertreiben. Einflussreiche Journalisten haben Babaab als »gefährlichen Stützpunkt« bezeichnet und verlangen, die »fremden Nichtstuer« außer Landes zu bringen und das Camp umgehend zu schließen. Auch die Tatsache, dass wiederholt kenianische Christen zur Zielscheibe der Al-Shabaab-Miliz geworden sind, hat dem mehrheitlich christlichen Land, das vor allem somalische muslimische Geflüchtete bei sich aufgenommen hat, zugesetzt. Das Flüchtlingsproblem hat eine religiöse Dimension angenommen und die Debatte darüber befeuert, wie der Frieden zwischen den Religionen gewahrt werden kann.

»Wir denken ständig an eine mögliche Rückführung«, sagt Hawa und starrt auf den Sandboden. Sie wischt sich mit dem Saum ihres langen, rosafarbenen Dschilbab den Schweiß aus dem Gesicht. Der Besuch in Kismayo habe sie in ihrer Überzeugung bestärkt, dass der Zeitpunkt für eine Rückführung ungünstig sei. »Hierzubleiben ist das geringere der beiden Übel.«

*

Egal, ob es Alte oder Junge sind, Männer oder Frauen, die einem in Dadaab aus ihrem Leben erzählen – die Geschichten sind bruchstückhaft, zusammengeflickt aus Erinnerungen an einen brutalen Krieg, an verlorene Verwandte und zerstörte Häuser, getragen von der Sehnsucht nach einem vom Krieg zerrütteten Land. Alle stimmen an irgendeinem Punkt ihrer Geschichte in den Chor der Resignation ein. Ihre Erzählungen ähneln sich im Großen und Ganzen, den Unterschied machen die Details. Die Geflüchteten stellen ihren Gleichmut und ihre Standhaftigkeit dar, ohne ihre Wunden zu verbergen. Menschen wie Anfi und Hawa sind alt genug, um sich noch daran erinnern zu können, was sie verloren haben – und jene, die in Dadaab geboren und großgezogen wurden, sind alt genug, um zu verstehen, dass sie in der Falle sitzen und einer unsicheren Zukunft entgegengehen.

Immer wieder übertragen die Radiosender von den Regierungsbehörden gesponserte Durchsagen, in denen von den Vorzügen einer Rückkehr nach Somalia die Rede ist. Wenn man durch Dadaab geht, entdeckt man verlassene Höfe – einige Leute haben sich also tatsächlich dazu entschlossen. In den Moscheen unterhält man sich über die Tante, den Freund, den Bruder und deren Zweifel: Gehen oder Bleiben? Die somalischen Geflüchteten, mit denen ich über die Rückführung gesprochen habe, sind allen Informationen aus und über Somalia mit Skepsis begegnet. In Anbetracht der ökonomischen und sozialen Beziehungen, die sie über Jahrzehnte geknüpft haben, konnten sie sich nicht vorstellen, Kenia für immer den Rücken zu kehren. Man habe sie, sagen viele, mit dem Rückführungsprozess vor vollendete Tatsachen gestellt, und nun müssten sie dabei zusehen, wie die Sache ihren Gang geht.

Ich frage Anfi, ob er darüber nachgedacht hat, das Flüchtlingscamp zu verlassen. Er antwortet, er habe überlegt, nach Boorama zu gehen, eine Stadt in der autonomen Region Somaliland im Nordwesten von Somalia, dort habe er Freunde und könnte Arbeit bekommen.

Käme es für ihn in Frage, in sein Geburtsland Äthiopien zurückzukehren, frage ich. Die Antwort kommt wie aus der Pistole geschossen: »Nein! Nein! Nein!« Bei dieser Frage, sagt er mit ernstem Blick, bekomme er Gänsehaut.

Trotz der schwierigen Umstände in Dadaab hängt Anfi an den schönen Dingen des Lebens: an seinen Enkelkindern, an seinem Sohn, der gerade die Schule abgeschlossen hat, und an seiner Tochter, die bald heiraten wird. Er mag seine Arbeit als Impfhelfer. Schon seit Jahrzehnten ist er für verschiedene Organisationen tätig und zeigt mir ein Empfehlungsschreiben von Ärzte ohne Grenzen, das ihn als ehrlichen, flexiblen, zuverlässigen und fleißigen Angestellten bei seiner Arbeit in einer Krankenstation in Dagahaley ausweist.

»Manchmal ist es besser zu sterben, als zu leben«, sagt Anfi. Er hoffe darauf, dass seine Familie bald in die Vereinigten Staaten auswandern könne. Plötzlich wirkt er niedergeschlagen und streicht mit zärtlicher Geste über das Empfehlungsschreiben. Wolken ziehen auf. Der blaue Horizont verfärbt sich schmutziggrau. »Es ist eine sehr, sehr schwierige Situation«, sagt Anfi. »Aber Allah wird uns schon eine Tür öffnen.«

Verweise

1 FEWS NET, *Special Report – 258,000 died due to severe food insecurity*, 2. 5. 2013. Verfügbar unter: www.fews.net/east-africa/somalia/special-report/may-2013.

2 Aljazeera, *Kenya sends troops to attack al-Shabab*, 24. 10. 2011. Verfügbar unter: www.aljazeera.com/news/africa/2011/10/2011 1016115410991692.html.

[3] Steve Mkawale, *MP calls for closure of Dadaab camp*, 30. 9. 2013. Verfügbar unter: www.standardmedia.co.ke/article/2000094572/mp-calls-for-closure-of-dadaab-refugee-camp.

[4] BBC, *Kenya sends back ›illegal‹ Somalis after Nairobi raids*, 9. 4. 2014. Verfügbar unter: www.bbc.com/news/world-africa-26955803.

[5] Billow Kerrow, *Is Operation Usalama Watch a Somali Gulag?*, 13. 4. 2014. Verfügbar unter: www.standardmedia.co.ke/article/2000109277/is-operation-usalama-watch-a-somali-gulag.

[6] HRW, *Kenya: Halt Crackdown on Somalis*, 11. 4. 2014. Verfügbar unter: www.hrw.org/news/2014/04/11/kenya-halt-crackdown-somalis.

[7] UNHCR, *First Somali refugees in Kenya decide to return home as part of a new pilot project*, 8. 12. 2014.
Verfügbar unter: www.unhcr.org/5485b6e56.html.

[8] BBC, *Kenya security law: President Uhuru Kenyatta signs bill*, 19. 12. 2014. Verfügbar unter: www.bbc.com/news/world-africa-30546951.

[9] Paul Ogemba, *Security laws illegal, declares High Court*, 23. 2. 2015. Verfügbar unter: www.nation.co.ke/news/politics/Security-laws-illegal-declares-High-Court/-/1064/2633342/-/dcaek0z/-/index.html.

[10] Duncan Miriri, *Kenya demands U.N. removes massive Somali refugee camp*, 11. 4. 2015. Verfügbar unter: www.reuters.com/article/us-kenya-attacks-idUSKBN0N20DQ20150411.

[11] WFP, *Lack Of Funds Forces WFP To Reduce Food Rations Again For Refugees In Kenya*, 11. 6. 2015.
Verfügbar unter: www.wfp.org/news/news-release/lack-funds-forces-wfp-reduce-food-rations-again-refugees-kenya.

[12] Garissa, *Garissa County Government*. Verfügbar unter: garissa.go.ke/about-garissa-county/.

[13] Sammy Cheboi, *Garissa, eastern and central Africa's safest town*, 14. 6. 2010. Verfügbar unter: www.nation.co.ke/News/regional/Garissa%20eastern%20and%20central%20Africas%20safest%20town%20/-/1070/938922/-/vjhy2wz/-/index.html.

[14] Adow Mohamed, *More than 33,000 Somali refugees have returned home,* 25.10.2016. Verfügbar unter: www.the-star.co.ke/news/2016/10/25/more-than-33000-somali-refugees-have-returned-home_c1442959.

[15] UNHCR, *Joint Return Intention Survey Report 2014.* Verfügbar unter: www.unhcr.org/55facdcc6.pdf.

[16] refworld, *Tripartite Agreement between Kenya, Somalia and UNHCR,* November 2013. Verfügbar unter: www.refworld.org/pdfid/5285e0294.pdf.

[17] Security Council Report, *Monthly Forecast – January 2016.* Verfügbar unter: www.securitycouncilreport.org/monthly-forecast/2016-01/somalia_21.php.

[18] Jason Mosley, *Somalia's Federal Future: Layered Agendas, Risks and Opportunities.* 2.9.2015. Verfügbar unter: www.chathamhouse.org/sites/files/chathamhouse/field/field_document/20150902SomaliaFederalFutureMosley.pdf.

Immer noch Menschenfresser

Andréa del Fuego

Aus dem brasilianischen Portugiesisch
von Marianne Gareis

São Paulo ist die Stadt Brasiliens, die die meisten Einwanderer aufgenommen hat. Von den 4,5 Millionen, die Mitte des 19. Jahrhunderts ins Land kamen, gelangten drei Millionen am Hafen von Santos an, von wo aus sie in die Stadt São Paulo weiterzogen. 1886 wurde in Brasilien eine Vereinigung gegründet, die den Zuzug von Familien nach São Paulo förderte. Von 1888 bis 1978 gab es im Stadtzentrum die Hospedaria dos Imigrantes (Unterkunft für Immigranten), wo ärztliche Versorgung, Verpflegung, Kontakt zu Arbeitgebern und acht Tage lang auch Unterkunft gewährt wurden. Was wir heute als die Tradition von São Paulo bezeichnen, ist ein Mix aus den Kulturen von über 70 in der Stadt angesiedelten Volksgruppen. Die Deutschen waren die ersten Einwanderer, sie kamen 1827 mit klassischer Musik im Gepäck; für den Handel produzierten sie Bier und Papier. Die Italiener brachten den lyrischen Gesang und die Oper mit, und die italienischen Künstler Victor Brecheret und Alfredo Volpi waren maßgeblich an der modernistischen Bewegung beteiligt; auf dem Markt beherrschten sie die Schuh- und die Spenglereibranche. Migranten aus asiatischen Ländern kamen ab 1908 und errichteten im Zentrum nach und nach ein ganzes Viertel mit eigener Identität. Einwanderer arabischer Herkunft führten den Reis, die Aubergine und die Orange ein und arbeiteten als Straßenhändler im Stadtzentrum, wo heute das Herz des Handels schlägt und Hunderte von Bussen mit Kunden aus ganz Brasilien ankommen. Sie gründeten außerdem wichtige Sportvereine, den Verein Monte Líbano und den Esporte Clube Sírio. Menschen jüdischer Herkunft verkauften qualitativ wertvolles Tuch und siedelten sich in Vierteln wie Higienópolis an, wo die Kaffeebarone, ihre Hauptkunden, wohnten.

1922 veröffentlichte der Dichter Mário de Andrade, einer der Theoretiker des brasilianischen Modernismus, das emblematische Manifest *Paulicéia Desvairada* (Verrückte Stadt São Paulo). In der *Casa do Poeta* (Haus des Dichters) wurde 1928 das *Manifesto Antropofágico* (Anthropophagisches Manifest) verlesen, verfasst von dem bedeutendsten kulturellen Agitator dieser Zeit, Oswald de Andrade. Dieses Haus befand sich natürlich im Herzen der Stadt, in jenem Sonnenzentrum, von dem strahlenförmig all die Stadtviertel, Vororte und Peripherien ausgingen, die heute fast zwölf Millionen Menschen beheimaten. Das *Manifesto Antropofágico* lieferte nicht den Grund für die Stadt, sondern ihre Bestimmung.

Nur die Anthropophagie eint uns. Sozial. Wirtschaftlich. Philosophisch. Sie ist das einzige Weltgesetz. Maskierter Ausdruck jeglichen Individualismus, jeglichen Kollektivismus. Jeglicher Religion. Jeglicher Friedensverträge. Tupi or not tupi, that is the question.

(Oswald de Andrade –
Revista de Antropofágia, Mai 1928)

Natürlich gab es die Anthropophagie auch schon vorher. Der Florentiner Amerigo Vespucci behauptete, im Jahre 1501 in Rio Grande do Norte einem kannibalistischen Ritual beigewohnt zu haben, dessen Opfer ein Europäer war. Das Ritual bestand darin, das Fleisch des Gefangenen zu verzehren, welcher zuvor, wie auch bei den Tupinambá üblich, dem eigenen Stamm einverleibt wurde. Ein weiterer Reisender, Tomaso Garzoni, schreibt, in diesem Stamm seien auch die eigenen Verwandten nach deren Tod verspeist worden, da in ihren Augen der menschliche Magen und nicht die Würmer das würdigste Grab seien. 1555 wurde der erste Bischof Brasiliens angeblich von den Caeté-Indigenen aufgegessen, weil er unter anderem hatte verhindern wollen, dass die Portugiesen den indianischen Brauch des Rauchens übernehmen. In der Folge wurde der Geistliche gebraten und dann aufgetischt. Oswald de Andrade legt in seinem *Manifesto Antropofágico* dar, dass sich die Identität seines Landes dadurch entwickelt, indem die indigenen, afrikanischen und europäischen sowie alle weiteren ankommenden Kulturen verspeist und verdaut werden. Bedenkt man, dass die Verdauung Stoffe zum Erhalt des Organismus, in diesem Fall die kulturellen, herausfiltert, dann ist das Ergebnis paradoxerweise wieder eine Mahlzeit, und zwar eine solche, die jedes einzelne Volk erkennbar werden lässt in diesem gastronomischen Mischmasch, welcher ein Symbol für die Stadt São Paulo geworden ist. Im Laufe von Jahren der Anpassung ändert der Migrant nämlich seine Kleidung und seine religiöse Praxis, er hört die einheimische Musik, aber seine Essensvorlieben verändert er nicht.

São Paulo ist wohl die Stadt Brasiliens, in der die »kulturelle Verdauung« der eingewanderten Volksgruppen am besten geklappt hat, sei es die der im 19. Jahrhundert auf Booten angekommenen oder jener, die von Kojoten geführt wurden, von Schleppern, die im 21. Jahrhundert Haitianer auf langen Flug- und Busreisen ins Land bringen. In gewisser Weise hat die Stadt in ihrer *Semana de Arte Moderna* (Woche der Modernen Kunst) den Schmelztiegel vorbereitet, in dem auf steter schwacher Flamme die Essenzen der Kontinente köcheln. Die letzte Welle von Geflüchteten – aus anderen Ländern Lateinamerikas, aus dem Mittleren Osten und Afrika – ist lediglich die oberste Schicht dieses kulturellen Konstrukts; die älteren, bereits gefestigten Schichten bilden die Grundlage für diejenigen, die nur für eilige Augen neu sind. Mit dieser obersten Schicht habe ich mich befasst, und ich beginne zunächst in meinem eigenen Stadtteil.

*

In meinem Viertel gibt es einen Plattenladen, der selbstgebrautes Bier und hausgemachtes Essen anbietet, das im Hinterhof auf dem Grill zubereitet wird. Seit Monaten schon organisiert der Laden »Flüchtlingsabendessen«, bei denen Palästinenser Falafeln, Saj (frisch gebackenes Fladenbrot) und würziges Fleisch anbieten. Als ich dem Besitzer von dem Text erzähle, den ich schreiben will, bittet er mich, keine Kamera mitzubringen, da er die Geflüchteten vor den Belästigungen durch die Medien schützen wolle. Ich komme noch vor dem Abendessen dort an und wende mich an Mohamad, der vor einem Jahr über Syrien nach Brasilien gekommen ist. Mohamad und sein Sohn sind beim »Flüchtlingsabendessen« für die Bewirtung zuständig, gekocht wird im Hof mit Blick auf den Westen der Stadt, wo der Großteil der Künstler und Intellektuellen São Paulos lebt. Mohamads Gesichtsausdruck ist entspannt, es fehlen ihm ein paar Zähne. Vor drei Wochen ist sein Sohn nachgekommen, der unruhig wirkt, weil er nicht versteht, was ich sage. Ich frage anders, weniger forschend, eher kommentierend. Sie sprechen Arabisch und trauen sich auf Portugiesisch lediglich zu sagen, wie lange die Falafeln noch brauchen: *cinco minutos*. Mich hätte interessiert, ob er Muslim ist, wo seine Frau geblieben ist und wo die Freundin des Sohnes? Hat Mohamad Enkel? Was hat er in Palästina zurückgelassen? Es ist noch früh, der Grill für das mit Zimt, Pfeffer und irgendwas Geheimnisvollem gewürzte Fleisch wurde gerade erst angeworfen, das Öl für die Bällchen ist noch kalt. Mohamads Sohn hätte auch ein x-beliebiger Brasilianer sein können, der gerade in der U-Bahn nach Hause fährt, und doch ist er auch das Gesicht von den CNN-Bildern, die unaufhörlich laufen und einen jungen Mann zeigen, der einen Verletzten trägt. Etwas später kommt Aiman hinzu, ein Palästinenser, der fließend Portugiesisch spricht und die Kasse dieses kleinen mobilen Restaurants aufbaut, wozu er auf einem Stapel Bierkisten einen kleinen Teppich ausbreitet. In der Hand hält er ein kaltes Bier. Er wirkt weniger verängstigt, hat einen offenen Blick und sagt mir als Erstes, dass ich ins Al Janiah, ein sehr gut besuchtes Lokal im Stadtzentrum, gehen müsse, wo Mohamad und andere Palästinenser Essen und Diskussionsrunden anbieten. Aiman sagt, er selbst sei kein Flüchtling, Mohamad und sein Sohn hingegen schon; er sei dort, um ihnen zu helfen. Mohamad wohne in einem Haus, das Obdachlose besetzt hätten, ein zehnstöckiges Gebäude, dessen erste fünf Stockwerke von Brasilianern okkupiert würden und alle weiteren von Geflüchteten. Aiman trägt eine rot-grüne Kufiya, das Tuch, das Yassir Arafat zum palästinensischen Symbol gemacht hat. Ein Stammgast begrüßt ihn und nennt ihn *Palästinenser*, worauf er antwortet: *Und Jesus ist mein Vetter*. Aiman hat einen israelischen Pass, mit dem er überallhin reisen kann. Er hat in Israel Sozialwissenschaften studiert, seine muslimischen Verwandten leben in einem Flüchtlingscamp im Libanon, er selbst ist Atheist und mit einer Brasilianerin verheiratet. Am späteren Abend verlässt Aiman die Kasse und setzt sich an den Tisch neben mir. Dort sitzen eine brasilianische Großmutter und ihre Enkelin mit einem Familienalbum. Die Frau ist libanesischer Abstammung und sucht jemanden, der ihr die arabischen Bildunterschriften vorliest, die eine Hochzeit im Jahr 1947 zeigen. »Wirklich? Ja. Hier steht, dass dieses Mädchen Hausangestellte war, aber sie ist die Taufpatin«, sagt Aiman zu der Frau, deren Brille schon beschlagen ist von ihren warmen Tränen. Als das Saj alle ist, erwärmt Mohamad auf der Platte zum Brotbacken ein Tässchen Kaffee, und der Sohn räumt die Töpfe auf, damit sie nach Hause gehen können.

*

Ich lebe in São Paulo, bin dort geboren und gebe derzeit Workshops für Kreatives Schreiben. Einer davon findet in einer öffentlichen Bibliothek statt, und die Teilnehmer sind Jugendliche aus prekären sozialen Verhältnissen. In einer Kreativwerkstatt geht es um Subjektivität, und das Wesentliche daran ist nicht so sehr die eigene Erzählung oder das eigene Gedicht, sondern ein neuer Blick auf das eigene Denken, der sich im Akt des Schreibens offenbart. An diesem Tag setzen sich zwei syrische Frauen in Hidschab in die hintere Ecke des Raums. Sie sind gekommen, um ihr Portugiesisch zu verbessern und sich in die brasilianische Gesellschaft einzufügen. Als kreativen Anreiz erhalten die Schüler und Schülerinnen eine Reihe von Fotos, und alle schreiben abstrakte Texte über das Meer oder Betrachtungen über ihren Alltag. Nur die beiden verfassen keinen fiktionalen Text, sondern eine Danksagung dafür, dass sie weit weg vom Krieg leben. Sie sind Mutter und Tochter mit einem objektiven Blick auf das, was ich sage. Monate später unterhalte ich mich mit Dania, der Tochter, die mir sagt, dass sie aus Jordanien gekommen seien, wo das syrische Volk nicht gut behandelt werde. Ihr Vater habe von Jordanien aus Kontakt zu ein paar Syrern in Brasilien aufgenommen und habe Geld bezahlt, damit diese sie bei sich aufnehmen und ihnen mit den Papieren helfen würden. Ein anderer Syrer unterstützte sie bei der Wohnungssuche. Dania räumt ein, dass das Leben für alle schwierig sei, dass man kämpfen müsse, um einen Job zu bekommen. Zu dem Bild des toten kleinen Syrers an der türkischen Küste sagt sie, sie habe keinerlei Kontakt zu Syrern, die in diesen Booten geflüchtet seien, das habe sie alles wie wir nur über die Medien mitbekommen. Sie glaubt, dass sie ihr ganzes Leben in Brasilien verbringen und hier auch heiraten wird, doch einige Familienmitglieder ziehen andere Länder vor oder wollen sogar zurück nach Syrien. Sie beabsichtigt, ihr Land erst zu besuchen, wenn der Krieg vorbei ist. Zu dem Thema, wie es ist, Muslimin in Brasilien zu sein, sagt sie, einige Brasilianer, aber nicht alle, würden ihr ein gewisses Misstrauen entgegenbringen, weil sie die Religion mit dem Terrorismus gleichsetzten, der laut Dania das Image des Islams beschädige.

⋆

Es erscheint mir wichtig, mit einer Institution zu sprechen, die Geflüchtete aufnimmt, und die erste, die mir in den Sinn kommt, ist die Kirche *Nossa Senhora da Paz*, die seit der Einwanderungswelle von Italienern nach São Paulo Migranten aufnimmt. Als der Taxifahrer mich am Portal absetzt, sagt er: »Hier ist die Kirche der Haitianer.« Das Viertel wird dominiert von Obdachlosen, Armenhäusern, Schwarzhandel und Cracksüchtigen. Um die Kirche herum befindet sich ein mit einem Gitter geschützter Hof, am Portal verkauft ein Haitianer, der sich mit einem Regenschirm vor der Sonne schützt, Kochbananen. Mittwochs warten immer Hunderte von Afrikanern und Latinos darauf, dass das Seitenportal der Kirche geöffnet wird und sie Unterstützung erhalten. Diese umfasst die Beantragung von Dokumenten, Vorträge zur kulturellen Eingliederung, ärztliche Versorgung und Unterkunft, also in etwa das, was früher auch die Hospedaria dos Imigrantes angeboten hatte. Die interessierte Öffentlichkeit wird von der Kirche nur mit Termin empfangen. Außer mir sind noch neun Studierende zugegen, darunter ein Fotograf und ein Filmemacher, die sich vom Schicksal der Menschen Inspiration für ihre Arbeit versprechen.

Im persönlichen Gespräch erfahren wir, dass es sich bei dieser Einrichtung nicht um eine NGO handelt, sondern um von der katholischen Kirche angebotene Dienstleistungen. Der Kirchengründer, João Batista Scalabrini, ein italienischer Geistlicher, hatte sich um die Arbeiter aus Italien gesorgt. Als er Geschichten von Landsleuten hörte, die fern der Heimat starben und einen Pfarrer brauchten, gründete er die Gemeinde mit dieser speziellen Ausrichtung auf Migranten. Die Mission betreut heute 33 Nationen und richtet ihr Augenmerk auf Menschen, die auf Schiffen arbeiten und fern ihrer Familien leben, auf Zeitarbeiter, die periodisch in anderen Regionen beschäftigt sind sowie auf Geflüchtete und Deportierte. Neben der Pfarrkirche gibt es eine Aufnahmestelle, wo in den siebziger Jahren beispielsweise Vietnamesen und Koreaner unterkamen. Heute sind es Haitianer, Angolaner, Nigerianer und die lateinamerikanische Gemeinde: Bolivianer, Peruaner, Paraguayer und Chilenen. Für die Latinos gibt es Gottesdienste auf Spanisch mit Altären für die jeweilige Heilige Jungfrau: Die Jungfrau von Guadalupe (Mexiko), die Jungfrau von Caacupé (Paraguay), die Jungfrau von Chiquinquirá (Kolumbien), die Jungfrau von Carmen (Chile), die Jungfrau de Los Treinta y Tres (Uruguay) und die Jungfrau von Copacabana (Bolivien). Seit 2012 gibt es auch haitianische Gottesdienste, 80 Prozent davon sind evangelisch. Die Pfarrkirche wird gleichermaßen von Katholiken wie von Nicht-Katechisierten, Atheisten, Agnostikern und Muslimen besucht.

Die Atmosphäre ist offen und transparent, um unsere Beine springen zwei Kinder herum, ein Albino-Kind mit seiner jüngeren Schwester, ihre Kleider sind zerschlissen. Es herrscht eine große Fluktuation, unaufhörlich kommen neue Menschen, 110 Betten können nachts belegt werden. Tagsüber schwärmen die Menschen aus, auf der Suche nach Arbeit und Wohnung. Im Hof sitzen die Geflüchteten in Gruppen in der Sonne, und man hört ein langanhaltendes Lachen. Schwangere Frauen und Mütter mit Kindern kommen oft wegen sozialer Konflikte hierher, eine festgelegte Verweildauer gibt es für sie nicht. Im Schnitt bleiben sie zwei Monate in der Unterkunft. Die Kirche bietet Vorträge auf Englisch, Französisch und Spanisch an – zur Integrationsförderung oder mit Informationen zur lokalen Arbeitsgesetzgebung und zu den brasilianischen Gebräuchen. Außerdem gibt es einen Vermittlungsservice für potenzielle Arbeitgeber und Angestellte, schließlich sollen nicht nur die Geflüchteten eine Einführung erhalten, sondern auch die Arbeitgeber. Es kommt aber auch vor, dass Arbeitgeber entgegen den Absprachen diese Vermittlung umgehen und Haitianer direkt im Hof der Pfarrkirche rekrutieren. Denn eigentlich prüfen Sozialarbeiter nach dem Vertragsabschluss zusätzlich die Arbeitsbedingungen, die manchmal, etwa in der Bekleidungsbranche, an Sklaverei erinnern. Haitianer werden seit einiger Zeit allerdings gar nicht mehr unter Vertrag genommen, weshalb sie nun vermehrt nach Hause zurückkehren. Ein junger Mann macht uns darauf aufmerksam, dass wir nicht fotografieren sollen. Ein Angolaner wurde nämlich einmal von einem Filmteam behelligt, wodurch seine Familie ihn in einer Lage betrachten konnte, in der er nicht gesehen werden wollte. Außerdem gibt es Fälle von Menschenhandel, deren Opfer nicht der Öffentlichkeit preisgegeben werden sollen.

Gegen Ende der Führung erklärt er, Geflüchtete seien keine potenziellen Obdachlosen, auch weil sie in deren Aufnahmeeinrichtungen, die eine andere Klientel bedienen, nicht heimisch würden und lieber in die Armenviertel oder in besetzte Häuser zögen. Mir fällt ein Bild ein, das die Arbeit der Kirche erklären könnte, nämlich das des geflüchteten Jesus auf seiner Wanderschaft. »Ja, genau das ist es«, erwidert der junge Mann und empfiehlt mir, Matthäus 25 zu lesen, »Vom Weltgericht«.

»Wann haben wir dich als einen Fremdling gesehen und beherbergt? Wann warst du nackt und wir haben dich bekleidet? Wann haben wir dich krank oder gefangen gesehen und sind zu dir gekommen? Und der König wird antworten und sagen zu ihnen: Wahrlich, ich sage euch: Was ihr getan habt einem unter diesen meinen geringsten Brüdern, das habt ihr mir getan.«

Matthäus 25, 38–40

*

Im Plattenladen meines Viertels höre ich von Luambo Pitchou, einem Geflüchteten aus der Demokratischen Republik Kongo. Ich kontaktiere ihn auf Facebook, und er will mich im Lapeju, einer Bar im Stadtzentrum, treffen. Die Bar ist zugleich seine Wohnung, zuerst kamen nur seine Freunde zum Trinken dorthin, bis er irgendwann seine Tür für alle öffnete. Heute finden dort Veranstaltungen statt, in denen er zeigen möchte, was Geflüchtete den Menschen aus São Paulo geben können. Geboten werden ein kulinarisches, musikalisches und kunsthandwerkliches Programm sowie Vorträge. Ich komme zu früh ins Lapeju und probiere erstmal die Turbane auf, die ein Paar aus Senegal verkauft, beide Muslime, ohne jedes Kleidungsattribut, das auf ihre Religion hätte schließen lassen. Pitchou ist etwas unruhig, als er auftaucht, und schlägt eine Verschiebung des Treffens vor. Offensichtlich muss er sich um etwas kümmern, wovon ich keine Ahnung habe. Ich warte an der Theke, der brasilianische Kellner erkundigt sich nach meinem Anliegen. Als ich den Artikel erwähne, an dem ich arbeite, will er etwas dazu beitragen, weil er in der Nähe der »Kirche der Haitianer« wohnt. Richard erzählt, dass er 2015 die dramatische Ankunft der Haitianer in Brasilien miterlebt habe, als über 400 Menschen nach einer 80-stündigen Reise dort in Bussen angelangten, aus dem Bundesstaat Acre kommend, dessen Gouverneur die Geflüchteten losgeschickt hatte, ohne die Stadtverwaltung von São Paulo rechtzeitig zu informieren, sodass keine Vorkehrungen getroffen worden waren. Der Barkeeper vom Lapeju fährt fort: »Tião Viana (der Gouverneur von Acre) hat sie einfach alle in einen Bus nach São Paulo gesteckt, ohne Bordtoilette, und ihr Ziel war das Kirchenportal. Einige haben mir erzählt, sie hätten 3 000 Dollar an einen Kojoten bezahlt, um nach Acre zu gelangen. Sie sind sehr verschlossen, und die meisten wollen zurück nach Hause.«

Pitchou kommt zurück, und ich befrage ihn zu den von ihm organisierten Veranstaltungen und den afrikanischen Geflüchteten. Pitchou hat im Kongo Jura studiert, ist Rechtsanwalt und arbeitet in Brasilien als Gabelstapelfahrer. Er begann Veranstaltungen mit Geflüchteten zu organisieren, weil viele von ihnen Kunsthandwerk verkaufen, weil unter ihnen Musiker und Köche sind, sie aber keine Möglichkeiten haben, in Erscheinung zu treten. Pitchou versucht, seine Kultur über Essen, Musik und Diskussionen mit den Brasilianern zu teilen. Er ist seit sechs Jahren in São Paulo, hat sich das Land nicht ausgesucht, aber ist geblieben. Er ist der Gesamtkoordinator von GRIST (Grupo dos Refugiados e Imigrantes Sem Teto – Gruppe der wohnungslosen Geflüchteten und

Immigranten), wo die Wohnungsprobleme der Geflüchteten diskutiert werden, die, wenn sie ankommen, zunächst in dem 340 Betten umfassenden Aufnahmezentrum der Stadtverwaltung einquartiert werden. Das Problem ist, wie Pitchou sagt, dass es laut den Zahlen des UNHCR mehr als 8 000 Geflüchtete gibt, wobei diese Zahl nur die anerkannten Flüchtlinge erfasst. Sie müssen alle im Aufnahmezentrum registriert werden, doch dort besteht die Notwendigkeit der Rotation, weshalb die einzelnen Geflüchteten wenig Zeit haben, um eine andere Wohnung zu finden. Da sie kein Portugiesisch sprechen und keine Papiere besitzen, suchen sie sich einen Schlafplatz und besetzen am Ende, um nicht auf der Straße zu bleiben, eine Wohnung. Diese Situation erzeugt Sklavenarbeit; ausbeuterische Menschen bieten Anstellungen an, in denen die Geflüchteten auch Unterkunft und Verpflegung bekommen, aber für 16 Stunden Arbeit pro Tag so gut wie nicht bezahlt werden. Aber die Geflüchteten müssen dies annehmen, um zu überleben. Pitchou, der gegen die Ausbeutung der Migranten kämpft, versucht, die Sache gemeinschaftlich zu lösen. Dankbar erwähnt er hierbei den MSTC (Movimento dos Sem Teto do Centro – Bewegung der Wohnungslosen des Zentrums), ein Kollektiv, das den Geflüchteten eine gewisse Freiheit verschafft, indem es sie in die Bewegung der Wohnungslosen einbezieht. Wenn Geflüchtete heute eine Stimme haben, dann wegen dieser Zusammenarbeit, bestätigt Pitchou, und auch heute noch werden sie bei Wohnungsproblemen an den MSTC und seine besetzten Häuser verwiesen.

Pitchou muss unser Gespräch unterbrechen. Es sind Brasilianer gekommen, er stellt die Musik leiser (Popmusik aus dem Kongo) und beginnt seinen Vortrag über das dort angebotene kongolesische Essen. Er erklärt, Fleisch sei im Kongo ein Luxusartikel, deshalb enthielten die Gerichte kein tierisches Protein. Ich probiere die köstliche Sambusa, eine frittierte, mit Pilzen und Gemüse gefüllte Fleischtasche, einen Ananassaft mit Ingwer und eine Süßspeise aus Bananen und Erdnüssen. Außerdem gibt es gedünsteten Kohl, Spinat, Kartoffeln und Reis. Als wir unser Gespräch fortsetzen, sagt Pitchou, die Kongolesen kämen wegen der bestehenden Probleme in ihrem Herkunftsland nach Brasilien, die Bevölkerung lebe seit 20 Jahren im Krieg, wegen des Coltans, eines Minerals bestehend aus Columbit und Tantalit, beides Stoffe, die unerlässlich sind für die Herstellung von elektronischen Geräten. Pitchou zufolge befinden sich 70 Prozent der Vorkommen dieses Minerals in seinem Land, und in dem seit mehr als 20 Jahren währenden Krieg seien über sechs Millionen Menschen gestorben, ohne dass dies in der internationalen Presse größere Beachtung fände. Die Kongolesen kämen wegen der Not in ihrem Land nach Brasilien, doch es sei eine kriegsbedingte Not. Pitchou bittet mich, mir eine Stadt vorzustellen, in der Frauen massenweise vergewaltigt werden, in der Vergewaltigung als Waffe eingesetzt wird, damit ganze Familien aus Angst vor Gewalt ihre Heimat verlassen. »Die Leute kommen zur Welt, werden groß, machen eine Ausbildung, und immer ist Krieg, was sollen sie dann machen?«, fragt Pitchou. »Sie gehen weg, um ihre eigene Haut zu retten«, antwortet er selbst. Er betont, dass die Kongolesen ihr Land nicht verließen, weil Brasilien ein Paradies sei; das Land sei zwar gut, aber kein Paradies, genauso wenig wie der Kongo die Hölle sei. Er habe das Gefühl, dass es in São Paulo eine Akzeptanz gebe, und er deutet auf das anwesende Publikum, das aus Paulistanern und nicht aus Geflüchteten besteht. Pitchou vertritt die Ansicht, ein Flüchtling solle für sich selbst sprechen und nicht vertreten werden, das Wort sei ihm sowieso schon genommen worden, weil er ein Mensch zweiter Klasse sei. Pitchou meint, für die afrikanischen Geflüchteten sei die Lage besonders schwierig, sie müssten zwei Jahre warten, bis sie einen Aufenthaltsstatus erlangten, während ein Syrer diesen viel schneller bekäme. Den Grund hierfür versteht Pitchou nicht, denn der Krieg in Syrien ist für ihn nicht verheerender als beispielsweise der im Kongo. Er glaubt, dieser von den Behörden und Organisationen gemachte Unterschied schüre letztlich Hass unter den Geflüchteten. Pitchou sagt, die Syrer verfügten schon über ein Unterstützernetzwerk, die Geflüchteten wüssten bereits, wo sie hinmüssen, wenn sie in São Paulo ankommen, und bei den Japanern und Chinesen sei das ähnlich. Genau dieses Netzwerk fehle den Afrikanern, und der GRIST wolle eine beständige, unabhängige Plattform schaffen, auf der er die verschiedenen Gemeinden von Geflüchteten zusammenbringen kann.

*

Immer noch in der Gegend um das Stadtzentrum suche ich das ADUS auf (Instituto de Reintegração do Refugiado – Wiedereingliederungseinrichtung für Geflüchtete). Es befindet sich in einer Fußgängerzone, und dort gibt es auch ein Hausbesetzungsprojekt, das ein komplettes altes Hotel okkupiert hat. Ich betrete die Eingangshalle des ADUS, um die Journalistin Erika zu treffen, eine Freiwillige, die sich bereiterklärt hat, mich zu empfangen. Es wird gerade eine Haitianerin betreut, die ihr schwer atmendes Neugeborenes stillt. Die Mutter versucht, das quengelnde Kind zu beruhigen, indem sie es mit einem Arm schaukelt, während sie mit dem anderen ein Papier aus der Tasche zieht. Ich sitze in der Ecke des Saals und kann die Antworten der Geflüchteten auf die Fragen der sie betreuenden Person mithören: »Ich spreche Französisch, ich bin ledig, ich habe fünf Kinder, ich bin Christin.«

An dieser Stelle muss ich gestehen, dass ich mich von Anfang an unwohl gefühlt habe, wenn es darum ging, die Geflüchteten auszufragen. Das war bei den Palästinensern so, bei den Kongolesen und auch bei den Haitianern, mit denen ich auf dem Kirchhof ins Gespräch kommen wollte. Erika löst mein Problem, indem sie die Neugier zum ersten Thema unseres Gesprächs macht, sie, die ständig Journalisten empfängt und eine Art Mittlerinstanz ist zwischen der Verletzlichkeit der Geflüchteten und der Deadline einer Zeitung. Erika empfiehlt den Journalisten, nicht nach den Gründen zu fragen, warum ein Geflüchteter sein Land verlassen hat. Sie arbeitet seit drei Jahren im ADUS und weiß noch, dass sie anfangs ebenfalls diese Neugier verspürt hat. Als sie damals eine Geflüchtete nach dem Grund für ihr Kommen fragte, sei diese einfach weggegangen. Es handelte sich um eine Frau, die ihre Kinder zurückgelassen hatte. Die junge Frau schleppte also tagtäglich eine Schuld mit sich herum, die sich durch die Fragen von Freiwilligen, Journalisten oder Neugierigen verschlimmerte. Im ADUS gilt daher die Regel, dass niemand fragt. Das Verständnis kommt nach und nach, trotz der Informationslücken; wenn die betreffende Person sich etwa politisch engagiert oder wenn sie Anwältin war in ihrem Land. Doch es wird nie offen spekuliert. Es gibt viele Frauen, die ihre Familien verlassen haben. Erika erzählt von einer Nigerianerin, die zwei Töchter bei ihrer Schwiegermutter in Afrika gelassen hat. Ihr Problem ist, dass die Kinder in das Alter für die Genitalverstümmelung kommen, weshalb sie die Töchter nach Brasilien holen will. Es gibt keine finanziellen Mittel, und Erika hat angeboten zu helfen, indem der Fall publik gemacht wird und Gelder eingetrieben werden, aber die Nigerianerin will ihr Gesicht nicht zeigen, was die Vermutung nahelegt, dass sie illegal im Land ist. In diesem Fall kann sie ihre Kinder nicht nachholen. Wie sollte sie, selbst wenn sie einen Aufenthaltsstatus bekommt, je das Geld dafür zusammenbringen? Im ADUS weiß niemand, ob eine Frau der Genitalverstümmelung unterzogen wurde oder nicht. Erika hat den Verdacht, dass sie sogar auf brasilianischem Boden praktiziert wird. Vielleicht führt die Mutter oder die Großmutter, die weiß, wie es gemacht wird, die Genitalverstümmelung bei den neu angekommenen Enkelinnen durch. In einem Punkt wird Erika sehr deutlich: Sie ist Nigerianerin, wäre sie Syrerin, ginge alles ganz schnell. Erika bestätigt, dass die Syrer es leichter haben als die Afrikaner, wie zuvor auch Pitchou festgestellt hatte.

Es gibt zwei Straßen im Stadtzentrum, wo man den Zustrom der afrikanischen Geflüchteten deutlich spürt. Am frühen Abend treffen sie sich dort alle, belagern die Straße, grillen und sprechen in Sprachen wie Lingála oder Swahili. Laut Erika dienen diese Treffen und Verbindungen dazu, die eigene Identität, Sprache und auch die Gebräuche zu bewahren. In der Regel wohnen die Afrikaner in der Peripherie, weil die Mieten dort bezahlbarer sind und man weder einen Bürgen noch eine Kaution benötigt. Viele ziehen dies vor, zumal in den Außenbezirken eben viele Schwarze leben, die sich gegenseitig unterstützen. In anderen Gegenden fühlen sie sich eher diskriminiert. Ein kongolesischer Geflüchteter gestand Erika einmal, dass er sich in São Paulo erstmals Vorurteilen gegenübersah, denn obwohl im Kongo äußerliche Unterschiede bestehen zwischen Bantus, Niloten und Pygmäen, sind sie doch alle schwarz. Die Geflüchteten sind immer verletzlicher, als der Helfer es erwartet. Erika erzählt von einem Geflüchteten aus Sierra Leone, dem sie geholfen hatte, als es gerade dunkel wurde und regnete. Die Unterkünfte hatten bereits geschlossen, weshalb der Leiter der Einrichtung entschied, er solle in einem nahegelegenen Hotel untergebracht werden, damit er am nächsten Tag alles Weitere regeln könne. In der Hotelrezeption stellte Erika fest, dass er noch nie einen Aufzug gesehen hatte. Sie musste ihn beruhigen und ihm zeigen, wie man auf die Knöpfe drückt. In diesem Sinne bietet das ADUS auch einen Informatikkurs an, weil ein gewisses digitales Verständnis hilfreich ist; zum Beispiel, wie man einen Computer einschaltet, das Word-Programm oder einen E-Mail-Account öffnet.

Heute kann Erika mit den kulturellen Unterschieden umgehen. Sie hat in einer Moschee Portugiesisch unterrichtet, wo sie beispielsweise gelernt hat, dass man einen Muslim nicht zu überschwänglich begrüßen darf. Sie übt sich darin, nicht zu urteilen, so schwierig das manchmal auch ist, insbesondere, wenn es um häusliche Gewalt geht. Hierbei sind sie in der Einrichtung darauf bedacht, sich nicht einzumischen, sondern lediglich die Gesetzeslage darzulegen. Sie sprechen mit den Frauen und insbesondere auch mit den Männern. Erika berichtet von einem Treffen mit Geflüchteten, bei dem es um juristische Fragen ging, und jemand fragte: Wenn meine Frau mich betrügt, darf ich sie dann töten? Erika erklärte dem Geflüchteten das Gesetz »Lei Maria da Penha«, das seit 2006 in Kraft ist und Gewalt gegen Frauen verbietet. Die Zahl der Tötungsdelikte an Frauen in São Paulo ist zwar rückläufig, doch insgesamt wurden in Brasilien zwischen 1980 und 2013 dennoch 106093 Frauen ermordet. Erika sagt, manchmal würden die Kinder verraten, dass ihr Vater Gewalt gegen die Mutter anwende, aber den Freiwilligen seien die Hände gebunden, wenn die Frau ihn nicht anzeigen wolle. In vielen Fällen verfügt nur der Mann über offizielle Papiere, und wenn die Frau die Trennung verlangt, hat sie keine Bleibe mehr. Überhaupt leiden Erikas Erfahrungen nach Frauen immer mehr als Männer, weil sie viel eher als Geflüchtete identifiziert werden. Brasilien ist ein multiethnisches Land, und deshalb ist ein Reisepass auf dem Schwarzmarkt viel wert, da fast jede Ethnie in Brasilien verwurzelt sein kann. Auch Menschen arabischer Herkunft etwa werden nicht sofort als solche identifiziert, die Muslimin hingegen wird wegen des Hidschabs sofort als solche erkannt. Dasselbe gilt für die Migranten afrikanischer Herkunft: Spricht der Mann nicht in einer fremden Sprache, fällt er überhaupt nicht auf; die Frau hingegen wird sofort an ihrer Kleidung, den Halsketten und dem Turban erkannt.

Als das Bild des an der türkischen Küste ertrunkenen syrischen Kindes durch die Presse ging, gab es beim ADUS eine große Nachfrage nach Vorträgen und Interviews, und es gingen viele Spenden ein. Problematisch waren dabei allerdings Anrufe, in denen die Spender wünschten, dass das Geld nur an syrische Familien gehe. In solchen Fällen teilt Erika den Spendern mit, dass bei ihnen alle Geflüchteten Unterkunft fänden, nicht nur Syrer, und dass die betreffende Person dann besser an eine Moschee spenden sollte; das

ADUS mache hier keinen Unterschied. Manchmal kann Erika eine solche Situation noch retten, wenn sie von den Kriegen spricht, dem in Syrien und dem im Kongo zum Beispiel.

Zweifellos besteht außerdem die Gefahr, dass Freiwillige zu erziehen versuchen. Zum Kontakt der Geflüchteten untereinander bemerkt Erika, dass selbst in der Moschee, wo alle dieselbe Religion teilen, keine spontane Vermischung erfolge. Sie sagt, die Syrer, Palästinenser, Bengalen und Migranten aus afrikanischen Ländern kämen zum Beten und würden sich grüßen, aber es gebe keine weitere Verbindung. Es heiße sogar, dass es bei Festen den Tisch der arabischen Länder, den der afrikanischen Länder sowie den der Haitianer gibt. Erika erinnert sich an den beklagenswerten Vorfall, bei dem einige Haitianer im Hof der »Kirche der Haitianer« Aufnahme gefunden hatten und dort von einem Brasilianer angegriffen wurden, der mit einer Schrotflinte herumballerte und dabei ausrief, sie sollten alle nach Haiti zurückkehren. Die Haitianer bleiben seitdem lieber für sich und geben ungern Interviews. Ihr Status ist derselbe wie der anderer Geflüchteter; nach dem Erdbeben erhielten sie aus humanitären Gründen ein Visum. Als damals besonders viele Haitianer in die *Missão Paz* (Mission Frieden) in São Paulo kamen, errichtete der Pfarrer ein Matratzenlager in einem Pavillon, eine Notunterkunft, damit niemand auf der Straße übernachten musste. Es gibt Berichte über Auseinandersetzungen, in denen Haitianern die Pässe gestohlen wurden, weil es für sie einfacher ist, ein humanitäres Visum zu bekommen.

In Brasilien gibt es ein Abkommen, das die Aufnahme von Syrern und in Syrien lebender Menschen aufgrund des dort herrschenden Krieges erleichtert. CONARE, die zuständige Institution der Bundespolizei, brauchte früher neun Monate, um Visa auszustellen; seit dem Abkommen schafft sie es in drei Monaten. Bei den Kongolesen hingegen, die seit über 20 Jahren im Bürgerkrieg leben, dauert es laut Erika zwei bis drei Jahre. Darüber hatte Pitchou mir bereits berichtet. »Warum gibt es diesen Unterschied?«, fragt Erika. Den afrikanischen

Migranten wird lediglich ein unbrauchbares Papier gegeben, teilweise sogar handschriftlich, das keinerlei Glaubwürdigkeit besitzt und deshalb die Eröffnung eines Bankkontos, die Einschreibung an einer Schule oder den Zugang zur öffentlichen Gesundheitsversorgung nicht ermöglicht. Diesem Missstand wollen NGOs und Projekte wie *Missão Paz* mittels ihrer juristischen Abteilungen abhelfen, indem sie die Gültigkeit dieses von der CONARE ausgestellten Papiers attestieren. Erika erinnert daran, dass Brasilien selten die erste Wahl eines Geflüchteten ist. Die meisten wollen nach Europa, in die Vereinigten Staaten oder nach Kanada. In São Paulo gibt es Ärzte, die im Stadtteil Brás Hosen kürzen, Krankenhausingenieure, die Kibbeh frittieren, kongolesische Anwältinnen, die putzen gehen. Viele von ihnen leiden unter Depressionen. Deshalb stellt das ADUS auch eine Psychologin an, die fließend Englisch, Französisch und Arabisch spricht. Die Einrichtung plant außerdem ein Kunsttherapie-Projekt mit Kindern. Während der Feuerwerke zur Fußballweltmeisterschaft versteckten sich diese traumatisierten Kinder oft unter dem Tisch, weil sie sie für Bombenangriffe hielten. Einige Kinder sprechen nicht, viele sind nervös oder aggressiv, auch die älteren tragen manchmal immer noch Windeln, knabbern an Tischen herum oder sind ganz im Gegenteil zu reif für ihr Alter.

Erika verabschiedet sich mit den Worten, dass man im Herzen von Brás in einer einzigen Straße die ganze Welt hören kann – afrikanische Stimmen, die in einer Mischung aus Französisch und Lingála ihre Stoffe verkaufen, dazwischen Chinesisch, Koreanisch und an der Ecke Arabisch: eine ganze Weltumsegelung.

*

Brasilien war die letzte Nation, die 1888 die Sklaverei abschaffte, und einige Arbeitgeber würden die Migranten von heute gern wieder in die noch immer bestehenden Versklavungsstrukturen einbinden. Ein Charakteristikum São Paulos – das für Hauptstädte anderer Bundesstaaten nicht gilt – ist, dass die meisten seiner Bewohner keine Wurzeln in der Stadt haben; falls sie keine ausländischen Wurzeln haben, stammen sie zumeist aus einem anderen Bundesstaat. Viele wollen hier Geld verdienen und dann an ihren Ursprungsort im Süden, Norden oder Nordosten des Landes zurückkehren. Eine Bevölkerung, die nicht sesshaft werden will, am Ende aber doch Wurzeln schlägt in dieser *Paulicéia Desvairada*, dieser verrückten Stadt São Paulo. Sogenannte Pioniere früherer Jahrhunderte erfahren eine Ehrung über die Namen der Ausfallstraßen, die die Hauptstadt des Bundesstaats mit dem Hinterland und der Küste verbinden: Pioniere, die brutale Ausbeuter waren, die Indigenen jagten und deren im Urwald verborgene Reichtümer plünderten. Gewalt ist also nichts Neues in Brasilien, und das verleiht dem Land etwas Schweres, das unvereinbar ist mit diesem Bild des Karneval-Brasilianers – oder es gleichzeitig rechtfertigt: Wir lieben den Rummel, um das Leid besser zu ertragen. Oswald de Andrade schreibt in seinem *Manifesto Antropofágico*, dass die Freude die Neunerprobe sei. Es überlebt nicht der Stärkere, sondern der, der sich wandelt. Wir sind im Umbruch begriffen.

Die Menschen im Südsudan – Zwischen Flucht und Vertreibung

Stella Gaitano

Aus dem Arabischen von Larissa Bender

Lässt sich beschreiben, was ein Volk ertragen muss, wenn seine Menschen ihr Leben lang keine Heimat finden?

Für die Situation der südsudanesischen Geflüchteten findet sich weltweit kein Vergleich. Sie ist durch viele schreckliche, geradezu unvorstellbare Ereignisse gekennzeichnet. Südsudanesische Geflüchtete haben das Gefühl, weniger wert zu sein als andere Sudanesen. Nach der Unabhängigkeit des Sudan wurden sie zwar offiziell vollberechtigte Staatsbürger, doch der neue Staat ließ sie im Stich. Grund dafür waren wieder vor allem Kriege, die um die Macht entbrannt waren. So wurden die Südsudanesen erneut Opfer der Politik, gefangen im gleichen Teufelskreis wie zuvor, misshandelte Bürger, bedauernswerte Vertriebene, verzweifelte Geflüchtete und jetzt auch noch Staatenlose.

Der Krieg

Der sogenannte zweite Bürgerkrieg von 1983 bis 2005 war für den Sudan und seine Bevölkerung ein äußerst grausamer Krieg, dem ungefähr zwei Millionen Menschen, hauptsächlich Zivilisten, zum Opfer fielen. Vier Millionen Südsudanesen emigrierten damals, ließen ihre Heimat und ihren Besitz zurück. Die meisten flohen innerhalb des Landes Richtung Norden, während sich die anderen etwa 600 000 Menschen auf die Länder Ostafrikas und die übrige Welt verteilten. Dieser Krieg gilt heute als der längste Bürgerkrieg Afrikas.

Die Vertreibung

Ich will mich hier auf das Schicksal jener Menschen konzentrieren, die in den Nordsudan flohen, nachdem ihre

Heimatregionen zu Kriegsschauplätzen wurden. Ich erinnere mich noch gut daran, dass unser Haus voller geflüchteter Verwandter war, Frauen und Kinder, meist ohne Väter und ohne Einkommen. Es wurden Lager an den Stadträndern errichtet, um die große Zahl von Geflüchteten unterzubringen, Lager, die Namen erhielten wie »Karton Kasla«, als Hinweis darauf, dass die Unterkünfte aus Kartonresten und Plastiktüten bestanden; oder auch »Dschabaruna« (Arabisch für: »Sie zwangen uns«), was auf die Tatsache hinwies, dass sie unfreiwillig in diesem Landstrich lebten; in Hütten, die ihnen kaum Obdach boten, so wenig schützten sie vor Sonne und Regen. Tausende Familien wohnten hier dichtgedrängt. In solchen Lagern, die sich alle bis ins Kleinste ähneln, wurde die Mehrheit meiner Generation in ein Milieu hineingeboren, das von Armut und Mangel gekennzeichnet war, von Krankheiten und der falschen Hoffnung, irgendwann in den schönen grünen Süden zurückkehren zu können – dorthin, wo es alles gab, in das Land, das unser Eigentum war, zu den Herden und den fruchtbaren Feldern. Dort könnten wir endlich in Würde leben, unsere Nahrung anbauen und ernten. Da der Krieg aber nicht endete, lebten die Geflüchteten jahraus, jahrein so weiter, während gleichzeitig immer mehr Menschen Richtung Norden zogen. Manche von ihnen gewöhnten sich an die Umgebung und begannen ein neues Leben. Andere hielten an ihrem Traum, bald zurückzukehren, fest und gerieten in einen Teufelskreis aus Armut, Unwissenheit und Krankheit. Immer mehr arme Familien bekamen ihr Leben nicht mehr in den Griff, Krankheiten breiteten sich aus, Alkoholsucht, Gewalt und Rechtlosigkeit prägten das Leben. Viele kämpften verzweifelt gegen die Situation an, nicht selten gingen von diesen Menschen positive Impulse aus. Andere suchten nach riskanten Wegen, um zu fliehen, manche verschwanden und tauchten nach vielen Jahren wieder auf, in denen sie keinerlei Kontakt zu ihren Familien hatten.

Die Rückkehr

Nach langwierigen regionalen und internationalen Bemühungen kam es endlich zu Friedensverhandlungen zwischen dem separatistischen Süden und der sudanesischen Regierung, die schließlich im Jahr 2005 in ein umfassendes Friedensabkommen mündeten. Für alle Sudanesen, besonders aber für die Südsudanesen, war dies Anlass zu großer Freude. Das Recht auf Selbstbestimmung des südsudanesischen Volkes war einer der wesentlichen Punkte.

Die Umsetzung des Abkommens war jedoch von so vielen Rückschlägen begleitet, dass das Vertrauen der Menschen in die Errungenschaften mehr und mehr verlorenging. Ein schwerwiegender Verlust für die Südsudanesen war der Tod des ehemaligen Rebellenführers Doktor John Garang de Mabior, der als geistiger Vater und als Garant dafür galt, dass das Abkommen auch eingehalten wird. Als er mit seinem Helikopter aus bis heute ungeklärten Gründen in den Imatong-Bergen abstürzte, verlor das südsudanesische Volk seinen Mentor und das Abkommen seinen Kompass.

Es wurden deutliche Forderungen nach Selbstbestimmung erhoben, und die Stimmen derer, die eine Abspaltung vom Norden forderten, wurden immer lauter. Auch im Norden gab es Menschen, die eine Sezession des Südens befürworteten, weil er von vielen als Ballast für das Land angesehen wurde. Hunderte begaben sich auf verschiedenen Wegen zurück in den Süden, was »freiwillige Rückkehr« genannt wurde. Doch noch bevor diese »freiwillige Rückkehr« vollzogen war, hatte bereits das Prozedere für ein Referendum zur Unabhängigkeit des Südsudan begonnen. Die Atmosphäre war mittlerweile äußerst angespannt, viele Menschen bekamen Angst und reisten überstürzt und schlecht geplant in den Süden, was negative Auswirkungen auf ihr Leben und ihre Zukunft haben sollte. Tausende Familien kehrten in ihre Heimatorte zurück, in ein Land, in dem ein halbes Jahrhundert lang ein verheerender Krieg getobt hatte, der jegliche Entwicklung verhindert, die spärliche Infrastruktur vernichtet und die Existenz, aber auch die Seelen vieler Menschen zerstört hatte. Ein Land, das nicht darauf vorbereitet war, die in der ganzen Welt und den Nachbarländern lebenden Vertriebenen wieder aufzunehmen, geschweige denn, ihnen ein menschenwürdiges Leben zu ermöglichen, das Arbeit für Väter und Mütter, Bildung für die Kinder und sauberes Wasser für alle bereithält. So machten sich viele bereits sehr früh erneut auf den Weg, wieder in die entgegengesetzte Richtung.

Die Sezession

Die Umsetzung sämtlicher Paragraphen des Abkommens sollte ganze sechs Jahre dauern. Jedes Jahr wurden wichtige Schritte in Richtung Unabhängigkeit unternommen. Sämtliche politischen Machthaber sowohl des Südens als auch des Nordens waren an dem Prozess beteiligt, hinter den Kulissen wahrscheinlich von der internationalen Gemeinschaft unterstützt. Tatsächlich stimmten am Ende 99 Prozent für die Unabhängigkeit des Südsudan. Der Nordsudan zeigte sich schockiert und die Welt verunsichert. Am 9. Juli 2011 folgte die offizielle Gründung der Republik Südsudan. An diesem Tag wurde allen, die hier ihre Wurzeln hatten, die sudanesische Staatsangehörigkeit aberkannt, einschließlich der Generationen von Menschen, die im Norden geboren und aufgewachsen waren. Von einem auf den anderen Tag waren ungefähr acht Millionen Südsudanesen staatenlos und ohne offizielle Papiere. Sogar die Arbeitspapiere wurden ungültig. Für die Menschen, die aus dem Süden stammten, aber zu jener Zeit im Nordsudan lebten, wurde die Situation immer bedrohlicher, weil sie nicht nur auf einen Schlag ihre Arbeit und ihre Staatsangehörigkeit verloren, sondern auch über Nacht zu Ausländern erklärt wurden, ohne dass für sie irgendeine Übergangsregelung vorgesehen gewesen wäre. Dies trug wesentlich dazu bei, dass der Strom der Südsudanesen auf den Straßen anschwoll, sie ihre Häuser verkauften, ihre Sachen packten und sich gen Süden aufmachten, über Land, mit dem Flugzeug oder mit dem Schiff. Die Stadt Kusti, ein

Flusshafen an den Ufern des Weißen Nils, war von Menschen mit all ihren Habseligkeiten überfüllt. Sie glaubten fest daran, in wenigen Tagen den Süden zu erreichen. Doch die realen Umstände machten ihnen einen Strich durch die Rechnung. Die eingeplanten wenigen Tage wurden zu Jahren bitteren Ausharrens, auf Gehsteigen, Plätzen, in Häfen. Es trat ein permanenter Zustand der Abreise ein, eine Stagnation, die endloses Warten bedeutete, Warten auf etwas, das bis heute nicht eingetreten ist.

Die Staatenlosen

Als die Abwanderung in den Süden unter starkem politischen, sozialen und ökonomischen Druck begann, hatten die Südsudanesen ihre Staatsbürgerrechte bereits verloren. Gleichzeitig machte die sudanesische Regierung der noch jungen Regierung des Südsudans sehr deutlich, dass sie sich um ihre Bürger zu kümmern habe. Diese aber war mit den Herausforderungen eines innenpolitischen Wandels von einer militärischen in eine zivile Gesellschaft überfordert. Das Interesse der neuen südsudanesischen Regierung an ihren Bürgern im Sudan war zu jener Zeit nicht sonderlich groß, die vielen Probleme überließ man internationalen Organisationen. Die rückkehrenden Südsudanesen hofften, dass sich ihre Situation auf der anderen Seite der Grenze, in ihrer ersehnten Heimat, verbessern würde.

Während die vielen ungelösten Probleme jederzeit einen erneuten Krieg zwischen dem noch instabilen neuen Staat und dem krisengeschüttelten Mutterstaat hätten auslösen können, endete die Flucht der meisten Südsudanesen auf den Straßen, in den Rückkehrlagern im Norden oder in jenen Vierteln, in denen sie früher gewohnt hatten. Ursprünglich waren sie als Lager für Displaced Persons errichtet und Jahrzehnte später zu Wohnvierteln geworden, in denen die meisten Bewohner ein Haus hatten und manche auch feste Jobs. Kinder und Jugendliche konnten hier eine von der Kirche oder der Regierung geführte Schule besuchen. Der Druck auf die Südsudanesen nahm noch mehr zu, als die sudanesische Regierung offiziell verlautbaren ließ, nicht mehr für die Bürger des Südsudan verantwortlich zu sein, ihnen jegliche medizinische Versorgung zu verwehren sei und sie umgehend in ihr Land zurückkehren müssten. Dies war letztendlich eine überzogene Reaktion darauf, dass 99 Prozent der Südsudanesen für die Abspaltung gestimmt hatten. Es gingen sogar Gerüchte um, die sudanesische Regierung würde die Häuser von Südsudanesen beschlagnahmen und ihre Bürger gegen die Südsudanesen aufhetzen, um sie aus dem Land zu vertreiben. Das waren zwar haltlose Befürchtungen, doch die Atmosphäre war insgesamt enorm aufgeladen, und immer mehr Menschen zogen Richtung Süden. Die eigentlichen Profiteure dieses Chaos waren die Volksbefreiungsbewegung im Südsudan und die Nationale Kongresspartei im Sudan als Vertreter der jeweiligen Regierungen. Die Volksbefreiungsbewegung hing dem Wunsch nach, dass ihr Volk und ihre Kader den großen Sieg über den Norden davongetragen hätten, und die Nationale Kongresspartei wäre gern die Hälfte ihres Volkes losgeworden. Sie wollte vor allem jene Stimmen von sogenannten Ungläubigen und Säkularisten zum Schweigen bringen, die Pluralismus sowie religiöse und kulturelle Vielfalt propagierten, denn die Regierung strebte einen islamischen Staat an, in der die Scharia gilt. Sie proklamierte öffentlich, dass der Sudan ein islamisch-arabischer Staat sei, in dem Minderheiten keinen Platz hätten.

Zehntausende Familien waren zu diesem Zeitpunkt bereits unterwegs, und auf einmal rückte der geographisch nahe Süden in immer weitere Ferne, denn er war zu einem anderen Staat geworden. Seit 2011 hatten die Menschen im Norden gelebt, immer als Exilanten, in provisorisch errichteten Häusern und großen existenziellen Nöten. Jahr für Jahr verloren die Menschen noch mehr die Geduld und ihre Würde, ihr Hab und Gut und auch ihre Hoffnung auf eine Zukunft, denn viele Kinder konnten nicht weiter zur Schule gehen. Die meisten Plätze in den Vierteln wandelten sich zu kleinen Lagern, die den Rückkehrwilligen bis heute Zuflucht bieten. Der Kreis von Vertreibung – Rückkehr – Staatenlosigkeit – Flucht schloss sich. Anstelle einer Staatsbürgerschaft erhalten viele Menschen nur noch Registrierkarten, die alle drei Monate erneuert werden müssen. Immer wenn die Regierungen des Nordens und des Südens auf Konfrontationskurs sind – und das passiert sehr oft, zum Beispiel wenn die Machthaber sich gegenseitig beschuldigen, die Rebellen im eigenen Land zu unterstützen –, dann veröffentlicht die sudanesische Regierung Erklärungen wie: »Die Bürger des Südsudan müssen ihre Papiere in Ordnung bringen, sonst …«

Verhinderte freiwillige Rückkehr

Der Zug der Sezession rollte unaufhaltsam auf seine letzte Station zu und zermalmte alles, was ihm im Weg war. An jenen Stationen, die zur Schaffung gutnachbarlicher Beziehungen zwischen den beiden Staaten hätten beitragen können, hielt er nicht. Eine solche Station wäre meiner Meinung nach das Bemühen um eine nationale Versöhnung gewesen. In einem solchen Prozess hätten wichtige Erfahrungen gemacht werden können, die erneut aufflammende Konflikte möglicherweise verhindert hätten, Konflikte, die wieder unendlich viele Vertriebene, Geflüchtete und illegale Migranten hervorgebracht haben. Die Bürgerkriege im Sudan, die alten wie die neuen, haben alle die gleichen Wurzeln: eine schlechte Regierung, ein Mangel an gerechter Entwicklung und sozialer Gerechtigkeit und zu wenig Möglichkeiten politischer Teilhabe. Alte Konflikte zu befrieden, indem sie in gegenseitigem Respekt schrittweise gelöst werden, hätte zur inneren Konsolidierung der beiden Staaten beitragen können. Bei der Umsetzung des Abkommens blieben stattdessen viele Probleme ungelöst, beispielsweise die Aufteilung der Ölreserven, die Grenzverläufe von Abyei und der fünf anderen umstrittenen Regionen sowie die humanitäre Situation der Bürger beider Länder.

Diese Probleme sind tickende Zeitbomben, wie etwa der Angriff auf die sudanesische Stadt Heglig durch die Südsudanesen zeigt. Ein paar Monate nach der Sezession wurde der Sudan beschuldigt, südsudanesisches Territorium bombardiert zu haben. Die meisten Nordsudanesen waren sofort bereit, ihr Land gegen den neuen Feind, den ehemaligen Bruder, zu verteidigen. Zehntausende Menschen hingen damals in den Zentren der freiwilligen Rückkehr fest, auf den Plätzen, in den Straßen und im Hafen von Kusti. Die Schiffe waren voller Menschen mit ihren Habseligkeiten, bereit, nach langem Warten dem Norden endgültig Lebewohl zu sagen. Doch die sudanesische Regierung schloss, als Reaktion auf die Besetzung von Heglig, die Grenzen zum Südsudan. Damit wurden die rückkehrenden Südsudanesen im Sudan eingesperrt, während ihnen gleichzeitig zu verstehen gegeben wurde, dass sie hier unerwünscht seien. Die Menschen waren gezwungen, ihren Besitz ohne jegliche Garantien auf den Schiffen zurückzulassen und in die Lager zurückzukehren.

Der Kampf des Südens gegen sich selbst

Nach zwei Jahren Unabhängigkeit begann im Südsudan ein Krieg, den auch die ehemaligen Freiheitskämpfer nicht verhindern konnten. Es war unvermeidlich, dass sie mit den Konflikten aus früheren Zeiten konfrontiert wurden. Damals hatten sie im Busch gekämpft, jetzt fochten sie ihre bewaffneten Kämpfe in der Stadt Juba inmitten von Zivilisten aus. Zwischen den einstigen Verbündeten entbrannte ein gnadenloser Krieg um die Macht, es kam zu schrecklichen Übergriffen, was erneut viele Menschen zwang, als Vertriebene oder Geflüchtete zu leben.

Nachdem auf Druck der internationalen Gemeinschaft ein Friedensabkommen zustande gekommen war, hörten die Kämpfe zeitweilig auf. Doch schon bald begannen die Machthaber des Nordens einen weiteren Krieg, auf bekannte Art, ohne nennenswerte Gründe, und fügten den Menschen, deren einziger Wunsch es war, endlich in Sicherheit zu leben, neue Enttäuschungen und weitere Leiden zu.

Dieser neue Krieg brachte das Fass endgültig zum Überlaufen, viele Menschen beschlossen, den Südsudan nun für immer zu verlassen und flohen in die Nachbarstaaten Uganda, Kenia oder wieder in den Sudan.

Auf der Suche nach Asyl

Die Mehrheit ging vor allem deshalb zurück in den Sudan, weil ihnen dort die Kultur und Sprache vertraut waren. Auch aufgrund der geographischen Nähe war die Rückkehr in den Sudan für die meisten unausweichlich. Tausende drängten sich auf der südsudanesischen Seite der Grenze. In jener Zeit veröffentlichte die sudanesische Regierung eine Erklärung, die den Anschein erweckte, dass sie die historischen Beziehungen zwischen dem Süden und dem Norden anerkennen würde. Es hieß, man werde die Grenzen öffnen und die Südsudanesen nicht als Ausländer behandeln. Sie seien keine Geflüchteten, sondern Brüder. Diese Erklärung kam unerwartet und wirkte zunächst beruhigend, doch schon bald mussten die Südsudanesen feststellen, dass diese Erklärung ihre Nichtanerkennung als Flüchtlinge einschloss und für sie eine ernste Gefahr bedeutete, denn nun waren sie gezwungen, ihr Leben selbst in die Hand zu nehmen. Die meisten Geflüchteten waren Frauen und Kinder. Um ihre Kinder zu ernähren, mussten Mütter im informellen Sektor Geld verdienen, zum Beispiel mit der Produktion von Alkohol. Die hohen Mieten zwangen viele wieder zurück in die Lager.

Aber der komplette wirtschaftliche Zusammenbruch des Südsudan, als Folge des Krieges und des gefallenen Ölpreises, ließ dieses Asyl als verheißungsvolle Option erscheinen. Heute sehen viele junge Leute ihren Aufenthalt im Sudan allerdings nur als vorübergehend an und denken ernsthaft darüber nach, ihr Schicksal endgültig herauszufordern und das Mittelmeer zu überqueren, hin zu den weit entfernten unsicheren Ufern. Werden sie je dort ankommen? Oder wird sie das salzige Wasser verschlucken?

Die Helden

Efon, Mitte 20, wohnt seit mehr als fünf Jahren im Lager. Sie hatte einst ein Haus besessen, das sie verkaufen musste, als sich die Menschen auf ihre Rückkehr in den Südsudan vorbereiteten. Sie packte ihre Sachen und ging in eines der Lager für freiwillige Rückkehrer. Ihre Mutter war bereits in den Süden gezogen, sie aber blieb mit ihren Kindern zunächst zurück, um ihr Hab und Gut nicht zu verlieren. Sie hat sechs Kinder, eins ist ihre Nichte, die beide Eltern verloren hat.

Efon berichtet: »Wir leben schon seit fünf Jahren hier. Mein ältester Sohn war zehn, als wir ankamen, jetzt ist er ein junger Mann. Ich habe zwei weitere Kinder im Lager bekommen. Mein Mann verlor seine Arbeit, weil er kein sudanesischer Staatsbürger ist, aber wir konnten auch nicht zurück in den Südsudan. Wir leiden sehr, weil wir alles verloren haben und ganz auf uns gestellt sind. Um weiterleben und unseren Kindern eine Schulbildung ermöglichen zu können, müssen wir Geld verdienen. Deshalb bin ich gezwungen, in Heimarbeit Alkohol herzustellen und zu verkaufen. Wir laufen jedoch oft Gefahr, dass die Polizei uns schnappt, wenn wir den Alkohol aus dem Lager schmuggeln, um ihn draußen zu verkaufen. Dann werden wir verhaftet und müssen Millionen Pfund Strafe zahlen, die niemand von uns aufbringen kann. Unsere Kinder könnten dann nicht mehr in die Schule gehen.

Das neue Lager, in das wir gegangen sind, ist sehr weit draußen, sodass es für die Kinder unmöglich ist, wie früher zu Fuß zur Schule zu gehen. Wir haben deshalb mit einem Busfahrer abgemacht, dass er die Kinder hinbringt. Jedes Kind bezahlt täglich sechs Pfund, das sind im Sudan 23,5 US-Cent. Ich habe fünf Kinder in der Schule, was bedeutet, dass ich jeden Tag 30 Pfund aufbringen muss, darin ist aber nicht einmal das Frühstück enthalten. Für uns ist das ein hoher Betrag, weshalb wir sehr auf Unterstützung angewiesen sind. Einmal meldete sich eine Hilfsorganisation und versprach uns, die Kinder zur Schule zu transportieren. Alle Kinder wurden dafür registriert, doch diese Organisation ist – wie andere vorher auch – wieder verschwunden, und wir haben keine Unterstützung mehr erhalten.

Wir wissen wirklich nicht, wie lange diese Situation noch anhält. Wir haben das Gefühl, unsere Vergangenheit und unsere Gegenwart verloren zu haben, wir führen kein normales Leben, alles ist mühsam geworden. Ich bestehe darauf, dass meine Kinder ihre Ausbildung zu Ende bringen, egal unter welchen Umständen, damit wir nicht auch noch die Zukunft verlieren. Wir hoffen, dass sich die Lage irgendwann bessert und wir wieder zu einem normalen Leben zurückkehren können. Wir haben schon fast vergessen, was das ist: ein normales Leben.«

A.B. ist eine Frau Mitte 40. Sie blieb in einem kleinen Lager inmitten ihres früheren Stadtviertels hängen, nachdem alle Versuche, in den Süden zu gelangen, gescheitert waren. Nun, nachdem dort die Gewalt erneut ausgebrochen ist und wieder viele in den Norden gehen, hat sie die Hoffnung zurückzukehren gänzlich verloren.

A.B. erzählt: »Ich habe mehr als ein Vierteljahrhundert in verschiedenen Flüchtlingslagern gelebt und dort fast alle meine Kinder zur Welt gebracht. Aber ein Familienleben aufzubauen gelingt mir nicht. In einem Milieu permanenter Unsicherheit konnte ich mich um die Kinder nicht richtig kümmern und habe sie deshalb alle verloren. Sechs meiner Kinder habe ich zu Grabe getragen. Zwei von ihnen begingen Selbstmord, ein Sohn hat sich mit meinem Kleid erhängt und drei Kinder hinterlassen. Da deren Mutter geflohen ist, leben sie nun bei mir. Eine Tochter hat sich vergiftet, wir konnten sie nicht retten. Sie hinterließ einen Jungen und ein Mädchen, die auch noch zu meinen eigenen kleinen Kindern dazukommen. Die anderen starben an unheilbaren Krankheiten oder an der Alkoholsucht.

Ich bin eine alleinstehende Frau und in diesem schrecklichen Umfeld verantwortlich für all diese Kinder. Manchmal arbeite ich bei fremden Leuten, wasche ihre Wäsche, oft auch in beißender Kälte. Manchmal laufen wir sehr weite Strecken bis zu den Feldern, um uns an der Gemüseernte zu beteiligen. Dafür erhalten wir Gemüse als Lohn, das wir zum Teil selbst essen und zum Teil verkaufen. Ich bin krank, meine Gelenke schmerzen entsetzlich. Ich habe zwei meiner Kinder einer islamischen Organisation in Obhut gegeben, damit sie sich um sie kümmern. Sie haben den Islam angenommen und lernen nun den Koran. Die anderen gehen in die nahe gelegene Schule, aber ich habe die Hoffnung aufgegeben, dass ich sie zu anständigen Menschen erziehen kann.

Diese schreckliche Situation hat mir meine Kinder genommen. Wir leben in ständiger Angst und wissen nicht, wie alles enden wird. Die Kinder sind jetzt in der Pubertät, sie werden vermutlich zu schlechten Taten wie Diebstahl verleitet oder sie tun sich vielleicht sogar selbst etwas an. Wenn wir doch bloß in den Südsudan gehen könnten, selbst wenn wir dort sterben müssen. Manchmal glaube ich, der Tod ist leichter zu ertragen als diese Situation hier.«

S.M., eine junge Frau Mitte 20, erzählt: »Seit der Unabhängigkeit des Südsudan lebe ich im Lager. Wir hatten große Hoffnungen, aber nun hängen wir hier fest, wahrscheinlich bis in alle Ewigkeit. Die Familie ist auseinandergebrochen, manche haben es in den Süden geschafft, andere sind in Ägypten, wieder andere sind hiergeblieben. Wir alle sind auf der Suche nach einem sicheren Ort und einem neuen Leben, ohne Krieg, Vertreibung und Flucht. Wir wollen endlich zur Ruhe kommen. Ich arbeite bei fremden Leuten, ich verlasse das Lager am frühen Morgen und komme erst spät abends zurück. Die Hälfte des Lohns muss ich für die Strecke zwischen dem Lager und meinem Arbeitsplatz ausgeben, denn wir müssen mehrere Verkehrsmittel nehmen, um in die Innenstadt zu gelangen.

Ich möchte nie wieder Alkohol herstellen müssen, denn ich saß deswegen lange im Gefängnis. Auch die Geldstrafe ist sehr hoch, mehr als sechs Millionen SSP. Mittlerweile sind wir hier als Ausländer großem Druck und gnadenloser Ausbeutung ausgesetzt. Die Situation in den Lagern ist äußerst kritisch, wir wissen ja nicht einmal, wer für uns verantwortlich ist. Von niemandem erhalten wir Unterstützung, unsere Regierung und unser Botschafter haben uns vergessen. Niemand von ihnen hat sich jemals hier blicken lassen. Es ist bitterkalt, wir haben sehr wenig zu essen, und unsere Häuser schützen uns nicht vor Kälte und Regen, denn sie sind aus primitiven Materialien gebaut, aus Säcken, Brettern und Wellblech. Wir haben nicht einmal einen Status wie die Flüchtlinge aus anderen Staaten. Was wir aber mit ihnen gemeinsam haben, ist, dass wir alle in Lagern zusammengepfercht sind.«

Worüber nicht gesprochen wird

Es gibt viele Versionen ein und derselben Geschichte mit den immer gleichen Ursachen: Krieg, mangelnde Sicherheit, Regierungen, die Menschen vertreiben, Regierungen, die nicht bereit sind, Menschen aufzunehmen, insbesondere nicht die ganz Schwachen, was Bildung und Qualifikation betrifft; außerdem der Mangel an finanziellen Mitteln, um Beschäftigung zu initiieren. Es ist fast unmöglich, diesen Teufelskreis aus Armut und Not jemals zu durchbrechen. Es schmerzt zu spüren, dass man anderen eine Last ist und jeder Bedenken, ja Angst hat, dir zu helfen. Und dieser Zustand hält vielleicht ein Leben lang an. Immer fühlt man sich schwach, nie willkommen, sondern abgelehnt, weil man vor langer Zeit einmal für die Abspaltung vom Norden gestimmt hat und nach drei Jahren mit hängendem Kopf und eingezogenem Schwanz zurückkehren musste. Man kehrt zurück an den gleichen Ort, zu den gleichen Menschen, jeder Würde beraubt. Darüber hinaus sind die Chancen auf Emigration in ein friedliches Land fast gleich Null.

Wir stecken fest in der Falle einer blinden Politik einer unfähigen und korrupten Regierung, es ist eine Falle, in der, wenn nicht wir selbst, so unsere Kinder sterben werden. Und wenn eines von ihnen vor dem Tod gerettet wird, wird es krank sein. So tragen wir auf unseren Schultern und in unseren Herzen die gesellschaftlichen und psychischen Defekte, die länger fortdauern werden, als unser Leben in den Lagern. Auf der Suche nach einem barmherzigen Retter schaust du dich um, blickst in alle Richtungen, streckst deine Hand so weit wie möglich aus, um etwas zu ergattern, ein Obdach, etwas Brot, Wasser, eine Decke, die dich vor der Kälte schützt, und vielleicht eine Heimat.

Wie grausam sind wir Menschen geworden, dass wir ein solches Ausmaß an Brutalität zulassen und solche schrecklichen Kriege führen, die zu Vertreibungen im Inland und Asylsuche im Ausland führen. Bedeutet all das nicht ein globales Scheitern? Diese Frage stelle ich den Machthabern dieser Welt: jenen, die den Regierungen ihrer Staaten vorstehen, in denen Kriege wüten, und auch jenen, die den Terrorismus unterstützen, und ich stelle sie den reichen Händlern todbringender Waffen. Haben diese sich nie gefragt: Warum ist die Welt heute noch grausamer als früher? Warum ist sie für niemanden mehr sicher? Wie ist ein solcher Rückfall in die Barbarei zu erklären, wie die vielen Kriege innerhalb der Länder, mehr noch als zwischen den Staaten? Und warum passiert all das ausgerechnet in meiner Zeit? Worin besteht unser Versagen? Worunter leidet die Menschlichkeit? Warum klagen die Menschen, wohin immer sie auch kommen? Wie entsteht so unendlich viel Grausamkeit und brutale Unterdrückung?

So wie der Vertriebene sich immer nach Rückkehr an seinen Geburtsort sehnt, so sehnt sich der Geflüchtete immer nach seiner Heimat. Warum planen wir immer erst dann, ihn wieder dort anzusiedeln, wenn er bereits eine neue Heimat hat? Es ist doch ohnehin meist nur eine krisengeschüttelte, von absurden Kriegen zerstörte Heimat, von denen nur eine kleine Gruppe habgieriger und rücksichtsloser Menschen profitiert. In den Aufnahmeländern werden Millionen Dollar für Geflüchtete ausgegeben. Würde man nur die Hälfte davon für die Sicherheit in ihrer Heimat ausgeben, für die Bekämpfung von Korruption und den Aufbau handlungsfähiger Regierungen, für Gerechtigkeit, Entwicklungsmöglichkeiten für alle und für die Gestaltung friedlicher Übergänge von einer Regierung zur anderen, dann sähe die Situation anders aus. Muss ein Mensch aus einem afrikanischen, asiatischen oder arabischen Land das Meer überqueren, um diese Werte zu finden? Müssen sich die Staaten Europas vor Tausenden Geflüchteten fürchten, die auf abenteuerlichen Wegen in ihre Länder drängen? Müssen sie einen hektischen Verhandlungsmarathon führen und viele internationale Abkommen unterzeichnen, um die Grenzen zwischen Transitstaaten und Aufnahmeländern kontrollieren zu können oder ganz zu schließen?

Tatsächlich sind sämtliche Folgen dieser enormen Migrationsbewegung nicht absehbar. Es ist eine Migration von qualifizierten Menschen aus den Staaten des Südens in die des Nordens, von der Dritten Welt in die Erste, ein unfairer Vorgang der Stärkung des ohnehin Stärkeren und der Schwächung des kurz vor dem Kollaps stehenden Schwachen.

Die Sehnsucht nach Heimat wird bleiben. Und wie Menschenrechtsorganisationen das Recht auf Asyl infolge einer ungerechten Politik von Krieg und Unterdrückung in den Heimatländern einfordern, müssen sie auch mit viel größerem Mut über das Recht sprechen, in unseren eigenen Ländern leben zu können; über das Recht, unsere Länder aufzubauen, dort zu produzieren, frei denken und kreativ sein zu können. Wir sind nicht darauf aus, ein Meer zu überqueren, um einen Tod gegen den anderen zu tauschen, in der verzweifelten Hoffnung, ein neues, aber unsicheres Leben zu beginnen. Wir möchten hier, in unserer Heimat leben, ein gutes Leben führen und unsere eigene Kultur aufbauen. Ich glaube fest daran, dass jeder Mensch einen Wert hat, dass jede Kultur ihren Wert hat, aber ich kann in den gegenwärtigen Migrationsbewegungen nur einen Prozess der Erosion und sozialen Verwüstung erkennen, der jede Vielfalt und alle Unterschiede vernichtet. Das Ich des Migranten löst sich im Anderen auf. Wer in den Häusern der Anderen lebt, verliert seine Unabhängigkeit und Ausstrahlung, die ihm sein

Heimatland schenkt. Immer ist da dieses merkwürdige Gefühl, sich vor der Bevölkerung des Gastlandes verneigen zu müssen, auch wenn man anderer Meinung ist. Vielleicht gibt einem das neue Leben Hoffnungen, Träume und Chancen, aber jenes Gefühl wird bleiben, wie ein Jucken an einer Stelle am Rücken, die die Hand nicht erreicht, dieses Gefühl einer Beleidigung wird in dein Herz kriechen, es wird sich melden, wann immer dir etwas Übles geschieht, auch wenn es sich um ein ganz individuelles Geschehen handelt.

Wenn wir über Internationalismus oder Universalismus sprechen, meinen wir ganz bestimmte Werte. Es ist leicht, von globalem Handel zu reden, von Wohlstand und hygienischen Verhältnissen weltweit, von den Grundsätzen der Vereinten Nationen und deren rechtsgültigen Resolutionen, vom Klimawandel und den Gefahren der globalen Erwärmung, von dem Schutz der Umwelt und dem Recht nachfolgender Generationen auf Teilhabe an den Ressourcen. Wir müssen aber ebenso ernsthaft über den Weltfrieden und über Sicherheit für alle sprechen. Denn angesichts dieser Maßstäbe ist jedes Scheitern ein Verbrechen. Es gibt Gräueltaten, Anschläge und Attentate, von denen viele Länder direkt betroffen sind. Es ist jedoch das Recht eines jeden Menschen, in Frieden in seinem Heimatland aufzuwachsen und kein Opfer von Terror und Vertreibung zu werden. Denn er wird sonst woanders Zuflucht suchen müssen, seine Identität verlieren und diskriminiert werden. Es ist natürlich ebenso das Recht der Menschen in den gastgebenden Staaten, ihr Leben uneingeschränkt zu genießen. Das bedeutet nicht, dass Andere nicht auch auf ihre individuelle Art und Weise dort wohnen und leben können, aber es ist doch etwas anderes, einen ganzen Staat zu entvölkern und seine Menschen zu Tausenden oder gar Millionen in einen anderen Staat zu vertreiben.

Würde ist auch mit dem Recht auf Protest und Ablehnung verbunden. Würde ist abhängig von einer aktiven Teilhabe am politischen, wirtschaftlichen und kulturellen Leben. Würde bedeutet auch, hochgesteckte Wünsche und Ziele einfordern zu können. Sind die gastgebenden Länder in der Lage, all diese Erwartungen an ein Leben in Würde zu erfüllen? Und noch eine Frage drängt sich auf: Kann man solche Forderungen überhaupt stellen? Ich glaube nicht.

Die führenden Politiker der Welt, insbesondere die der mächtigsten und einflussreichsten Staaten, könnten heute durch einen ganz simplen Beschluss etwas bewirken. Sie könnten erreichen, dass die Völker, die zur Migration gezwungen sind, sicher in ihren Ländern leben können; dass sie bewahrt werden vor geschlossenen Grenzen und den Risiken beim Weg über das Meer. Sanktionen, seien es ökonomische oder politische, nützen nichts, denn sie treffen immer die bedürftigen Menschen. Während ich das sage, denke ich auch an den totalen wirtschaftlichen Zusammenbruch des Südsudan, der uns mehr noch als die Kriege aus dem Land getrieben hat.

Frieden, Sicherheit, politische und ökonomische Stabilität sind Forderungen von Geflüchteten auf der ganzen Welt, auch von Millionen Kindern. Vor allem im Interesse zukünftiger Generationen müssen wir die globale Erwärmung stoppen, mit dem Trinkwasser haushalten und die Umwelt schützen. Nur so wird unsere Welt menschlich und bewohnbar sein.

Geflüchtete und Migranten an der Grenze von Nador

Najat El Hachmi

Aus dem Katalanischen von Isabel Müller

Im Februar 2016 war ich gerade auf dem Weg zum Flughafen von Casablanca – mich fuhr jemand von der Einrichtung, die mich eingeladen hatte, an der von der Stadt organisierten Buchmesse teilzunehmen –, als plötzlich am Seitenstreifen der Autobahn lauter Menschen auftauchten, die in ihren Händen Papiere schwenkten und uns Zeichen machten, um unsere Aufmerksamkeit zu erregen. Das war alles ganz unerwartet und seltsam für mich, ich brauchte eine Weile, um zu verstehen, was los war. Es ist durchaus nicht ungewöhnlich, auf Marokkos Straßen auf bettelnde Menschen zu treffen, doch meistens findet man sie in den Städten und nicht mitten auf der Autobahn. Und ich erkannte auch nicht, was sie da in ihren Händen hielten. Da waren Männer, Frauen und Kinder. Sie alle hatten von der Sonne gegerbte Gesichter. Die meisten waren eher hellhäutig, aber an ihren Wangen, der Nase, der Stirn und am Kinn konnte man diese typischen rostbraunen Schatten erkennen, wie bei jemandem, der zu lange draußen dem Wetter ausgesetzt gewesen war. Ihre verbrannte Haut war das Erste, was mir auffiel, doch vor allem war es der Ausdruck ihrer Augen, der mich überwältigte und mich ihrer prekären Situation gewahr werden ließ. Ich habe seitdem versucht zu verstehen, was im Blick dieser Menschen sich mir so einbohrte, dass jede Distanzierung, die mein Verstand hätte leisten können, mit einem Mal weggewischt war. Genau das nämlich war geschehen: Die Augen dieser Menschen, die den Blick der Reisenden in den Autos suchten, berührten die tiefsten Schichten unseres Bewusstseins. So wenigstens habe ich es in diesem Moment empfunden, als ich meine Fensterscheibe herunterkurbelte, um sie besser sehen zu können – natürlich nicht, ohne mich für meine Neugierde zu schämen, die mir entsetzlich voyeuristisch erschien. Aber ich konnte mich nicht zurückhalten, diese Augen suchten die meinen und wollten mich an dieser grausamen Erfahrung teilhaben lassen, von der ich entfernt gehört hatte, in den Medien, aber die ich nicht von Nahem erlebt hatte. Ich kann mir nur vorstellen, was sie durchlitten haben und unter welchen Bedingungen sie leben, aber sich etwas vorzustellen, hat wenig mit der Realität zu tun, denn unsere Vorstellungskraft ist nur so groß wie das, was wir selbst in der Lage sind auszuhalten. »Das sind Flüchtlinge«, sagte der Fahrer, »syrische Flüchtlinge«. Und in den Händen halten sie den Pass, mit dem sie beweisen, dass sie es wirklich sind: Menschen, die einem Krieg entkommen sind, von dem die ganze Welt Kenntnis hat. Ich dachte, wie traurig es doch ist, dass man, um Mitleid von anderen zu bekommen, erst beweisen muss, dass man es auch wirklich verdient, so als ob unsere Lebens- und Leidensgeschichte nicht genügt, so als ob es nicht mehr ausreicht, ein Mensch zu sein, der sein Unglück erzählt, nicht mal in den extremsten Situationen, damit man ihm die Hand zur Hilfe ausstreckt. Traurig, dass unser Misstrauen schwerer wiegt als unsere Bereitschaft zu hören, was der andere uns zu erzählen hat.

Ich malte mir den Weg aus, den all diese Geflüchteten hatten zurücklegen müssen, und ich verstand, dass sie diese paar Fetzen Papier, die ihr Pass waren, mit Zähnen und Klauen verteidigt haben mussten, da sie der einzige Beweis dafür waren, wer sie waren, woher sie kamen und welcher Barbarei sie entkommen waren. Wie viele Grenzen hatten sie überqueren müssen, von Syrien bis zum westlichsten Teil Nordafrikas? Viele Länder, viele verschiedene Landschaften, mit den unterschiedlichsten Bewohnern, die ihnen wohl in manchen Fällen geholfen, aber in anderen die Hilfe nicht nur verweigert, sondern auch Steine in den Weg gelegt haben. Einige der Gebiete, die sie durchqueren mussten, sind selbst von Konflikten gezeichnet, politisch-soziale oder ökonomische wie im Fall Ägyptens und Tunesiens, und kriegerische

Konflikte wie im Fall Libyens. Diese ganze Irrfahrt nur, um letztlich in Marokko zu landen, einem Land, das sie nicht als Asylsuchende anerkennt. Deshalb zieht es die meisten weiter an die nördliche Grenze Afrikas – die südliche Grenze Europas –, die aufgrund der beiden spanischen Städte an der nordafrikanischen Küste, Ceuta und Melilla, von besonderer Bedeutung ist. Meine Mutter, die abwechselnd in dem Dorf in der Provinz Nador lebt, wo wir geboren wurden, und in der katalanischen Stadt Vic, wo wir aufwuchsen, hat mir schon vor einiger Zeit davon erzählt, dass immer mehr Geflüchtete in diesen Landstrich kämen. Sie würden die Straßen bevölkern, sagte sie mir schon im Jahr 2014, sie würden betteln und wüssten gar nicht, dass die Leute hier selbst kaum genug zum Überleben hätten.

Es ist sieben Jahre her, dass ich zum letzten Mal nach Marokko gereist bin. Oder besser gesagt, es ist sieben Jahre her, dass ich zuletzt in »mein« Marokko gereist bin, in das Gebiet, in dem ich geboren wurde. Und das letzte Mal war es nur für einen Kurzaufenthalt wegen einer Fernsehreportage, deshalb weiß ich nicht, ob das überhaupt zählt. Ich flog *low-cost*, was natürlich viel einfacher ist als die Odyssee, die meine Familie zurücklegen musste, wenn wir in den Sommerferien hierherfuhren. Am Flughafen beobachtete ich die Leute, die die gleiche Reise antraten wie ich: Männer und Frauen unterschiedlichen Alters, einige Kinder. Alte Männer der ersten Einwanderergeneration in Polyesterhosen und Häkelmütze ebenso wie junge Frauen, die ihre Kleidungsstücke sorgfältig aufeinander abgestimmt hatten und Fotos mit dem Smartphone machten.

Es ist wirklich eigenartig, von meinem Zuhause in weniger als zwei Stunden in der Provinz Nador anzukommen; die langen Stunden auf der Autobahn, die notwendig sind, um die ganze Halbinsel zu durchqueren, wenn man auf dem Landweg reist, machen den Übergang von der einen in die andere Welt viel besser erlebbar. Der Ortswechsel wird so begreifbar und gewinnt an Bedeutung. Man kann die allmähliche Veränderung der Landschaft verfolgen; der Süden Andalusiens ähnelt in seiner Dürre bereits der nordafrikanischen Küste. Im Flugzeug hingegen, von den Sitzen aus betrachtet, in die wir Passagiere uns hineinzwängen, passiert das alles binnen zwei Stunden. Es gibt keinen physischen Übergang, stattdessen gelangen wir abrupt, ohne Zwischenstationen, von einem Punkt auf der Landkarte zum anderen. Das vermittelt den falschen Eindruck, zwischen den beiden Wirklichkeiten gäbe es keine großen Unterschiede. Aber das ist pure Illusion. Früher konnten es sich nur Reiche leisten zu fliegen. Weil wir nun selbst im Flugzeug in unser Heimatdorf reisen können, bilden wir uns ein, wir seien sozial aufgestiegen, aber in Wirklichkeit sind hier mehr oder weniger dieselben Gesichter wie früher in den Autobussen: Frauen mit kleinen Kindern, erschöpfte Alte, moderne junge Leute. Das Einzige, was das Flugzeug an tatsächlichem Fortschritt gebracht hat, ist, dass man nun nicht mehr gezwungen ist, jenen Punkt zu passieren, der stets der unangenehmste der ganzen Reise war: die Grenze.

Schon seit vielen Jahren habe ich ein obsessives Verhältnis zur Grenze zwischen Nador und Melilla. Als Kind und Jugendliche habe ich hier Stunde um Stunde wartend verbracht, mit eingezwängten Füßen im vollbepackten Wagen. Um nach Marokko einzureisen, warteten wir, weil die Beamten nur diejenigen gleich durchwinkten, die ihnen »was für 'nen Kaffee« gaben, und auf der Rückfahrt warteten wir, um wieder nach Spanien einzureisen, weil jeder, der aus dem Süden kam, per se verdächtig erschien und gründlich kontrolliert wurde. Alle Grenzen sind seltsame Gebilde, die ordnen, segregieren, trennen; sie markieren einen konkreten Punkt, der eine Wirklichkeit von der anderen trennt, doch ist dies eine künstliche, willkürliche Markierung. Die Kulturen, die Zivilisationen oder wie auch immer man es nennen mag, gehen in aller Regel langsam von der einen in die andere über und nicht so kategorisch, so gewaltsam konkret wie dies an einer

Grenze geschieht. Dafür ist diese Grenze das beste Beispiel. Die Wirklichkeiten, die Nador von Melilla trennen, sind in vielerlei Hinsicht gar nicht so verschieden. Wenn man sich die Wirtschaftsindikatoren ansieht – Bruttoinlandsprodukt, Arbeitslosenrate etc. –, dann ähnelt diese spanische Stadt eher der nordafrikanischen Provinz Nador als der iberischen Halbinsel. Und auch die Bevölkerung ähnelt jener jenseits der Grenze, denn es gibt viele Einwohner Melillas, die man »muslimisch« nennt, die in Wirklichkeit aber vom Rif kommen, sei es, weil sie von der einheimischen Bevölkerung abstammen, sei es aufgrund von Migration in der jüngeren oder älteren Vergangenheit. Umgekehrt jedoch betrachten viele der Tamazight sprechenden Einwohner Melillas die auf der anderen Seite der Grenze Lebenden so, als gehörten diese einer anderen sozialen Klasse an.

Die Grenze

Die Grenze war immer schon ein Ort, an dem die Menschen in unterschiedliche Kategorien eingeteilt wurden: wer die spanische Nationalität besitzt und wer nicht, wer einen Aufenthaltstitel für Spanien besitzt und wer nicht, wer aus einem der Dörfer in Grenznähe kommt und deshalb eine Sondergenehmigung hat, um Melilla zu betreten (nicht aber, um die Meeresenge zu überqueren), und wer nicht. Wer Familienangehörige in Europa hat, die einem die nötigen Papiere beschaffen können, um die Grenze zu passieren, und wer nicht. Wer Geld hat und wer nicht, denn wer nachweisen kann, dass er genug Geldeinlagen auf seinem Bankkonto hat, erhält ohne Probleme ein Visum, um in den Schengen-Raum einzureisen.

»Sie wissen gar nicht, wo sie da gelandet sind«, sagte meine Mutter, als sie die Syrer auf den Straßen Nadors sah. »Was glauben die, was sie hier bekommen werden, wenn selbst die Einheimischen in Elend leben?« Aber natürlich waren die Geflüchteten nicht in diese arme Gegend gekommen, um hier zu bleiben, sondern wegen der nahen Grenze, die es ihnen ermöglichen sollte, ein Land zu betreten, in dem sie einen Antrag auf Asyl stellen konnten.

Jetzt sind fast keine syrischen Geflüchteten mehr auf den Straßen Nadors. Als mich mein Onkel zu sich nach Hause bringt, etwas außerhalb der Stadt, sehen wir ein paar junge Mädchen an der Tür einer Moschee. Sie bitten um Almosen, reden die Passanten mit »Vater« an. Einer macht sich den Spaß und fragt sie, ob sie auch wirklich Syrerinnen sind. Sie schwören bei allem, was ihnen heilig ist, dass sie, ja, ganz wirklich, von dort kommen. Ihr orientalisch klingendes Arabisch ist eigentlich Beweis genug, doch der Mann, der mit ihnen spricht, fährt mit seinen Sticheleien fort, die mir eher grausam erscheinen als lustig. Die Mädchen – das gleiche sonnengebleichte Haar, die gleichen Schatten auf der Haut, die ich in Casablanca gesehen hatte – tragen Sandalen, die über den Boden schleifen, wenn sie Hüpfen spielen.

Am nächsten Tag spaziere ich durch das Stadtzentrum von Nador. Das Bild, das sich mir darbietet, unterscheidet sich stark von dem aus den Sommern meiner Kindheit: Jetzt ist alles ruhig, nur wenig Leute sind unterwegs. Der Trubel, den ich noch in Erinnerung habe, hat nichts mit diesem Ort zu tun, in dem alles nur noch mit halber Geschwindigkeit zu funktionieren scheint. Selbst auf den Straßenmärkten geht es ruhig und beschaulich zu. Es ist nicht etwa so, dass alle Leute die Stadt verlassen hätten. Nur kennen wir die Migranten-Kinder Nadors eben bloß von den Sommern, in denen die Stadt voll von Familien ist, die im Ausland leben und über die Ferien zurückkommen. Die Migranten, das ist eine soziale Klasse für sich, man nennt sie »die Leute aus dem Ausland«, es müssen wohl Zehntausende sein, die jedes Jahr ihren Geburtsort besuchen. Diese Region, das Rif, ist am meisten von diesem Phänomen betroffen. In jeder Familie gibt es mindestens einen, der im Ausland lebt, manche Familien sind auch vollständig ausgewandert. Es handelt sich um eine Region, die seit Jahrzehnten unter großer Dürre leidet, eine Gegend, die bis zur Unabhängigkeit vom spanischen Protektorat ausgebeutet wurde und unter der Herrschaft von Hassan II. wegen des angeblichen Rebellentums ihrer Bewohner sich selbst überlassen wurde. Die Migration ist fester Bestandteil aller Familiengeschichten hier, zuerst gingen sie in die marokkanischen Städte, danach nach Algerien und schließlich in europäische Länder. Spanien ist erst seit Kurzem Ziel der Einwanderer. Daher kann man jeden Sommer beobachten, wie die Straßen von Nador von denjenigen bevölkert werden, die ausgewandert sind, und von ihren Kindern und Enkeln, wie diese alles fast zum Kollabieren bringen, die Preise in die Höhe treiben und das ruhige Alltagsleben von Grund auf auf den Kopf stellen, das ich jetzt, außerhalb der Saison, ausnahmsweise beobachten kann.

Ich gehe und gehe, aber Geflüchtete sehe ich keine. Jenes Bild, das mir meine Mutter beschrieben hatte, finde ich nirgends.

Vor meiner Abreise hatte mir ein Bekannter, der in Frankreich wohnt, empfohlen, mit einer Menschenrechtsorganisation zu sprechen. Ich habe mich mit Omar Naji verabredet, dem Generalsekretär der AMDH (Association marocaine des droits humains), der marokkanischen Vereinigung für Menschenrechte. Ihr Sitz ist im Viertel Laarri Cheikh. Die Strandpromenade von Nador ist umgestaltet worden, an der Corniche vor der Mar Chica erkennt man, dass hier viel Geld geflossen ist. Sogar ein Mercure-Hotel wurde gebaut. Man sieht, dass die marokkanische Regierung viel in diese Zone investiert, um sie für Touristen attraktiv zu machen. Sobald man aber ins Stadtinnere vordringt, verändert sich das Bild radikal. Die Organisation befindet sich in einem der Arbeiterviertel: Straßen ohne Asphalt, heruntergekommene Häuser mit zwei oder drei Stockwerken und die typischen Mängel bei der Abfallbeseitigung. Neben dem Sitz der AMDH gibt es einen Markt, auf dem das Obst und Gemüse auf Holzkarren oder auf der Erde ausgebreitet ist. Ich warte am Eingang des Gebäudes, und eine alte zahnlose Frau fragt mich, was ich suche. Ich erzähle ihr von der AMDH, und sie fragt mich, ob ich Hilfe bräuchte. Sie will mich davon überzeugen, dass die Leute dort zu nichts nutze seien, dass sie viel reden, aber nichts machen würden. Aber was sollen sie denn machen? »Ihr Geld in die Miete stecken, das tun sie«, sagt sie.

Omar erklärt mir, dass sie seit ein paar Tagen versuchen, die Bevölkerung zu mobilisieren, und in allen Städten Marokkos Demonstrationen organisieren. Der Grund sei der Tod eines Fischers, der kürzlich von dem Laster zerfetzt worden war, mit dem die Polizei seinen Fang konfisziert hatte. Dies sei der Auslöser für landesweite Proteste gegen die Straffreiheit des *Makhzen* gewesen – eines Apparats von Regierungsbeamten –, der weder die Korruption noch den Despotismus anderer, dunklerer Zeiten hinter sich gelassen zu haben scheint. Die größte Furcht sowohl der Monarchie als auch der oligarchischen Minderheit, die Marokko beherrscht, ist, dass es ähnliche Revolten geben könnte wie in Tunesien oder Ägypten. Nicht umsonst ist dies eines der wenigen arabischen Länder, in denen es keinen Protestfrühling gegeben hat. Und es scheint nicht so, als ob sich das ändern würde, denn das Land von Mohammed VI. scheint zwar immer kurz vor dem Zusammenbruch zu stehen, was aber immer knapp abgewendet wird.

Als ich ihn nach den Syrern frage, beginnt Omar, mir zu erklären, dass Marokko so gut wie nie irgendjemanden als Asylbewerber anerkennt, weil dies bedeuten würde, für die Geflüchteten auch Verantwortung zu übernehmen. Er schätzt, dass es im Jahr 2015 in Beni Ansar, dem Dorf direkt an der Grenze, um die 5 000 Menschen gab, die darauf warteten, nach Spanien einreisen zu können, und dass heute keiner mehr da sei. Da waren auch Iraker, Palästinenser und Jemeniten. »Und wo sind die jetzt?«, frage ich. »Ja, das ist die große Frage«, sagt er, als sei er gerade im Begriff, etwas Wichtiges zu enthüllen. »Spanien hat ein Asylbüro eingerichtet, aber natürlich hinter der Grenze. Die Geflüchteten können es zwar sehen, sie können es aber nicht aufsuchen, denn um

Asyl beantragen zu können, musst du dich auf dem Territorium des Landes befinden, für das du den Antrag stellst. Und die Grenze wird immer undurchdringlicher. Anfangs gab es nur den spanischen Zaun, den sie mit der Zeit immer höher und höher gezogen haben. Schließlich wurde NATO-Stacheldraht obendrauf gesetzt, um mit den tödlichen Klingen all jene abzuschrecken, die die Grenze passieren wollen. Und dazu kommen jetzt auch noch die Kameras und die permanente Bewachung. Außerdem hat nun auch noch Marokko einen eigenen Zaun aufgestellt, sodass es völlig unmöglich ist, von hier aus auf das europäische Territorium vorzudringen.«

Ich erinnere mich noch, wie mein Großvater früher zum Einkaufen nach Melilla ging, nur mit seiner »carte nationale«, ohne einen Pass, oder dass es Leute gab, die in Tanger lebten und eben mal in den Süden Andalusiens fuhren, um dort das Wochenende zu verbringen. Es gab damals zwischen den beiden Ländern ein Abkommen – in Anbetracht der geographischen Nähe naheliegend –, aber eines Tages wurden die Schengen-Vereinbarungen getroffen, Spanien wurde europäisch und beschloss, dass es sich von Marokko nun stark unterscheiden sollte. Es wurden all jene Einschränkungen eingeführt, mit denen wir uns arrangiert haben, so als hätte es sie schon immer gegeben. Obwohl wir es waren, die abgewertet wurden, haben wir diese Grenze nie in Frage gestellt.

Aber was ist aus den Geflüchteten von Nador geworden, wo sind sie hingegangen? »Sie haben die Grenze überquert«, sagt Omar. Aber wie, wenn das doch unmöglich ist? Seiner Meinung nach gibt es an der Grenze ein Netzwerk von Schleppern, das die Geflüchteten hinüberschleust – ein Umstand, über den die Medien viel berichtet haben. Einige würden sich auch marokkanische Pässe kaufen, ihre alten Kleider ablegen und sich wie Marokkaner kleiden, aber es sei unmöglich, dass 5 000 Personen auf diese Weise die Grenze passiert hätten, ohne das Mitwissen der Behörden. Sie zahlen zwischen 350 und 1 200 Euro, um einzureisen. »Du kannst dir ja ausrechnen, was das bedeutet«. Vor Kurzem wurde eine Polizistin festgenommen, die man der Schlepperei verdächtigt hatte. Es ist zweifelhaft, dass so viele Menschen die Grenze passieren können, ohne dass die Zollbehörden davon Kenntnis haben.

Die Menschen aus Subsahara

Auf dem Weg vom Flughafen in El Aroui sehen wir einige schwarze Frauen, die um Almosen betteln. Sie tragen kleine Kinder in Tüchern auf dem Rücken, und etwas größere stehen an ihrer Seite. Das häufigste Bild, das in den spanischen Medien auftaucht, wenn von der Grenze die Rede ist, ist das von Migranten aus Subsahara-Afrika, die immer wieder versuchen, den Grenzzaun zu überwinden. Einige Fernsehsender und Zeitungen gebrauchen eine Sprache, die alles andere als neutral ist: Von einem ›Ansturm‹ auf den Grenzzaun ist dann die Rede, es werden Begriffe gebraucht wie ›in Massen‹, ›koordinierte Aktion‹, ›Lawine von Menschen‹, ›massiv‹ etc. Diese Sprache suggeriert eindeutig, dass die Fremden eine Gefahr darstellen. Wie selbstverständlich wird der Eindruck vermittelt, dass die, die uns regieren, uns vor ihnen schützen sollten. In der öffentlichen Meinung Europas wird häufig klar zwischen Geflüchteten und Migranten unterschieden. Die Wahrheit ist, dass viele dieser Subsahara-Afrikaner, denen es gelingt, die Grenze zu überwinden, aus Ländern stammen, die sich im Kriegszustand befinden. Kriege, die nicht so im Fokus stehen wie der in Syrien, weil es sich um schon lange währende, immer wieder neu aufbrechende Konflikte handelt, und wer weiß, vielleicht auch, weil es nur um Afrika geht. Wieder ist es die Grenze, die die Menschen kategorisiert.

Es wundert mich, dass man auf Nadors Straßen nicht mehr Menschen aus subsaharischen Ländern sieht, von den erwähnten bettelnden Frauen einmal abgesehen. Ich frage Omar danach, und er erklärt mir, dass sie auf dem Berg Gurgú leben, welcher der Stadt am nächsten ist. Dass sie in Zeltlagern hausen – er kennt allein fünf davon. Diese Lager, fast nur aus Plastikplanen bestehend, befinden sich in einem erbärmlichen Zustand. Die Bewohner werden häufig brutal von der Polizei zusammengeschlagen, die regelmäßig auf den Berg stürmt, um die Lager zu räumen. »Nador ist die einzige Stadt in Marokko, in der man keine Schwarzen auf der Straße sieht; sie verstecken sich, weil sie, wenn sie aufgegriffen werden, ins Landesinnere gebracht werden, weit weg von hier.«

Vor meiner Reise hatte ich mit Pater Estevan Velázquez telefoniert, von dem ich wusste, dass er sich in Nador um die Geflüchteten und Migranten kümmert. Eigentlich hatte ich die Absicht, ihn in Nador zu treffen, aber er ist schon seit ein paar Monaten nicht mehr hier, und die Mönche in seinem Team sind an diesem Wochenende mit dem Besuch des Bischofs beschäftigt. Ich frage ihn nach dem Grund seiner Abwesenheit und ob es stimmt, dass man ihn – wie es einige Medien berichtet haben – des Landes verwiesen habe. »Des Landes verwiesen nicht, aber sie lassen mich nicht mehr einreisen, was mehr oder weniger auf das Gleiche rauskommt.« Er erklärt mir, dass die Aufgabe, der er sich verschrieben hat und der nun die Mönche nachkommen, darin besteht, den Migranten zu helfen, vor allem denjenigen aus Subsahara-Afrika, die auf dem Berg unter erbärmlichen Bedingungen leben. Aber sie sind nicht nur auf dem Gurgú, sondern auch an der Küste, in Selouane, wo sie auf eine Gelegenheit warten, mit Booten nach Europa zu kommen. Es gibt auch Lager mit Frauen, von denen er vermutet, dass sie Opfer von Menschenhandel sind. Die Mönche kümmern sich außerdem um die medizinische Versorgung derer, die von der Polizei verprügelt wurden. Nicht selten treffen sie dabei auf Menschen, denen die Knochen gebrochen wurden; auch Tote hat es schon gegeben. Viele Frauen werden schwanger, zur Geburt bringen sie sie ins Krankenhaus. »Zum Glück nehmen die marokkanischen Krankenhäuser die Frauen auf, ohne Probleme zu machen, aber klar, du weißt ja, was die Medikamente und das alles angeht, die muss der Patient selbst bezahlen. Wir versuchen natürlich, dafür aufzukommen.«

Als wir vom Grenzzaun sprechen, sagt er, dass es momentan unmöglich sei, ihn zu überwinden, dass die Migranten stattdessen versuchten, das Meer zu überqueren, um von Alhucemas aus nach Almería oder Motril zu gelangen.

Und was das Verhalten der Einheimischen den Migranten gegenüber betrifft, stellt er fest, dass es da alles gibt: Manche versuchen zu helfen, doch viele Menschen haben wegen der Polizeigewalt Angst, sich den Migranten zu nähern. Nicht zu vergessen ist natürlich der Rassismus, den es in Marokko gibt. In jedem Fall ist es für jemanden, der aus Subsahara-Afrika kommt, sehr viel schwieriger als für einen Syrer. Äußerlich fallen die Syrer in Marokko kaum auf, aber ein Schwarzer kann seine Hautfarbe nicht verbergen. Allein wegen der Hautfarbe kann man also besonderer Brutalität ausgesetzt sein. Ich muss an ein paar Subsahara-Afrikaner denken, die ich vor einiger Zeit in Barcelona kennengelernt habe und die mir, als ich ihnen erzählte, dass ich in Marokko geboren wurde, sagten: »Wir waren lange Zeit in deinem Land«. Sie sprachen voller Freude, ohne jeden Groll, so wie jemand, der auf der Suche nach dem Gefühl der Komplizenschaft ist, die das Wissen darum, dass man die gleichen Länder durchquert hat, erzeugt.

Wieder im Haus meines Onkels geht es im propagandistischen Staatsfernsehen den ganzen Tag lang nur um zwei Themen: um die Klima-Konferenz von Marrakesch und um den Besuch von Mohammed VI. in Senegal, wo er mit allen Ehren empfangen wird. Ich kann gar nicht anders, als diese beiden Realitäten miteinander zu verbinden: hier, ganz in meiner Nähe, die Schwarzen, die sich gerade so durchschlagen, während man sie wie Tiere behandelt, und da der Monarch, so sauber, so elegant gekleidet, so gut genährt, der die Hände anderer Schwarzer schüttelt, die ebenfalls sauber, elegant gekleidet und gut genährt sind.

Ich möchte nicht abreisen, ohne vorher noch einmal die Grenze besucht zu haben, ohne sie noch einmal gesehen zu haben – mit der Gewissheit, dass ich sie nicht passieren muss.

Ich nehme in Nador ein Sammeltaxi, das ich mir mit drei Frauen teile, die die ganze Fahrt über unablässig mit ihren schmuckbesetzten Fingern über die Displays ihrer Smartphones wischen. Auf den Beifahrersitz haben sich zwei Männer gequetscht. Die alten Mercedes-Wagen auf Marokkos Straßen mit den Handkurbeln, um die man den Fahrer erst bitten muss, wenn man die Fenster öffnen möchte, lassen mich für einen Moment glauben, nichts habe sich verändert. Aber die Straßen sind heute bequemer, besser asphaltiert, und die ganze Küste wirkt, als stünde ein umfassender Wandel bevor. Ich bemerke sogleich, dass man kurz vor Beni Ansar eine Luxussiedlung mit Golfplatz gebaut hat.

Als ich am Grenzübergang von Beni Ansar ankomme, kann ich kaum glauben, wie ruhig alles ist. Nur wenige Autos warten darauf, passieren zu können. Es ist ein Freitag im November. Von hier aus betrachtet erscheint die Grenze nicht wie ein Ort voller Konnotationen, ein Ort, an dem die Ungleichheiten dieser Welt offen zutage treten. Es ist schönes Wetter, und alles ist friedlich. Niemand würde vermuten, dass ausgerechnet dies der Ort ist, an dem man sonst die ganze Brutalität dieser Welt mit Händen greifen kann. Doch man muss nur den Kopf heben und an den Gebäuden rund um den Grenzübergang vorbeigehen, dann sieht man den riesigen, in die Höhe ragenden Zaun und die Überwachungskameras, die Europa beschützen sollen. Und um den Grenzübergang herum – der nicht breiter ist als ein Trichter – bietet sich einem auf der marokkanischen Seite ein erbärmliches Bild: Bettler, einzelne Kinder, die Kleber schnüffeln, alte, heruntergekommene Frauen und junge Männer, die alt aussehen. Es gibt hier einen Secondhand-Markt, wo man jede Menge alte und dreckige Gegenstände findet, die, auf Holzplanken oder auf dem Boden ausgebreitet, zum Verkauf angeboten werden. Es ist ein Ort, an dem die Abfälle der Welt der anderen Seite recycelt werden; einer Welt, die zum Greifen nah ist und doch unerreichbar.

Kein Platz für die Hazara

Mohammed Hanif

Aus dem Englischen von Ursula Gräfe

2012 war ein schlimmes Jahr für die Gemeinschaft der Hazara im südlichen Pakistan, denn sie wurde von einer Reihe gezielter Morde und Selbstmordattentate heimgesucht. Polizeikadetten, die den Hazara angehörten, waren gezielt getötet worden, außerdem hatte es Anschläge auf Polizeibeamte im mittleren Dienst gegeben. In jenem Jahr führte ich ein Interview mit Abdul Qayyum Changezi, einem Oberhaupt der schiitischen Hazara-Gemeinde in Quetta, um ihn nach seinen Prognosen für die Zukunft seines Volkes zu befragen. Er sei es müde, sagte Changezi, immer wieder geliebte Menschen zu Grabe tragen zu müssen. Seine Gemeinde lebt in einem bestimmten Teil von Quetta. Wenn hier jemand getötet wird, ist die Wahrscheinlichkeit hoch, dass er entweder ihn direkt oder jemand aus seiner Familie kennt. Changezi kann sich nur noch eine verzweifelte Lösung zur Rettung seines Volkes vorstellen.

»Die Regierung und die Sicherheitsbehörden haben entweder kein Interesse oder sind unfähig, uns zu schützen.« Changezi spricht überlegt und ohne Zorn.

»Am besten, die Regierung verkauft alles, was wir besitzen. Unsere Häuser, unsere Geschäfte, die Möbel in unseren Häusern, unsere Töpfe und Pfannen, jeden einzelnen Gegenstand. Und mit dem Geld sollte sie dann ein großes Schiff erwerben, uns alle darauf verfrachten und es hinaus aufs offene Meer schicken. Irgendwo da draußen in der Welt muss es doch ein Land geben, das uns aufnimmt.«

So ein Schiff, wie Changezi es sich vorstellt, hat es bereits einmal gegeben. Es transportierte eine Ladung Menschen durch die raue See zwischen Indonesien und Australien. Seit 2008, als die Angriffe auf die Hazara immer mehr zunahmen, hatten zahlreiche Mitglieder der Gemeinde ihre Häuser und Geschäfte verkauft, um auf diesem mythischen Schiff die Suche nach einer neuen Heimat anzutreten. Viele strandeten in Malaysia oder Indonesien, wo sie für 4 000 bis 6 000 Dollar wiederum ein Boot in Richtung Australien oder Neuseeland besteigen konnten. Die Reise dauerte 50 bis 60 Stunden, und nach Aussage eines Hazara, der sie ganze sechs Mal unternahm, erreichte man entweder das gelobte Land oder wurde Fischfutter.

Aber es sollte noch schlimmer kommen.

Kaum hatten die Hazara die Schrecken des Jahres 2012 überstanden, entwickelte sich das folgende Jahr zu einem ebensolchen Albtraum. Immer wieder wurden Hazara ermordet. Ihre Gebetshäuser wurden zu Todesfallen, ihre Gemeindeältesten systematisch eliminiert. 2013 wurde zum Jahr des Massenmords. Allein in den ersten beiden Monaten töteten zwei gewaltige Bombenanschläge über 200 Menschen, Tausende wurden verletzt. Übertroffen wurde die Brutalität dieses Massenmords höchstens noch von der Gleichgültigkeit des pakistanischen Staates.

Im Februar 2013 weigerten sich die Hazara, ihre toten Angehörigen und Freunde zu bestatten. Mit Hunderten von Särgen saßen sie in bitterkalten Winternächten auf den Straßen und forderten Schutz und Gerechtigkeit. Die Proteste erstreckten sich über das ganze Land, in den Großstädten kam es zu Straßenblockaden. Mit dem vagen Versprechen, den geforderten Schutz zu gewähren, brachte die pakistanische Regierung die Hazara schließlich dazu, ihre Toten doch noch zu begraben. Eines jedoch war bei diesen Protesten klar geworden: Die Hazara waren völlig auf sich gestellt. Die einzigen, die sich mit ihnen solidarisiert hatten, waren andere, nicht-Hazara-stämmige Schiiten. An den Protesten beteiligten sich auch einige Politiker und Bürgerrechtler, doch die allgemein vorherrschende Ignoranz war beinahe ebenso unmenschlich wie das Blutvergießen selbst. Nach Ansicht der meisten Pakistaner aus den großen Städten, in denen die

Protestmärsche stattfanden, waren die Hazara vor allem ein Ärgernis: Leute, die den Verkehr blockierten, sodass man zu spät zur Arbeit kam. Die Hazara waren ein Dorn im Auge der Allgemeinheit, die sich damit der Gesinnung der Mörder anschloss. Das ganze Land sah der unaufhörlichen Barbarei tatenlos zu, wenn es sie nicht sogar förderte.

Als klar wurde, dass das Morden an den Hazara in Pakistan nicht so bald aufhören würde, und genau die Leute, die eigentlich mit ihrem Schutz beauftragt waren, den Mördern den Weg ebneten, begann der Exodus. Einige Hazara sind in andere Landesteile gezogen. Doch ihr Fluch ist ihnen ins Gesicht geschrieben. Als Abkömmlinge zentralasiatischer Einwanderer werden sie überall in Pakistan sofort erkannt. Polizeibeamte behaupten häufig, die Hazara würden wegen ihres andersartigen Aussehens verfolgt. Die meisten Hazara haben zentralasiatische Züge, weshalb ihre ethnische Herkunft in Afghanistan und Pakistan deutlich erkennbar sei. Menschenrechtler diskutieren darüber, ob der Genozid an den Hazara tatsächlich ethnische oder eher religiöse Ursachen habe.

Historikern zufolge fiel im 19. Jahrhundert fast die Hälfte der afghanischen Hazara Massakern zum Opfer, und ihre Ländereien wurden von den in Afghanistan regierenden Paschtunen übernommen. Viele Überlebende flüchteten damals nach Britisch-Indien, wo sie Quetta zu ihrer neuen Heimat machten. Die Mehrheit der Hazara lebt jedoch auch heute noch in Afghanistan. In Gegenden, die von den Taliban beherrscht werden, werden sie weiterhin verfolgt. In gewisser Weise setzt sich hier also die Migration fort, die bereits vor 200 Jahren begonnen hat. Doch mittlerweile sind die Hazara auch in Pakistan nicht mehr sicher und orientieren sich auf ihrer Suche nach Zuflucht zunehmend nach Westen.

Es herrscht wie gesagt landläufig die Meinung, die Hazara würden verschont bleiben, wenn sie anders aussähen, was natürlich nicht zutrifft. Viele aus Mischehen stammende Hazara sind äußerlich nicht als solche erkennbar und werden trotzdem verfolgt. Die Mörder spüren sie sogar in Karachi auf, um sie zu töten. Wer in Pakistan ein Hazara ist, ist ein Gezeichneter. Stirbt er nicht bei einem Bombenanschlag, so ereilt ihn der Tod in Gestalt einer Kugel in den Hinterkopf. Es spielt keine Rolle, ob jemand für die Polizei oder die Sicherheitsbehörden arbeitet, ganz gleich, ob er bei der Olympiade geboxt hat, ein berühmter Fernsehschauspieler oder ein beliebter Lehrer ist, alle Hazara sind zum Tode verurteilt.

Also schlossen die Geschäftsleute der Hazara ihre Läden und blieben zu Hause. Den Regierungsbeamten sagte man, sie sollten nicht zur Arbeit kommen, und versicherte ihnen, dass ihre Gehälter dennoch weitergezahlt werden würden. Studenten trauten sich nicht mehr an die Universität, vernachlässigten ihr Studium und lungerten in ihren Vierteln herum.

Wer Glück hatte, konnte Haus und Hof verkaufen und gelangte nach Malaysia oder Indonesien, wo es die Hoffnung gab, nach Australien einzuwandern.

Schiffe nach nirgendwo

Ich treffe Haji Shabbir im indonesischen Bogor, einem Sammelpunkt für Hazara-Geflüchtete aus Pakistan. Tausende harren hier meist drei oder vier Jahre lang aus, in der Hoffnung, in einem westlichen Land Asyl zu erhalten. Haji Shabbir gehört zu jenen, die beinahe dieses Glück hatten.

»Wir fuhren ungefähr 40 Stunden mit dem Boot, dann gab es Probleme mit dem Motor. Der Bootseigner hatte uns ein Satellitentelefon mitgegeben, also riefen wir die Küstenwache. Die Polizei brachte uns zurück nach Jakarta und setzte uns in einem Hotel fest.« Noch in der folgenden Nacht gelang es den Geflüchteten zu entkommen. Entweder hatte die indonesische Polizei kein Interesse daran, sie festzuhalten, oder die Beamten waren bestochen worden. Ein weiterer Fluchtversuch mit dem Boot schlug dann aber nach 16 Stunden fehl.

»Ein anderes Mal verpasste ich das Boot, weil ich im Verkehr stecken blieb, und es ohne mich abfuhr. Insgesamt habe ich sechs Versuche unternommen. Ich bin jetzt seit vier Jahren hier«, erzählt Haji Shabbir.

Während Hazara aus Pakistan nach Indonesien strömten, um dort ein Boot zu finden, das sie in Sicherheit bringen würde, änderte die australische Regierung allerdings ihre Politik und verkündete, dass das Land keine Bootsflüchtlinge mehr aufnehmen würde. Über ihre Anträge sollte fortan bereits vor der Küste beschieden werden. Die australische Regierung schaltete Anzeigen in Zeitungen und im Internet, in denen sie in einem halben Dutzend Sprachen Geflüchtete davor warnte, die Bootsreise anzutreten. Um die Ernsthaftigkeit der neuen Strategie zu unterstreichen, schob Australien hilflose Personen und Minderjährige, die mit dem Boot gekommen waren, umgehend ab.

Die Stadt Bogor und ihre Umgebung sind zu einer Art Fegefeuer für zahllose Hazara-Geflüchtete geworden. Ihr einziges Gesprächsthema ist der Status ihrer Asylanträge, obwohl es denkbar wenig hergibt, da die meisten von ihnen keine Ahnung haben, in welchem Stadium sich ihr Fall befindet. Sie können zwar um einen Beratungstermin mit einem Beamten der UN nachsuchen, bei dem man ihnen jedoch stets das Gleiche mitteilt: »Wir warten, also sollten Sie auch warten.«

Ein solches Wartespiel zermürbt. Nach dreieinhalb Jahren in Bogor beschloss Haji Shabbir, dass er lange genug gewartet hatte.

»Sterben muss ich ohnehin. Also kann ich auch nach Quetta zurückgehen und mich meinem Schicksal stellen«, fand er. Er setzte sich mit den UN-Repräsentanten in Verbindung, um seinen Asylantrag zurückzuziehen.

»Wenn man sich zur Rückkehr entscheidet, bezahlt die UN den Rückflug. Als ich meiner Familie davon erzählte, waren alle entsetzt. Jetzt will doch jeder aus Quetta fliehen, sagten sie. Was bist du für ein Unglückseliger, dass du ausgerechnet jetzt nach Quetta zurückwillst?«

Doch Haji Shabbir blieb bei seiner Entscheidung, jedenfalls zunächst. Dann, mitten im muslimischen Trauermonat Muharram, währenddessen in Quetta die denkbar schärfsten Sicherheitsvorkehrungen herrschen, wurden vier Hazara-Frauen in einem Bus erschossen. Haji Shabbir gab sein Ticket zurück und beschloss, lieber als Geflüchteter dort zu bleiben, wo er war.

Die Mörder sind wir

Und was unternehmen die pakistanischen Sicherheitsbehörden gegen die Verfolgung der Hazara? In Bogor traf ich mich auch mit Mama, einem Geflüchteten, der bereits seit dreieinhalb Jahren darauf wartet, dass sein Schicksal entschieden wird. Er ist ein ehemaliger Beamter aus Quetta, der anonym bleiben möchte und sich deshalb einen anderen Namen gegeben hat. Er wurde Zeuge, wie sich ein Massaker nach dem anderen ereignete, und fühlte sich schrecklich machtlos. Mama trat dem Frontier Constabulary (FC) bei. Vier Jahre war er im Dienst des paramilitärischen FC, der gemeinsam mit Polizei und Armee den Auftrag hat, Recht und Ordnung in Quetta und der gesamten Provinz Belutschistan aufrechtzuerhalten. Später gehörte auch die Pressearbeit zu seinen Aufgaben.

»Wahrscheinlich wurden ebenso viele Mitglieder des FC getötet wie Hazara«, sagt Mama. »Wir waren völlig ausgeliefert. Jedes Mal, wenn Hazara getötet wurden, verdächtigte und verfolgte der FC belutschische Rebellen anstelle der eigentlichen Schuldigen.«

Mama nahm an vielen Meetings teil und beteiligte sich an Razzien, die nach jedem Anschlag stattfanden. »Bei diesen Meetings wurde den Hazara häufig vorgeworfen, sie würden sich auflehnen, anstatt zu diskutieren, wie man sie schützen könne. Nach jedem größeren Zwischenfall durchsuchten wir alle möglichen Dörfer und trieben Dutzende von belutschischen Jugendlichen zusammen, die eindeutig nichts mit den Anschlägen zu tun hatten. Die Sache entwickelte sich zu einem Teufelskreis. Zuerst wurden die Hazara angegriffen und dann Razzien in belutschischen Gemeinden durchgeführt. Selbst wenn es einmal gelang, die wahren Täter festzunehmen, wurden diese der Antiterroreinheit übergeben und in militärische Einrichtungen überführt, aus denen sie dann wieder entkamen.«

Wie Mama glauben viele Hazara-Geflüchtete und unabhängige Journalisten, dass eine Verbindung zwischen den mächtigen pakistanischen Geheimdiensten und sektiererischen Milizen besteht, denen man die Tötung von Hazara vorwirft. Ein höherer Angestellter einer Sonderabteilung des zivilen Nachrichtendienstes wurde sogar Augenzeuge dieser Komplizenschaft. Nachdem man seine Cousins, die Polizeibeamte waren, erschossen hatte, gab er seine Stelle auf und beantragte Asyl.

»Nach einem Anschlag in Quetta verfolgten wir zwei Terroristen. Sie fuhren mit ihrem Motorrad zum Tor einer Militärbasis und passierten es. Wir informierten die Militärs, dass gerade zwei Terroristen Einlass in ihr Areal gefunden hätten und wir diese weiter verfolgen wollten. Nachdem wir uns ausgewiesen hatten, befahl man uns sehr deutlich, umzukehren und den Vorfall zu verschweigen.«

Mama geht davon aus, dass gewöhnliche Soldaten nichts mit den sektiererischen Anschlägen zu tun haben. »Die einfachen Soldaten haben keine Ahnung, was um sie herum vorgeht. Es sind Geheimdienstler, die diese sektiererischen Gruppen protegieren. Wir können sie nicht kontrollieren und wissen nicht, woher sie ihre Befehle beziehen. Offensichtlich ist jedoch, dass sie Geld von den Golfstaaten erhalten, die an der Verfolgung von Schiiten interessiert sind.«

Das Fegefeuer

Als Maliha Ali Pakistan verließ, bereitete sie sich gerade auf ihren mittleren Schulabschluss vor. Seit dreieinhalb Jahren lebt sie nun mit ihrer Familie in Cisarua außerhalb von Bogor und hat keine Möglichkeit, ihre schulische Ausbildung fortzusetzen. Ihr Vater Liaqat Ali Changezi, damals Fernsehschauspieler und Dokumentarfilmer, beschloss, mit seiner Familie Quetta zu verlassen, nachdem mehrere seiner Kollegen getötet worden waren.

»Irgendwann forderte die Schulverwaltung mich auf, meine Kinder vom Unterricht fernzuhalten, weil sie die ganze Schule in Gefahr brächten«, erzählt Changezi. Ebenso wurde er vom Intendanten des Fernsehsenders in Quetta gebeten, nicht mehr im Sender zu erscheinen, weil er ein Risiko für seine Kollegen darstelle.

Seit dreieinhalb Jahren wartet Changezi nun in Bogor auf die Bearbeitung seines Asylantrags. Er und seine Tochter Maliha empfinden diese Jahre als verlorene Lebenszeit.

»Es waren die wichtigsten Jahre in meinem Leben«, sagt Maliha. »Eigentlich hätte ich lernen und mich auf meine Zukunft vorbereiten sollen, aber stattdessen sitzen wir hier fest und warten, dass irgendein Land uns aufnimmt, damit wir endlich ein neues Leben beginnen können.«

Das größte Problem der Hazara in Indonesien ist nämlich, dass sie nicht arbeiten, schlimmer noch, dass ihre Kinder keine Schule besuchen dürfen. Eine ganze Generation läuft so Gefahr, als Analphabeten aufzuwachsen. Changezi hat mithilfe anderer Geflüchteter ein Zentrum geschaffen, in dem jüngere Kinder von ehrenamtlichen Hazara zumindest eine Grundschulausbildung erhalten. Es gibt noch weitere solcher Zentren, in denen sich Familien auch beraten lassen können. Maliha unterrichtet ehrenamtlich dort.

»Manchmal finde ich es ironisch, dass ich in einem Alter, in dem ich eigentlich selbst zur Schule gehen sollte, als Lehrerin arbeite«, sagt sie. Dann überkommt sie die Sehnsucht nach Quetta, aber sie versucht sich zu trösten: »Zumindest können wir hier Fußball spielen. In Quetta hätten wir das nicht gedurft.«

Vertraut war nur noch die Erinnerung

Abubakar Adam Ibrahim

Aus dem Englischen von Beatrice Faßbender

»Unsere Kinder sterben«

Genau 24 Stunden, nachdem ich Maiduguri verlassen hatte, jene Stadt im Staat Borno im Nordosten Nigerias, in der die berüchtigte Terrortruppe Boko Haram ihren Ursprung hat, strömten Hunderte ärmlich gekleidete Menschen durch ihre windigen Straßen und verlangten nach Nahrung.

Ein Freund, den ich bei meinem Besuch in der alten Hauptstadt getroffen hatte, hatte mich über Facebook darauf aufmerksam gemacht. Ich verfolgte die Ereignisse von Abuja aus, 850 Kilometer südlich der Krisenregion.

Die Demonstranten waren *Internally displaced persons* (IDPs), Vertriebene im eigenen Land, die, aufgebracht von Hunger und Verzweiflung, auf die Straße gingen, um auf ihre Situation aufmerksam zu machen. Es fiel mir leicht, mir vorzustellen, wie diese Menschen mit letzter Kraft in ausgelatschten Flip-Flops die Maiduguri-Kano-Straße entlangtrotteten, die Fäuste in die Luft gereckt, und den Verkehr aufhielten. In der Menge sah ich die Gesichter von Sa'adatu und Fati vor mir, mit denen ich noch wenige Stunden zuvor zusammen gewesen war, zwei Frauen, die die Gewalt von Boko Haram überlebt hatten, die ihr Zuhause verlassen mussten und irgendwann die relative Sicherheit von Maiduguri fanden und ein trostloses Leben in einem Flüchtlingslager führten.

»Unsere Kinder sterben«, schrie Bashir Musty, einer der Demonstranten. »Viele sind unterernährt und krank. Wir brauchen Essen für unsere Familien, mehr sagen wir nicht.« Als ich dies in Zeitungsberichten las, erschien das Bild von Sa'adatus drei hungrigen Kindern in meinem Kopf, die auf leeren Säcken auf dem Boden ihrer Hütte lagen, keuchend wie sterbende Tiere. Dieses Bild setzte sich unauslöschlich in mir fest.

Der Geschmack von Hunger

Ich wusste, dass Sa'adatu nicht unter jenen Demonstranten sein würde, die vor allem aus dem Flüchtlingslager des Arabischen Lehrer-Kollegs (ATC) kamen. Sa'adatu war nur 20 Tage lang dort gewesen, vor einem knappen Jahr. Man hatte sie danach ins Bakassi-Camp verlegt, ebenfalls in Maiduguri, wo die meisten IDPs aus Gwoza (einer anderen Stadt im Staat Borno) untergebracht sind. Wäre sie an jenem Tag im ATC-Lager gewesen, hätte sie dann mitdemonstriert? Hätte sie ihr Kleinkind auf die Hüfte genommen und die Faust gen Himmel gereckt?

In den letzten fünf Jahren, nachdem Boko Haram 2011 seinen Feldzug begonnen hatte, wurden mehr als zwei Millionen Menschen aus Nordost-Nigeria, Nord-Kamerun und der südlichen Republik Niger vertrieben. Nur 20 Prozent von ihnen sind heute in festen Lagern untergebracht, von denen sich die meisten in und um Maiduguri befinden. Die Übrigen haben sich in den örtlichen Gemeinden niedergelassen, wo sie in halbfertigen Gebäuden oder einfachen Hütten auf offenem Feld wohnen. Einige sind bis nach Abuja geflohen, wo es rund 30 Flüchtlingscamps gibt, manche sogar noch weiter südlich.

Sa'adatu konnte nicht so weit in den Süden reisen. Sie ist 45 und hat neun Kinder – das älteste ist 15, das jüngste ein gutes Jahr alt – und einen Ehemann, von dem sie seit zehn Monaten nichts gehört hat.

Bei meinem Besuch saß Sa'adatu in ihrer mit einer Zeltplane bedeckten Hütte, die Beine vor sich ausgestreckt, auf dem nackten Boden und wiegte ihr Baby, dem sie eine Brustwarze in den Mund schob. Mit einer Hand strich sie ihm Sand aus dem Haar; mit der anderen rührte sie die Mehlsuppe, die sie auf offener Flamme in einem Raum kochte, der im Grunde ihr Wohnzimmer war. In einer Ecke auf dem Boden standen ein paar Plastikutensilien – Eimer, Kanister und eine Wanne zum Holen und Aufbewahren von Wasser – und ein Stapel sauberer alter Aluminiumteller sowie ein Tablett. Daneben drei der neun Kinder. Sie lagen auf leeren Getreidesäcken, die auf dem Boden ausgebreitet waren. Auf erschreckende Weise hoben und senkten sich ihre Rippen beim Atmen: Sie waren knochig, schwach und hungrig.

»Seit Tagen haben sie nichts gegessen«, erzählte mir Sa'adatu, als ich auf einem Stuhl auf der anderen Seite des Raums Platz genommen hatte. »Ich bin betteln gegangen, und jemand hat mir 50 Naira gegeben. Davon habe ich etwas Maismehl gekauft, damit mache ich nun das hier für sie.« Sie rührte die Mehlsuppe, die in einem alten rußgeschwärzten Topf vor sich hin köchelte.

Als im Juni und Juli 2016 mehrere Berichte über verhungerte Geflüchtete in Nigeria bekannt wurden, meldeten sich die Regierungen von Nigeria und des Staates Borno – aus dem der Großteil der Vertriebenen stammt und wo sich derzeit 1,5 Millionen IDPs aufhalten – verärgert zu Wort und wiesen jegliche Anschuldigungen von sich. Der Hungertod mag in den vielen Lagern im Umkreis von Maiduguri nicht an der Tagesordnung sein, doch in anderen Gegenden, in Bama beispielsweise, sieht das anders aus.

Im Juni 2016 tauchten Fotos von Staatsbediensteten in den sozialen Medien auf, die für Geflüchtete bestimmte Nahrungsmittel neu verpackten, um sie auf Märkten zu verkaufen. Immer wieder ist zu sehen, wie Hilfsgüter für Geflüchtete abgezweigt werden. Nährstoffreiche Milch, die UNICEF für hungernde Kinder bestimmt hatte, wird plötzlich in Geschäften für rund einen Dollar angeboten. Ich betrachtete Sa'adatus Kinder und stellte mir vor, wie gut ihnen diese Milch täte.

Eine solch verstörende Szene hatte ich nicht erwartet, als ich beim Bakassi-Flüchtlingslager ankam. Schäfchenwolken fleckten den strahlend blauen Himmel, der tief über den roten und blauen Aluminiumdächern einer eingezäunten, aber unfertigen Wohnanlage hing. Die Anlage schien so groß, als könnten hier sämtliche Geflüchtete aus ganz Maiduguri Platz finden. Der malerische Anblick machte mich wehrlos, sodass ich die Realität, die sich mir hinter dem Zaun darbot, wie einen brutalen Schlag in die Magengrube empfand.

Tage zuvor war ich in der Hoffnung in Maiduguri eingetroffen, Zugang zu den Flüchtlingscamps zu erhalten. Nach einem ganzen Tag im Hauptquartier der 7. Division der nigerianischen Armee in Maiduguri, wo ich mich um eine entsprechende Genehmigung bemüht hatte, übergab man mir einen Brief – edles Hochglanzpapier mit dem Logo der Einsatzleitung der Operation »Lafiya Dole« (jener Militäroperation, die den Aufstand niedergeschlagen hatte) –, in dem ich gebeten wurde, nach Abuja zurückzukehren und meinen Antrag über das Armeehauptquartier in der nigerianischen Hauptstadt einzureichen, bevor ich zur Genehmigung nach Maiduguri zurückkehren sollte. Das Prozedere hätte mindestens fünf Tage in Anspruch genommen. Ich verstand das nicht. Ich wollte eine positive Geschichte über die Lager schreiben, über Geflüchtete, die sich verlieren und von der Rückkehr in die Heimat träumen. Wovor hatte das Militär Angst? Und wer um alles in der Welt verschwendet ein so schönes Blatt Papier, um einen Antrag abzulehnen?

Ein Major erklärte mir – während er ausgiebig lächelnd in seinem Sessel hin- und herschaukelte –, dass die Vorsichtsmaßnahmen mit den vielen negativen Berichten von Journalisten zusammenhingen. Sie aber hätten die Unversehrtheit der Geflüchteten zu wahren. Ich hörte ihm zu und nippte an der Limonade, die er mir aus seinem eiskalten Kühlschrank geholt hatte. Die nigerianische Armee war nicht gerade für ihre Höflichkeit bekannt. Seit dem Putsch 1966, als die erste frei gewählte Regierung Nigerias abgesetzt wurde, war sie dafür berüchtigt, Zivilisten auf offener Straße körperlich zu züchtigen. Zuletzt gab es Berichte über Soldaten, die als Wachen in den Lagern eingesetzt wurden und mit verzweifelten Geflüchteten Nahrung gegen Sex tauschten; manche Frauen wurden daraufhin schwanger. Ich fragte mich, ob auch Sa'adatu, die inständig hoffte, ihre Kinder endlich wieder ernähren zu können, schließlich einem solchen Angebot nachgeben würde. Hunger treibt Menschen zum Äußersten.

Ohne Genehmigung stand ich am nächsten Morgen vor dem Bakassi-Camp und verschaffte mir Zutritt im Schutz einer NGO, die für Geflüchtete arbeitete. Ursprünglich war das, was jetzt das Bakassi-Lager ist, als Luxusresort für die Reichen und Mächtigen gedacht. Fährt man durch das von Militär und örtlichen Vigilanten bewachte Tor, sieht man weithin Apartmenthäuser, die noch auf einen Anstrich warten. Mit öffentlichen Mitteln errichtet, sollten die hochklassigen Immobilien nach dem Wunsch eines Regierungsbeamten für private Nutzung zweckentfremdet werden, doch die Regierung beschlagnahmte das Gelände und nutzt es nun als Flüchtlingslager.

Hinter den Luxusbauten entstanden daraufhin endlose Reihen von Hütten aus Zeltplanen, um immer mehr Geflüchtete aufzunehmen, die aus verschiedenen Teilen Bornos hierher strömten, aus Gegenden, die von Boko Haram angegriffen oder besetzt worden waren. Und unter den 30 000 Menschen, die hier im Camp leben, sind eben auch Sa'adatu und ihre Kinder.

Sa'adatu stammt aus Gwoza, 135 Kilometer südöstlich von Maiduguri. 2014, als Boko Haram hier alles beherrschte, wurde die Stadt immer wieder Ziel von Angriffen. Sa'adatus Mann, Musa Adamu, der zwei weitere Frauen und insgesamt 19 Kinder hat und sich gerade von einer Operation erholte, überlegte damals, ob er seine Familie nicht an einen sicheren Ort bringen sollte.

»Wir hatten Geschichten von den Jungs gehört, die den Leuten unterwegs auflauerten und sie umbrachten«, erzählte Sa'adatu über Boko Haram, die selbst nicht Boko Haram genannt werden wollen. Das fanden sie abwertend, und jene, die in unmittelbarer Nachbarschaft mit ihnen lebten oder innerhalb ihres grausamen Regimes, hatten sich zudem angewöhnt, die Taten zu verharmlosen. Für Sa'adatu waren sie daher die Jungs. Aus Angst, unterwegs überfallen zu werden, blieb sie mit ihrer Familie in Gwoza und versuchte, mit den Schwierigkeiten fertig zu werden. Doch im Juli 2014, nach dem Fest des Fastenbrechens, wurde ihr klar, dass sie nicht länger bleiben konnte, da Boko Haram den Ring um ihre Stadt immer enger zog. Die Wahrscheinlichkeit, auf der Flucht in einen Hinterhalt zu geraten, schien geringer als die, im eigenen Haus erschossen zu werden. »Wenn die Jungs uns unterwegs in die Quere gekommen wären, wäre das Allahs Wille gewesen«, sagte sie und rührte die dampfende Mehlsuppe. Ich fragte mich, ob die Suppe nicht langsam verkochen würde, sah dann aber, dass die züngelnde Flamme den Boden des Topfes nur schwach berührte. Eine ihrer Töchter kam herein, ihre Haut war ganz nass. Sie war etwa zehn Jahre alt und hatte sich gerade in einem der Toilettenhäuser des Camps gewaschen. Die Blechgebäude waren im ganzen Lager verteilt und daher selten überfüllt. Außerdem gab es Brunnen mit Handpumpen, sodass Sa'adatus Wasserbehälter ungenutzt in der Ecke standen. Das Mädchen setzte sich ihrer Mutter gegenüber und sah in den Topf, während sie so tat, als spiele sie mit ihren Zehen.

Damals, 2014, hatte Sa'adatu sehr umsichtig gepackt. Sie nahmen ihr Geschirr, das Bettzeug und einen Vorrat an gekochten und rohen Lebensmitteln mit. Sie lud alles auf die Köpfe ihrer Kinder, band sich ihr jüngstes, das gerade erst ein paar Wochen alt war, auf den Rücken und machte sich gemeinsam mit ihrem Mann zu Fuß auf den Weg. Zwei Tage und eine Nacht zogen sie auf Pfaden abseits der Hauptstraßen und Städte entlang, bis sie eine Militäreinrichtung erreichten.

Für die Soldaten war der Feind nicht ohne Weiteres auszumachen, da Boko Haram keine übliche Armee war. Die Familie wurde festgenommen und tagelang befragt. Hätte man sie den Sympathisanten von Boko Haram zugerechnet, wäre ihr Schicksal besiegelt gewesen. Zum Glück gab es in den Baracken jemanden, dem die Soldaten Vertrauen schenkten und der sich für sie verbürgte, berichtete Sa'adatu.

»Dieser Mann kannte meinen Mann, er erklärte ihnen, dass wir ganz sicher nichts mit Boko Haram zu tun hätten, dass er uns sehr gut kenne und meinen Mann erst vor einem Monat gesehen habe.«

Hätte er diesen letzten Halbsatz weggelassen, wäre vielleicht alles anders gekommen. Denn diesen einen Monat, in denen er keinen Kontakt zu Musa Adamu, Sa'adatus Mann, gehabt hatte, wollten sich die Soldaten genauer ansehen. Vielleicht wollten sie auch einfach nur sehr gründlich sein, weil der gesichtslose Feind sie so aufgebracht hatte. Jedenfalls entschied man, die Familie weiter zu untersuchen.

Sie wurden daraufhin in die Giwa-Kaserne in Maiduguri gebracht, die den Ruf hatte, als eine Art Haftanstalt für Menschen zu fungieren, die verdächtigt wurden, sich Boko Haram angeschlossen zu haben. Laut eines Berichts von Amnesty International starben zwischen Januar und Mai 2016 149 Menschen in der Anstalt, darunter Kinder im Alter von gerade einmal fünf Monaten. Sa'adatu und ihr Mann wussten damals nichts von diesen Geschehnissen und selbst wenn, hätten sie sich in der Kaserne trotzdem immer noch sicherer gefühlt als in der Boko-Haram-Enklave.

Sa'adatu wurde mit ihren Kindern in eine Zelle mit anderen Frauen und Kindern gesteckt. Sie vermutet, dass es insgesamt rund 280 Menschen waren. Es gab keine Toilette, und da sie zwischen vier Uhr nachmittags und neun Uhr morgens eingesperrt wurden, mussten sie ihre Notdurft in einer großen Plastiktonne verrichten, die sie abwechselnd am Morgen entleerten.

Die Männer wurden in einem separaten Gebäude festgehalten und nicht herausgelassen. In den Stunden, in denen sie Freigang hatte, ging Sa'adatu zu diesem Gebäude, um durch ein Fenster einen Blick auf ihren Mann erhaschen zu können.

»Ich winkte ihm zu, und er winkte zurück«, berichtete sie und sah zum UNHCR-Logo auf der weißen Zeltbahnwand, als könne sie darin sein Gesicht sehen. »Wenn sein Hemd schmutzig war, zog er es aus und warf es mir durch das Fenster zu. Ich wusch es dann für ihn und warf es ihm so zurück, dass die Soldaten es nicht mitbekamen.«

Zwei Monate lang waren sie in Giwa, als ihr Mann ihr an einem Mittwochnachmittag eine Nachricht zukommen ließ. Er hatte mitbekommen, dass man ihn zur weiteren Befragung in eine andere Einrichtung bringen würde. »Er bat mich und die Kinder, für ihn zu fasten und zu beten«, sagte sie. Auch sie machte sich Sorgen. Von anderen Gefangenen und auch von den Soldaten hatte sie verschiedene Geschichten gehört.

Unter der vorherigen Regierung seien die Männer verschleppt und erschossen worden. Jetzt sei es zwar besser, jetzt würde man die Männer nur fortbringen und verhören, und wer mit den Aufständen nichts zu tun habe, würde nach fünf Monaten freikommen. »Mach dir keine Sorgen, wenn dein Mann unschuldig ist, ist er in ein paar Monaten wieder zurück.« Einige der Männer könnten in diesen fünf Monaten aber auch ums Leben kommen, befürchtete sie. »Wenn der Tod kommt, kann man ihm sowieso nicht entkommen, ganz egal, ob man zu Hause oder auf dem Markt ist.«

Am nächsten Morgen sahen Sa'adatu und die anderen Frauen, wie ein von Soldaten bewachtes Fahrzeug die Männer fortbrachte. Mit ihrem kleinen Jungen auf der Hüfte beobachtete sie, wie der Konvoi das Tor passierte und in der Ferne immer kleiner wurde. Sie fragte sich, wann sie ihrem Mann wohl wiederbegegnen würde. Zehn Monate sind seitdem vergangen, ihr Baby hat inzwischen laufen gelernt, sie aber hat ihren Mann seit jenem Tag nicht mehr gesehen. »Wir sind allein hierher gekommen«, sagte sie mit erstickender Stimme, »ganz allein.«

⋆

Zwei Monate, nachdem man ihren Mann aus der Giwa-Kaserne verschleppt hatte, wurden Sa'adatu und ihre Kinder in ein Fahrzeug gepfercht und in jenes Flüchtlingslager gebracht, in dem ein Jahr später hungernde Geflüchtete aus Verzweiflung auf die Straße gehen sollten. Auf sie wartete aber 20 Tage später wieder ein Lastwagen, und dieses Mal brachte man sie ins Bakassi-Lager, wo sich damals etwa 10 000 Menschen aus Gwoza aufhielten. Sie sah bekannte Gesichter und fühlte sich besser in der Gegenwart von Menschen, die wussten, dass ihr Mann nur ein Opfer war, so wie sie alle Opfer waren.

In Bakassi warteten jedoch neue Herausforderungen. Während der acht Monate im Lager blieben die Geschäfte leer. Vor über einem Jahr waren die Vorräte zuletzt aufgefüllt worden, Monate, bevor sie hier ankam. Hilfsgüter sind rar, und die Geflüchteten dürfen das Lager nicht verlassen, um draußen um Almosen oder Essen zu betteln. Gerüchte machen in Maiduguri die Runde – Gerüchte von Lastwagen voller Hilfsgüter, die am vorderen Tor zum Lager hinein- und zum rückwärtigen Tor wieder herausfahren.

Manchmal ging Sa'adatu an der Lagerküche vorbei, um zu sehen, ob etwas auf dem Herd stand. Doch seit Wochen war die Asche kalt, und oft kehrte sie mit Tränen in den Augen zurück in ihre Hütte und wusste nicht, was sie ihren Kindern sagen sollte. Und so gut wie die Lagertore bewacht wurden, standen die Chancen äußerst schlecht, hinauszugelangen, um etwas zu essen zu organisieren oder Nachrichten von ihrem Mann zu erhalten.

Gerüchte um eine mögliche Verlegung nach Gwoza, die Ende des Jahres anstehen könnte, begeisterten sie nicht wie andere Geflüchtete, die glaubten, in vertrauter Umgebung wieder regelmäßig etwas zu essen zu finden. Sa'adatus Seufzen ließ mich vermuten, dass sie lieber nach Hause zurückkehren würde, wenn ihr Mann dabei wäre.

»Ich weiß nicht, wo mein Mann ist, ob er noch am Leben oder tot ist«, sagte sie, den Kopf resigniert zur Seite geneigt. Es war vollkommen still im Zimmer, nur der keuchende Atem ihrer Kinder war zu hören, die auf einem leeren Sack auf dem Boden schliefen.

Die Frau von der anderen Seite der Grenze

Es ist still auf der Fahrt durch Maiduguri, jene Art grübelnder Stille, in der man sich Gedanken macht über Dinge wie den Sinn des Lebens, über Hunger und Tod. Countrymusik schallt aus den Lautsprechern des Wagens und füllt die Leere. Jedes Mal, wenn das Auto im Verkehr langsamer wird, kratzen Scharen von Kindern, manchmal auch Erwachsene, an den Fenstern und betteln.

»Hilf einem Waisen«, skandieren sie, schubsen einander, um einen besseren Platz zu ergattern für das, was aus dem Auto geworfen werden könnte. Es gibt viele von ihnen in Maiduguri, beunruhigend viele – die Waisen der Gemetzel von Boko Haram, aber auch solche, die sich als Opfer ausgeben, um ein bisschen Geld zu verdienen. Immer wird es Menschen geben, die aus solchen Situationen ihren Vorteil ziehen.

Jenseits des Gewirrs aus gereckten Armen und Fingern scheint Maiduguri fast normal – eine Stadt, die nach den Verwüstungen von Boko Haram wieder zu atmen lernt. Händler und Handwerker verkaufen ihre Waren in Läden und auf den Fußwegen. Schicke Straßenleuchten säumen die Wege, manche davon aus Frankreich importiert, um der Stadt das exotische Ambiente von Paris zu verleihen. Es überrascht mich, wie ausgelassen die Stadt wirkt, voller Leben und Unmengen von Vertriebenen. Und voller Träume, die Menschen selbst in schwierigen Zeiten haben.

Hier entstand, was heute als Boko Haram bekannt ist, hier in dieser Stadt des Stammes der Kanuri und seiner uralten Geschichte, dem Sitz des Reiches von Kanem. Hier begann ein gewisser Muhammad Yusuf im Jahr 2002 eine radikale Form des Islam zu predigen und vergrößerte seine militante Fangemeinde um frustrierte Jugendliche. Als diese Gruppe 2009 der Regierung die Stirn bot, wurde sie in Maiduguri gewaltsam niedergeschlagen. Yusuf und Hunderte seiner Anhänger kamen dabei ums Leben. Andere Mitglieder seiner Sekte konnten fliehen, gingen in den Untergrund, um 2011 als jene tödliche Terrorbande wieder aufzutauchen, die auf der Höhe ihrer Macht um den Januar 2015 herum ein Territorium von fast 52 000 Quadratkilometern beherrschte. Das entspricht in etwa der Größe Kroatiens.

Der Wagen hält an einem Kontrollpunkt. Junge, mit Bambusstöcken, Macheten und Musketen bewaffnete Vigilanten spähen hinein und sehen mich, meinen Fotografen und unseren Fahrer an. Ihre trüben Augen und fleckigen Lippen verraten ihren Drogenkonsum. Ziviler gemeinsamer Einsatzverband werden sie genannt. Jugendliche, die die Überfälle von Boko Haram satthaben, bewaffnen sich und machen Jagd auf Terroristen, die aus ihren eigenen Reihen gekommen sind. Vor allem dank ihnen ist Maiduguri heute weitgehend frei von Rebellen. Dieses Modell wurde in anderen Städten im Nordosten übernommen, wo ebenfalls Jugendliche dem Militär dabei helfen, Sektenmitglieder zu identifizieren und zu bekämpfen. Die Geschichte dieses Aufstands kann nicht ohne ihren Beitrag erzählt werden, aber sobald Boko Haram tatsächlich vollständig bekämpft ist, wird die Regierung eine andere Beschäftigung für diese Jugendlichen finden müssen. Sonst werden auch sie zum Problem werden.

Momentan jedoch sind sie noch überall, patrouillieren in den Straßen und bewachen Gebäude. Sie stehen auch am Tor zum Dalori-Flüchtlingslager am Stadtrand, wo sie zusammen mit Soldaten Wache halten.

Dalori ist eines der größten Camps des Landes. Hinter dem Tor sieht man Scharen von Menschen und endlose Reihen von Hütten aus Zeltplanen, die sich bis zum Horizont erstrecken.

In diesem Lager, in einem dieser Zelte wohnt die 25-jährige Fati Salisu. Ihre Hütte besteht aus nur einem Zimmer von vielleicht zwei mal drei Metern. Ihre persönliche Habe – Teller, Matten und eine dünne Matratze – liegen in dem kleinen Raum verstreut herum. Hinter ihr, auf der anderen Seite der Zeltplane hört man die Stimmen ihrer Nachbarn.

Fati kommt aus Kamerun, und in jenem Jahr, das sie in diesem Lager verbracht hat, hat ihr Leben daraus bestanden, morgens aufzustehen, ihr Geschirr abzuwaschen, ihr Zimmer zu putzen und sich gegen Mittag in die Schlange für die erste Mahlzeit des Tages einzureihen.

»Manchmal gibt es kein Essen, dann versuchen wir, aus Abfällen oder einigen Hilfsgütern, die wir ergattert haben, etwas zu kochen«, sagt sie. Sie spricht leise, in ihren Augen liegt eine Schärfe, Augen, aus denen die schweren Zeiten sprechen, die sie hier und im Wald, aus dem sie gerettet wurde, durchgemacht hat.

Die Herwa Community Development Initiative, jene NGO, die sie und andere berät und ausbildet, nennt sie euphemistisch eine »Überlebende«. Andere, die weniger Taktgefühl besitzen, nennen sie eine der »Ehefrauen von Boko Haram«.

»Als sie anfingen, uns zu vergessen«
Kolofata, Nordkamerun, 27. Juli 2014

Die kürzlich geschiedene Fati war bei ihrer kranken Mutter im Hospital von Kolofata im Norden Kameruns und stillte gerade ihr sieben Monate altes Baby Jamila (ihr Sohn war zu dieser Zeit bei seinem Vater), als sie Schüsse und Explosionen hörte. Bald darauf stürmten bewaffnete Männer in das Krankenzimmer, zielten auf Fati und zerrten sie und ihr Kind vom Bett der Mutter fort. Sie verbanden ihr die Augen und warfen sie mit einigen anderen Frauen in einen Lastwagen. Eine davon war die Frau des Kameruner Vizepremierministers, ihretwegen fand der Boko-Haram-Angriff auf Kolofata in den lokalen und überregionalen Nachrichten überhaupt Erwähnung. In keinem dieser Berichte fand man den Namen Fati Salisu. Sie war eine der »und andere Frauen«.

Der Lastwagen verließ Kolofata, Fatis Herz schlug wild, je weiter sie sich entfernten. Sie holperten immer weiter über unebene Buschwege, bis alles Vertraute nur noch Erinnerung war, abgesehen von ihrer Tochter, die sich an sie schmiegte.

Man brachte sie in den Wald von Buni Yadi. Die jüngeren Frauen wurden von den älteren getrennt. Es war das letzte Mal, dass Fati die Frau des Vizepremierministers sehen sollte, obwohl sie beide die nächsten drei Monate lang dort festgehalten wurden. Jeden Tag eskortierten bewaffnete Männer die jüngeren Frauen zum Unterricht bei Boko-Haram-Lehrern. Und wenn bei Überfällen neue Gefangene gemacht wurden, mussten Fati und die anderen Frauen für sie kochen. Es gab eine gewisse Routine im Leben in Buni Yadi, doch diese Routine wurde bald gestört.

Denn eines Tages fielen Bomben vom Himmel und explodierten im Lager. Schreiend kauerten die verängstigten Frauen auf dem Boden, in der Furcht, eine der Bomben würde über ihren Köpfen explodieren. Der Luftangriff zwang Boko Haram, das Camp zu verlegen und mit ihren Geiseln in einen anderen Wald umzuziehen. Im neuen Lager, während Fati sich um das Wohlergehen ihrer Tochter und das Schicksal ihrer Mutter sorgte, die sie im Krankenhaus hatte zurücklassen müssen, stellten ihre Entführer neue Forderungen. »Sie wollten mich heiraten«, erzählte Fati. »Ich sagte ihnen, dass ich zurück zu meinen Eltern möchte, und sie erwiderten, meine Eltern seien Ungläubige, ich würde sie nie wiedersehen.« Es war ein merkwürdiger Antrag. Hätte Fati zugestimmt, hätte der interessierte Kämpfer dem Amir oder dem Anführer der Zelle gemeldet, dass er eine willige Ehefrau gefunden habe. Hierarchien sind für Boko Haram sehr wichtig. Eine Zeugin, eine Überlebende, erzählte mir, sie habe gesehen, wie etwa 20 Kämpfer von ihrem Befehlshaber exekutiert worden waren, weil sie sich ohne seine Zustimmung eine »Ehefrau« genommen hatten. Sie wurden der Unzucht bezichtigt und erschossen. Die Frauen wurden verschont, da man sie zur »Heirat« gezwungen hatte. Der aufgebrachte Henker habe mit Körpergewalt davon abgehalten werden müssen, die Frauen trotzdem zu erschießen.

Fati wusste all dies natürlich nicht, lehnte den Antrag aber ab. Die verschmähten Kämpfer beschlossen, ihre Hand zu erzwingen. »Sie steckten mich in ein Erdloch, das sie mit einem grob zusammengezimmerten Gestell bedeckten. Dort hielten sie mich 15 Tage lang fest. Als sie mich herausholten, weigerte ich mich immer noch«, sagt sie und nestelt an ihren Fingern herum.

Sie sitzt da und starrt zur Tür hinaus, wo die anderen Frauen im Schatten sitzen, sich das Haar flechten und miteinander auf Kanuri sprechen. Ich stelle mir vor, wie sie sich in diesen sieben Monaten Gefangenschaft gefühlt haben mag, ohne jeden Kontakt zu ihrer Familie und allen anderen geliebten Menschen. Ich frage mich, ob sie damals mitbekommen hat, dass die Kameruner Regierung zu jener Zeit mit Boko Haram über die Freilassung der Gattin des Vizepremiers verhandelt hatte. Ob Fati sich gewünscht hatte, eine der Frauen gewesen zu sein, die zusammen mit der Frau des Politikers gegen Lösegeld freigelassen wurden. Ich frage mich, wie es sich anfühlt, eine der Vergessenen zu sein, über Jahre hinweg. Ohne jede Verbindung nach Hause blieb ihr nur ihre Tochter Jamila. In den Nächten hielt sie sie fest. Das inzwischen 14 Monate alte Kind war das Einzige, was ihr Freude bereitete.

Doch dann kehrten die Kampfjets zurück. Mit jedem Tag ein weiterer Angriff. Chaos brach im Lager aus, als die Bomben fielen. Die Frauen ergriffen die erstbeste Chance und rannten um ihr Leben in den Wald, wurden jedoch von den Entführern verfolgt. Die kleine Jamila auf ihrem Rücken, flüchtete Fati in unbekanntes Gelände. Das Tuch, mit dem sie ihr Kind festgebunden hatte, löste sich, Jamila fiel zu Boden und brach sich dabei das Genick.

Ich sehe die verzweifelte Frau vor mir, wie sie neben ihrer Tochter auf die Knie fiel, sie schüttelte und sie bat, aufzuwachen, ihren Namen rief und dem Himmel ihr Leid klagte. Doch Jamila war tot. Und als die Boko-Haram-Kämpfer Fati erreichten, zerrten sie die trauernde Mutter davon. »Von deinem Geheule wird sie auch nicht wieder lebendig«, sagten sie zu ihr.

Die Art, wie Fati ihre Geschichte erzählt, hat fast etwas Mechanisches, als wolle sie sich selbst davon entfernen. Vielleicht hat es etwas damit zu tun, dass sie die Geschichte bereits mehrfach erzählt hat, ihren Mitflüchtlingen und anderen Verschleppten, aufdringlichen Journalisten, NGOs und internationalen Hilfsorganisationen, die ihr versprochen haben, ihre Familie zu finden – vergeblich. Ihre tatsächlichen Gefühle verrät ihre Stimme erst in dem Moment, als sie sagt: »Ich denke immer an meine Tochter.« Sie blickt auf ihre Finger, die ineinandergekrallt sind. »Ich denke ständig an sie.«

Ein weiterer Militärangriff auf das Lager in Kera Laji, erzählt mir Fati, bot eine erneute Gelegenheit zur Flucht, und Fati ergriff sie. Das Wichtigste war zu überleben. Sie rannte. Für ihre tote Tochter. Für ihren lebendigen Sohn. Für ihre kranke Mutter, die tot sein mochte oder auch nicht. Für die Liebe und das Leben rannte sie und hielt erst an, als sie mit fünf anderen Frauen Bama erreicht hatte, das gerade erst von der nigerianischen Armee zurückerobert worden war. Sie wurden im dortigen Gefängnis untergebracht, bis Boko Haram fünf Tage später einen energischen Versuch startete, Bama wieder einzunehmen. Aber der Angriff wurde niedergeschlagen, und die Armee entschied, die Frauen ins sichere Maiduguri zu bringen, in das große Lager Dalori, wo Fati seither lebt.

Kein Tag wie jeder andere

Es war ein Dienstag. In der prallen Sonne von Maiduguri, nahe dem Eingang zum Dalori-Lager, fand ein Fußballspiel statt, zwei Geflüchtetenmannschaften spielten gegeneinander. Doch für Fati war es kein Tag wie jeder andere. Sie war im Trubel des Lagerlebens aufgewacht. Gegen Mittag wurde deutlich, dass es an diesem Tag nichts zu essen geben würde. Die Köche lungerten in der Küche herum, säuberten ihre Utensilien und fanden immer neue Arten, möglichst geschäftig auszusehen, obwohl das jeder durchschauen konnte. Fati würde sich etwas von ihrem Reis oder ein paar Nudeln kochen müssen. Sie hatte ein paar Gewürze, die sie drüberstreuen konnte, um dem Ganzen ein bisschen Geschmack zu geben. Die Bedingungen in Dalori sind viel besser als im Bakassi-Lager. Zumindest gibt es hier normalerweise regelmäßig etwas zu essen, die Gefahr zu verhungern ist hier nicht so allgegenwärtig wie andernorts.

Als man ihr sagte, dass einige Herwa-Mitarbeiter gekommen seien und im Zelt des UNFPA, des Bevölkerungsfonds der Vereinten Nationen, auf sie warteten, dachte sie sich zunächst nicht viel dabei. Sie verschob ihren Plan, sich etwas zu kochen. Das UNFPA-Zelt befand sich neben der provisorischen Schule des Lagers. Es war im Feld der weißen Zeltplanen leicht zu erkennen, weil es gelb war und die Sonnenstrahlen, die durch die Plane schienen, dem Inneren ein unwirkliches bernsteinfarbenes Leuchten verliehen. Es war nur ein Herwa-Mitarbeiter vor Ort, aber er war in Begleitung von Vertreterinnen der Vereinigung muslimischer Frauenverbände in Nigeria (FOMWAN).

Die Frauen kauerten auf den Matten in der Mitte des Zeltes und sprachen mit den Mitarbeiterinnen. Bald erhob sich ein aufgeregtes Stimmengewirr. Andere Frauen, die in den Ecken des Zeltes gewesen waren, mischten sich unter die Frauen in der Mitte. Fati saß da, ihre Hände im Schoß, und sah auf die Matte hinunter. Sie schien benommen, während alle um sie herumwuselten.

Zufällig stammte eine der FOMWAN-Mitarbeiterinnen auch aus Kamerun und kannte Fatis Eltern. Sie sagte Fati, dass ihre Mutter wieder genesen und ihre Familie nach Marwa umgezogen sei. Alle seien am Leben und gesund. Es waren die ersten Nachrichten nach zwei Jahren, die Fati von zu Hause erhalten hatte. Daran, wie sie dort inmitten der Frauen saß und ihre Tränen zurückhielt, konnte ich erkennen, was ihr diese Nachricht bedeutete und wie tief diese glücklichen Umstände sie erschütterten. »Sie glauben, ich sei tot«, erzählt Fati später. »Sie hatten ihnen gesagt, ich sei bei einem der Luftangriffe im Wald ums Leben gekommen. Sie hatten sogar schon für meine Seele gebetet.«

Die Neuigkeiten sind für sie schwer zu verdauen, sie scheint nicht recht zu wissen, wie sie damit umgehen soll. Aber unter all die Verwirrung mischen sich auch große Erleichterung und erneut aufkeimende Hoffnung – längst gefrorene Träume beginnen langsam zu tauen. Sollte sie jemand aus dem Lager abholen wollen, würden viel Bürokratie und Papierkram auf sie zukommen, doch das Wichtigste ist nun, ihre Eltern zu erreichen und sie wissen zu lassen, dass sie am Leben und unversehrt jenseits der Grenze ist.

»Ich will einfach nur meine Familie und meinen Sohn wiedersehen«, sagt sie. In ihrer Stimme zittert die Angst und die Ungeduld, sich den Mantel des Todes vom Kopf zu streifen und sich der ihr vertrauten Welt zu erkennen zu geben, der Welt, in der sie keine Vergessene ist. Fati Salisu ist eine starke Frau, aber ich habe den Eindruck, dass es ihr guttäte, einmal richtig zu weinen, und als ich mich von ihr verabschiede, hoffe ich, sie werde ihren Tränen endlich freien Lauf lassen können. Für Fati gibt es nun einen Lichtschimmer am Ende des langen, gewundenen Tunnels. Sa'adatu Musa und ihre Kinder müssen in Bakassi weiter in der langen Nacht des Wartens ausharren.

Der Flüchtling – ein Leben in der Leere

Khaled Khalifa

Aus dem Arabischen von Larissa Bender

Meine Schwester, die ich seit mehr als zwei Jahren nicht mehr gesehen habe, erzählte mir am Telefon, dass sie das Meer in einem Schlauchboot überqueren wolle. Dann legte sie auf. Meine Meinung dazu wollte sie nicht hören. Sie begnügte sich damit, mir in äußerst emotionalen Worten ihre drei Söhne für den Fall ans Herz zu legen, dass sie ertrinken würde. Einige Minuten später versuchte ich, die mir unbekannte türkische Nummer zurückzurufen, doch das Telefon war aus. Plötzlich gingen mir unzählige Bilder unserer Kindheit durch den Kopf. Es ist nicht leicht, sich von einem halben Jahrhundert, einem Teil des eigenen Lebens zu verabschieden und bangen zu müssen, dass diejenigen, die man liebt, ertrinken. Kälte kroch mir in die Glieder, mein Kopf war leer, ich hatte keine Kraft mehr zu diskutieren. Was hätte ich denn einer Frau schon sagen können, die ihre Wohnung und ihr ganzes Hab und Gut verloren hatte und die ihre Jungen, um diese nicht auch noch zu verlieren, auf der Suche nach einem sicheren Zufluchtsort durch die ganze Türkei geschleppt hatte. Da die Situation in der Türkei für eine einfache Frau wie sie, genau wie für Millionen anderer Syrer, alles andere als leicht ist, war ihr nur die Hoffnung auf Asyl in Europa geblieben – auch wenn das bedeutete, sich in ein Schlauchboot zu setzen. Die Botschaft, die sie mir mitteilen wollte, kannte ich bereits: Den Syrern bleibt keine andere Hoffnung als das Meer.

Meine Schwester ist nicht ertrunken, sie hatte Glück. Freunde halfen ihr in Griechenland und anderswo auf ihrem Weg. Über die bitteren Erfahrungen mit Schleusern, die ihr die wenigen Habseligkeiten raubten und sie auf verschiedenen Flughäfen ihrem Schicksal überließen, will sie nicht sprechen, aber sie erreichte schließlich ihr Ziel und traf in Dänemark Freunde von uns, die sie unterstützten. Andere, die gleichfalls das Abenteuer einer Überfahrt gewagt hatten, sind hingegen ertrunken. Der Gedanke ist unvorstellbar, und wenn der Tod verschiedene Farben hat, so ist der schwärzeste aller Tode bestimmt der Tod durch Ertrinken. Der menschliche Körper verliert, wenn er zum Fraß der Fische wird und sich wie Salz im Wasser auflöst, vollkommen seine Bedeutung.

Ein paar Tage später bekam ich einen ähnlichen Anruf von meinem jüngsten Bruder, der seine Wohnung in Aleppo verlassen hatte, um nach Mersin zu gehen, wo er seine Familie zurückließ. Allein trat er dann die beschwerliche Fahrt über das Meer nach Griechenland an, von dort nach Italien, und schließlich landete er in Schweden. Ich erhielt danach immer mehr Anrufe von nahen Verwandten, von den Söhnen meiner Geschwister, von Freunden, und sie alle erzählten mir, dass sie auf dem Weg in Richtung Meer seien. Ich erkundigte mich weder nach den Details der Reise noch diskutierte ich mit ihnen. Ich wünschte ihnen einfach alles Gute und bat nur darum, dass sie mir Bescheid geben, ob alles gut gegangen sei.

Hunderttausende Syrer befinden sich zurzeit in der gleichen Situation. In den Cafés türkischer Städte tauschen sie Telefonnummern von Schleusern und Informationen über die besten Routen aus und veröffentlichen diese auf Facebook.

Ich erinnere noch, wie ich im Sommer 2015 von Damaskus über Beirut nach Istanbul reiste. Die Art der Fluggäste weckte meine Neugier, denn alle waren ungefähr vom gleichen Typ: junge Männer, kaum 20 Jahre alt, und eine Gruppe Frauen mit ihren Kindern. Sie kamen mir vor wie Freunde aus der Kindheit oder wie Verwandte. Aus der Art ihrer Fragen ging hervor, dass sie unser Land gerade zum ersten Mal verließen. Nachdem das Flugzeug in Damaskus abgehoben hatte, atmeten sie auf und begannen laut über die nächsten Schritte zu diskutieren. Sie würden nach Istanbul reisen und von dort mit einem anderen Flugzeug zur am nächsten an der griechischen Grenze gelegenen Stadt fliegen. Die meisten dieser jungen Männer waren vor dem Militärdienst geflohen und genossen nun den Luxus, zum ersten Mal in einem Flugzeug zu sitzen. Alles schien vorab für sie geregelt worden zu sein. Ich bemerkte einen Mann in den Vierzigern, der sie auf dem Flug von Damaskus nach Beirut mit wichtigen Informationen versorgte. Im Transitbereich des Flughafens von Beirut wiederholte sich das Ganze, und die Frauen erhielten die gleichen Direktiven.

Ich dachte nun wieder an diese jungen Leute, deren letzte Hoffnung in einer Reise über das Meer bestand. Das war zwar auch damals nichts Neues mehr für mich, und obwohl es schmerzlich war, es mit eigenen Augen zu sehen, fand ich die Vorstellung gleichzeitig auch kurios, dass sich eine ganze Gruppe von Freunden entschieden hatte, kollektiv zu emigrieren. Ich musste daran denken, wie wir uns als Kinder in meiner Clique ewige Treue geschworen und davon geträumt hatten, unser Leben gemeinsam zu planen. Und diese jungen Männer hier hatten sich entschieden, entweder zusammen zu leben oder zusammen zu sterben. Ihnen stand zwar die Angst in den Augen, doch in der Gruppe fühlten sie sich auch stärker. Ich beobachtete, wie sie versuchten, sich gegenseitig Mut zu machen, um all das überstehen zu können, was auf sie zukam.

Die meisten meiner Freunde haben inzwischen das Land verlassen und wurden Flüchtlinge. Mir bleibt nur noch, nach den Namen von Verschollenen und Ertrunkenen zu schauen und die Adressen meiner Freunde nachzuverfolgen. Immer wenn ein Boot kentert, warte ich wie verrückt auf eine Meldung, durchsuche die Listen von ertrunkenen Personen, sammle Fakten, aus welcher Stadt oder welchem Dorf sie stammen, welche Familiennamen sie tragen, nach irgendwelchen Fotos. Im Jahr 2015 hatte ich mit der gleichen Hysterie die Fotos betrachtet, die von den Toten in den Gefängnissen des Regimes gemacht und außer Landes geschmuggelt worden waren und als »die Fotos von Caesar« bekannt wurden. Ich forschte nach verhafteten Freunden, denn Dutzende von ihnen sind verschwunden, über deren Verbleib wir nicht das Geringste wissen. Wir haben keine Nachricht von ihnen, keine mündliche Botschaft, es gibt niemanden, der sie gesehen oder irgendeine Information über sie hat. Ich durchsuche die Fotos, und wenn ich einen Verdacht hege, versuche ich mich an Details zu erinnern, an ein Muttermal auf der Wange, eine Wunde am Knie. Aber die Suche nach den Ertrunkenen oder den Toten und das Warten auf die Rückkehr der Verhafteten sind sinnlose Unterfangen, genauso sinnlos, wie in jenen Städten auszuharren, die nur darauf warten, als nächstes zerstört zu werden.

Der Strom der Auswanderer riss indes nicht ab. In den Jahren 2013 und 2014 hatten wir noch große Abschiedspartys für unsere Freunde veranstaltet, die uns verlassen würden, um ihre Reise ins Unbekannte anzutreten. Über Alternativen haben wir nicht mehr mit ihnen diskutiert, genauso wenig wie über unsere eigenen Erfahrungen berichtet. Die Migration hatte sich zu einer Epidemie entwickelt, die sich im ganzen Land ausbreitete, alles leerte sich, alles veränderte sich in rasender Geschwindigkeit, die Straßen wurden leerer, in den Fenstern schien kein Licht mehr.

Ich leide sehr unter dem Verlust meiner Freunde. Es hat alles keinen Sinn mehr. Wir, die im Land Gebliebenen, sind nur noch damit beschäftigt, am Leben zu bleiben. Wir fragen uns nicht mehr, wer weggehen wird, sondern: Wann wirst du gehen? Oder: Du bist noch hier? Zum ersten Mal spüren wir, was kollektive Trennung bedeutet.

Anfänglich hatte ich noch bezweifelt, dass sie wirklich alle nicht mehr zurückkämen; ich hielt ihre Abwesenheit für zeitlich begrenzt. Aber jetzt, nach all diesen Jahren, habe ich mich ohne sie in meinem Leben eingerichtet. An der Stelle der Leere, die sie hinterlassen haben, hat sich eine andere Leere breitgemacht. Ich stelle mir nicht mehr vor, wie sie jetzt aussehen, denn jemand wie ich, der die ganze Zeit mit

Menschen lebt, die er auf dem Papier erfindet, und die Fantasie preist, spürt den Mangel nicht. So klammere ich mich noch mehr an mein Leben hier. Und trotzdem befürchte ich mittlerweile, von der Migrationsseuche angesteckt zu werden, die zusammen mit der Verzweiflung um sich greift, die ich jeden Morgen auf den Gesichtern der Menschen wahrnehme. Ich frage mich, ob ich wohl bleiben würde, wenn mein Haus zerstört wäre, und denke, selbst dann würde ich bleiben. Warum? Darauf habe ich keine Antwort. Vielleicht weil mich die Tatsache verlegen macht, dass ich an dem Ort festhalten möchte, dessen Geruch mir so vertraut ist. Es sind letzten Endes die Illusionen eines einsamen Schriftstellers, der nichts mehr zu verlieren hat, weil er zu lange dabei zusehen musste, wie ein Volk versucht hat, sein Land zurückzubekommen, und es dabei vollständig verliert. Es scheint für die Wiedererlangung seiner Freiheit und seiner Würde mit jedem Stein, jedem Viertel, jedem Baum bezahlen zu müssen. Die Syrer können ihr Land den Klauen der Diktatur nicht entreißen, in der sie seit 50 Jahren leben und in der sie, in Verteidigung einer jahrtausendealten Kultur, schon unzählige Möglichkeiten des Widerstands erprobt haben. Eine davon war das Schweigen und das Warten.

In den vergangenen Jahren habe ich viele Einladungen erhalten, bin durch die Welt gereist und habe Syrer getroffen, die das Land bereits vor Jahren verlassen hatten. Ich habe ihr Leben betrachtet und festgestellt, dass der Flüchtling seine alte Identität verliert, aber keine neue gewinnt. Die Vorstellung, die vielen kleinen Gewohnheiten aufgeben zu müssen, die für mich persönliches Glück bedeuten, ist mir unerträglich. Ich denke an meinen morgendlichen Kaffee zu Hause oder mit Freunden im Café, bevor sie zur Arbeit gehen, an unsere Plaudereien, an die Gerüche der Stadt, die gemeinsamen Abendessen, den Duft des Herbstregens. Meine Freunde, die jetzt Flüchtlinge sind, vermissen all diese Dinge sicherlich, aber sie haben sie auch aufgegeben. In den letzten Monaten telefonierten wir und schrieben uns über Facebook und per E-Mail in immer größeren Abständen. Als das letzte Mal Regen in Damaskus fiel, feierten nicht mehr wie früher Hunderttausende Geflüchtete in aller Welt ein Fest der Sehnsucht. Die gemeinsamen Momente wurden immer seltener, wir sprachen kaum noch über die Probleme der Integration in eine fremde Kultur oder über den möglichen Verlust der ursprünglichen Identität. Ich verstehe ihre Frustration und kenne die Schwierigkeiten, unter denen sie leiden, und weiß von ihrer Angst um uns, die wir hiergeblieben sind, während der Krieg uns überall auflauert.

Ich habe weder meine Empathie verloren noch möchte ich mich als Soziologe aufspielen, aber die syrischen Geflüchteten unterscheiden sich genau betrachtet von anderen Flüchtlingsgruppen. Die verschiedenen Kulturen und Schichten zu untersuchen, aus denen die syrischen Geflüchteten stammen, würde Hunderte Seiten füllen. Ich möchte vor allem über Menschen schreiben, die geflüchtet sind und uns verlorengingen. Wir hoffen zwar, dass sie die Welt für sich gewinnen, aber ich bin mir nicht sicher, dass es gelingt, denn der Verlust der Identität ist, als risse man sich das Herz heraus.

Eine Zeitlang klingelte mein Telefon sehr oft. So berichtete etwa der über 70-jährige Vater eines Freundes, der geflüchtet ist, weinend, dass er mit jemandem sprechen möchte, der seine Sprache versteht und ihre Geheimnisse kennt, dass er einen Witz in seinem Dialekt hören und von Herzen lachen möchte. Von Herzen lachen, das ist es, was die Menschen im Leben möchten, und Geflüchteten wird dieses Glück meist nicht mehr zuteil, zumindest nicht in den ersten Jahren in der Fremde. Irgendwann ist das Klingeln verstummt, denn früher oder später versinken alle im schwarzen Nichts des Flüchtlingsdaseins.

Erst waren es Hunderte, dann Tausende, schließlich Hunderttausende, und jetzt sind es Millionen Geflüchtete. Manche Bilder aus Ländern, in denen Flüchtlinge nicht willkommen geheißen werden, versetzen mich in Panik. Die Bilder von Nazis, die Geflüchtete bedrohen, jagen mir Angst ein.

Die Schilder in libanesischen Ortschaften, auf denen steht, dass es Syrern verboten sei, sich nach sechs Uhr abends auf der Straße aufzuhalten, sowie Transparente, auf denen Geflüchtete beschimpft werden, erschrecken mich. Die ungarische Reporterin, die einen Syrer tritt, der, mit seinem Sohn auf dem Arm, vor einem Krieg flieht, den er nicht gewollt hat, macht mich fassungslos; trotzdem wurde dieser Journalistin kürzlich ein Preis verliehen. Dass jemand einen Preis erhält, der meine Landsleute mit Füßen tritt, jagt mir Angst ein. Ich fühle mit den vielen Menschen, deren Schicksal ich kenne. Wenn ich an ihre Leiden denke, werde ich von Schlaflosigkeit geplagt. Ich will mich nicht damit abfinden, dass wir eines Tages aufwachen und die Stadt entvölkert ist, ohne Menschen, ohne Licht in den Häusern, ohne Autos. Und dass uns, wenn wir nach dem Warum fragen, klar sein muss, dass alle einen Anteil daran haben, wenn aus uns eine Gesellschaft von Flüchtlingen geworden ist.

Menschen, die noch nie Kontakt zu Syrern hatten und nichts über die alte und die neue Geschichte Syriens wissen, mag es überraschen, aber es ist eine Tatsache, dass die Syrer in den letzten 100 Jahren selbst viele Geflüchtete aufgenommen haben, die dem Tod entkommen waren. Zu Beginn des letzten Jahrhunderts waren es Armenier, dann Tschetschenen und Albaner, die vor Massakern und Kriegen fliehen mussten. Nach der Niederlage von 1948 und dem Junikrieg von 1967 kamen mehr als eine Million Palästinenser nach Syrien. Den Höhepunkt aber bildeten die über drei Millionen irakischen Geflüchteten, die nach der amerikanischen Invasion im Jahr 2003 nach Syrien kamen. Und im Julikrieg im Jahr 2006 schlossen die Syrer nicht einen Tag ihre Grenzen, sondern nahmen Hunderttausende Libanesen als Geflüchtete auf. Schon in früheren Zeiten gab es Migrationsbewegungen, die Syrien zu einem Land gemacht haben, das eine starke Anziehung auf Geflüchtete ausübt. Seit jeher haben sich viele verschiedene Völker in Syrien niedergelassen und dieses Land als ihre neue Heimat gewählt.

Gleichzeitig war Syrien im letzten Jahrhundert auch immer ein Land, aus dem Migranten abwanderten. Ende des 19. und zu Beginn des 20. Jahrhunderts strömten Hunderttausende Syrer nach Nordamerika und in die lateinamerikanischen Staaten, wo sie oft äußerst erfolgreiche Lebenswege beschritten. Laut einer Statistik aus dem Jahr 2006 leben 20 Millionen Menschen syrischer Abstammung außerhalb Syriens, die meisten von ihnen in Argentinien und Brasilien. Doch die Gründe, warum Syrer damals ihr Land verließen, waren ganz andere als die, welche die Menschen heute zur Flucht zwingen. Ihre Zahl wird bald die Sieben-Millionen-Grenze erreicht haben, und von diesen Geflüchteten leben die meisten unter unvorstellbar schlechten Umständen in Flüchtlingslagern in Jordanien und im Libanon. Aber auch die Geflüchteten in den türkischen Lagern, wo die Situation angeblich besser ist, leben unter großen Schwierigkeiten, insbesondere was die Ausbildung ihrer Kinder betrifft. Eine ganze Generation von Syrern ist dort von jeglicher Bildung ausgeschlossen. Demgegenüber haben es jene Glücklichen besser, deren Boote nicht gekentert sind und die es zum Beispiel bis nach Deutschland oder Frankreich geschafft haben, wo nicht wenige Menschen Mitgefühl mit Migranten zeigen.

Die weitaus größere Zahl von Geflüchteten lebt jedoch in Lagern wie im jordanischen Zaatari unter unvorstellbaren Bedingungen. Sie sind der grundlegenden Menschenrechte beraubt. Hinzu kommt ihre ständige Furcht davor, dass die Grenzen geschlossen werden, um Menschen die Flucht vor dem anhaltenden Krieg zu verwehren.

Nicht vergessen sollten wir allerdings, dass aber auch schon früher, unter der Herrschaft von Hafiz al-Assad und seinem Sohn Baschar, Menschen aus Syrien vertrieben wurden. Die grausame Unterdrückung durch das Regime und das Fehlen grundlegender Menschenrechte ließen das Land im Laufe der letzten 50 Jahre zu einem Königreich der Angst werden. Dies führte zu einer fortwährenden Abwanderung von Talenten. Hunderttausende Syrer lebten bereits vor 2011 in den

Golfstaaten, und Millionen studieren heute in Europa und den USA, wo sie für immer bleiben werden. Ein Blick auf die Statistik offenbart erschreckende Zahlen. Aus einem kleinen Land wie Syrien mit einer Fläche von 185 000 Quadratkilometern und 24 Millionen Einwohnern vor 2011 stammen wohl allein in Frankreich 10 000 Ärzte, und vermutlich leben genauso viele in den USA und anderen Ländern. Das Regime begnügt sich jedoch nicht damit, diese Experten aus dem Land zu treiben, sondern es verfolgt sie noch bis ins Exil und hindert sie daran, sich zusammenzuschließen. Das Regime sät Argwohn unter den Syrern und droht damit, den noch in Syrien lebenden Familien etwas zuleide zu tun. Außerdem wird den Exilanten angekündigt, ihnen die Rückkehr in ihre Heimat zu verwehren. Solche Drohungen untergraben die Bemühungen der Syrer, sich zu verbünden und Druck auf ihre jeweiligen Gastländer auszuüben.

Syrische Migranten und Exilierte rufen seit jeher Mitleid bei Migranten anderer Länder hervor, die sich gegenseitig unterstützen können und denen es gelingt, ihre eigene Kultur in einem fremden Land zu leben. Vergleicht man beispielsweise die Erfahrungen der Argentinier mit denen der Syrer, so wird einem klar, wieviel schwieriger und begrenzter das Leben der Syrer im Exil immer schon gewesen ist.

Bis heute können Syrer nicht verstehen, wie sie von einem Aufnahmeland für Geflüchtete selbst zu einem Volk von Geflüchteten werden konnten. Und warum überall, wohin sie fliehen, die Grenzen geschlossen und ihre Kleidung, die Linien ihrer Handflächen und ihre Herzen strengen Prüfungen unterzogen werden.

Bei der Betrachtung dieses furchtbaren Krieges müssen wir feststellen, dass die Welt, die die Syrer im Stich ließ, mehr noch, die ihr Abschlachten und ihr Sterben im Mittelmeer absegnete, gleichzeitig immer auch Gründe findet, Mitleid zu haben. Das Foto des toten kleinen Aylan erschütterte ein paar Tage lang die Welt, um nur allzu schnell wieder in Vergessenheit zu geraten – genauso wie die Suche nach den

Ursachen für die syrische Tragödie und die Frage, wie dieser Krieg beendet werden könnte. Immer wieder wird ein ähnliches Foto die Welt einige Augenblicke innehalten lassen, um Mitleid für ein Volk zu empfinden, das unter den unablässigen Bombardements des Regimes und Russlands leidet. Aber sie wird trotzdem nicht ernsthaft darüber nachdenken, wie dieses endlose Blutvergießen beendet werden könnte. Die Bombardements ähneln der »Chronik eines angekündigten Todes«, und die Verwandlung eines ganzen Volkes in Geflüchtete scheint das heimliche Ziel zu sein. Statt diesen Krieg zu beenden, wird er stetig angefacht, indem immer wieder Feinde geschaffen werden, um die Bevölkerungen in den europäischen, amerikanischen und übrigen Ländern davon zu überzeugen, dass eine Lösung unmöglich sei. Dass der sogenannte Islamische Staat entstehen konnte, ist nur *ein* schrecklicher Beleg dafür, dass die Welt ihre moralische Verantwortung dafür nicht wahrgenommen hat, ein Volk in seinem Streben nach Freiheit und Demokratie zu unterstützen.

Obwohl die europäische Kultur und die Moderne insbesondere auf dem Drang zu forschen und zu fragen basieren, scheint man hier keine Fragen stellen zu dürfen. Oder wer fragt danach, wer eine faschistische und verbrecherische Organisation wie den IS – der sich wie ein Staat aufführt, dessen Souveränität die Welt zu respektieren habe – geschaffen und wer sie finanziert hat? Wer die Besetzung ganzer Städte ermöglicht und weggesehen hat, als lange Autokolonnen die Wüste zwischen der syrischen Stadt Rakka und dem irakischen Mossul durchquerten? Werden diese Fragen heute nicht mit Nachdruck gestellt, werden sämtliche Werte der Zivilisation wie Gerechtigkeit, Verurteilung von Kriegsverbrechen, Demokratie und das Recht auf Selbstbestimmung zerstört, Werte, für die die Menschheit lange gekämpft und für deren Verwirklichung sie einen hohen Preis bezahlt hat. Doch genau das ist bereits geschehen: Die Menschheit hat sich von all diesen Werten verabschiedet. Wir haben es mittlerweile mit einem wahren Monster namens IS zu tun, und es wird unablässig darüber diskutiert, wie es zu besiegen wäre. Dieser IS ist eine der Ursachen für die Millionen von Geflüchteten und die Entvölkerung ganzer Länder. Wir werden uns an die Vorstellung gewöhnen müssen, dass in sehr naher Zukunft ganze Ethnien und Religionsgemeinschaften an die Stelle anderer Ethnien und Religionsgemeinschaften treten werden. Und dass diese Umverteilung der Preis für die Beendigung des Krieges und des Blutvergießens sein wird, während über die Rolle des Regimes und seiner Verbündeten weiter geschwiegen wird.

Es geht in Syrien darum, wie ein ganzes Volk entweder zu Mördern oder zu Geflüchteten werden konnte; und um die Frage, warum die ganze Welt dazu schweigt. Die vielen Beteuerungen, insbesondere der westlichen Staatsoberhäupter, dass Zivilisten geschützt werden müssten und syrische Städte und Dörfer nicht entvölkert werden dürften, sind nichts anderes als Worte zur Beruhigung des eigenen Gewissens. Eine tatsächlich konstruktive Rolle bei der Beendigung des Krieges und der Überführung der Verbrecher an den Internationalen Strafgerichtshof spielen sie nicht.

Man kann aber die Bilder nicht einfach wegwischen, und ich kann mich auch nicht damit begnügen, die Freunde, die ich verloren habe, sporadisch in ihrer neuen Heimat zu treffen. Ich denke dabei etwa an meinen Aufenthalt in Oslo im Jahr 2013, als eine Freundin, die dorthin geflüchtet war, zu meiner Veranstaltung kam. Sie war völlig verzweifelt und weinte die ganze Zeit. Ich konnte den Anblick ihrer Tränen nicht ertragen und musste meine Lesung für ein paar Minuten unterbrechen. Es fällt mir schwer zu beschreiben, welche Art von Briefen wir seitdem austauschen. Ebenso schwer fällt es mir zu beschreiben, wie unendlich bitter das Exil ist. Viele haben ihr neues Leben nicht frei gewählt, sondern wurden dazu gezwungen. Die meisten von ihnen sind auf staatliche Unterstützung angewiesen. Viele leben in der Fremde, um die nächste, gesunde Generation von Kindern großzuziehen, die sich in das neue Leben integrieren, sie kennen aber das frühere Leben ihrer Eltern nicht mehr. Es sind zwei Lebensweisen, die nebeneinander existieren und nicht miteinander verschmelzen können, so sehr sich alle Beteiligten auch darum bemühen. Und das wird so sein, bis alle Zeugen gestorben sind, bis die Kinder, die einst Geflüchtete waren, gelernt haben, in fremder Umgebung in Frieden zu leben und ihre neue Identität anzunehmen. Aber bis diese letzten Zeugen gestorben sind, wird eine lange Spur der Trauer von Berlin und den anderen deutschen, französischen, türkischen oder skandinavischen Städten bis in die Orte und Gassen Syriens bestehen bleiben.

Mein Bruder hat kürzlich die Erlaubnis auf Familienzusammenführung erhalten. Er macht aus seiner Freude über das Ende der Trennung keinen Hehl und lernt jetzt Schwedisch. Ich bezweifle allerdings, dass er es, mit fast 50, wirklich lernen wird. Meine Schwester lernt jetzt noch Dänisch, im besten Fall wird sie ein paar Dutzend Sätze beherrschen, die ihr erlauben, Petersilie zu kaufen, um Tabbouleh zuzubereiten, denn darin ist sie eine Meisterin. Und um das Rezept ihren Nachbarn zu erklären, die sie aber nicht besuchen werden und sich noch nicht mal nach ihr erkundigen werden, falls sie alleine stirbt. Es wird wahrscheinlich niemanden kümmern, während es in unserer Kultur eine Schande für die ganze Familie ist, wenn ein Familienmitglied irgendwo allein plötzlich verstirbt.

Andere Freunde versuchen uns auf unterschiedlichste Art und Weise davon zu überzeugen, dass sie in ihrem Exil glücklich sind. Und diejenigen, die bislang noch hiergeblieben sind, werden einer nach dem anderen verschwinden, Familie für Familie, bis die Vorstellung von einer leeren Stadt in ein paar Jahren Realität sein wird. Es bleibt letztendlich meine Überzeugung, dass der Geflüchtete seiner Identität beraubt wird. Er wird keine neue Identität erhalten und seine alte nicht vergessen können. Er lebt ein Leben in der Leere. Es ist ein schmerzliches Leben, so sehr wir auch versuchen, es schönzureden.

Damaskus, 26. Oktober 2016

Belize: Das gelobte Land der Salvadorianer

Juan José Martínez d'Aubuisson

Aus dem Spanischen von Matthias Strobel

Im nördlichen Dreieck Mittelamerikas erinnert Belize an das Schweinchen, das sein Haus aus Ziegeln gebaut hat. Wenn der böse Wolf kommt, um die Behausungen umzupusten, flüchten die Menschen Mittelamerikas, insbesondere die Salvadorianer, die bei ihrem Häuschenbau nicht so viel Sorgfalt haben walten lassen, zum Schweinchen und bitten um Obdach. Während des politisch-militärischen Konflikts in den achtziger Jahren kamen Tausende Geflüchtete nach Belize. Dort wurden sie aufgenommen, erhielten ein Stück Land und galten fortan als Belizer. Heute erfasst eine erneute Welle der Gewalt das kleinste Land der Region, und wieder zeigt der Kompass in Richtung Norden, hin zu diesem heißen, urwaldreichen Land, das den Salvadorianern schon einmal Unterschlupf gewährt hat.

Die Toten, die in die Flucht treiben

Im August 2014 feuerten Pandilleros mehrere Schüsse auf Almas Bruder ab, als er mit seinem Motorradtaxi unterwegs war. Die Kugeln töteten ihn nicht sofort, er lag erst noch eine Weile da und »schnappte nach Luft«, berichten seine Angehörigen, wie ein Fisch, den man an Land geworfen hat. Es dauerte lange, bis der Krankenwagen kam, und so verblutete der 23-Jährige, bevor er in der Klinik eintraf. Seine Familie musste flüchten, sonst wären sie die nächsten gewesen, die nach Luft geschnappt hätten.

Im Juni dieses Jahres musste auch Jaime sein Land verlassen. Die Pandilleros, die sein Viertel beherrschen, forderten ein zu hohes Schutzgeld für seinen kleinen Imbiss, in dem er selbstgemachte Hamburger und Hotdogs angeboten hatte. Wie durch ein Wunder kam er mit dem Leben davon an jenem Abend, als eine Handvoll Jungs, die er hatte aufwachsen sehen, ihn töten wollte. Am nächsten Tag verkaufte er alles, was er hatte, nahm seine sechsjährige Tochter huckepack und ging fort aus El Salvador, weg von dieser Kindermeute, die daraufhin seinen Imbiss zerlegte.

Auch die neunjährige Wendy hatte vor einigen Monaten ein Problem, ein großes Problem, mit der *Mara Salvatrucha 13*, der wahrscheinlich größten Bande der Welt oder jedenfalls Amerikas. Sie bat die Polizei um Hilfe, aber die riet ihr, fortzugehen. Also mussten auch sie, ihre Eltern und ihre Großmutter fliehen, wenn sie nicht sterben wollten.

Genauso erging es Marlon und Jessica und Carlos und Bryan und dem jungen Bauern aus dem Westen El Salvadors, der das Land verließ, um nicht wie einige seiner Freunde unter dem Acker zu landen, den er bestellte, in einem geheimen Friedhof der Bande *Barrio 18*.

Sie alle flüchteten nach Belize, ohne recht zu wissen, wo das Stückchen Erde, das sich hinter diesen sechs Buchstaben verbirgt, überhaupt liegt.

Belize, Oase des Friedens

Zwischen dem Dschungel und den Maisfeldern der Mennonitenkolonie, rund eine Stunde von Belizes Hauptstadt Belmopán entfernt, liegt das Valle de Paz, das Tal des Friedens. Es ist ein Stück El Salvador mitten im Dschungel. Die Familien, die dort leben, sind in den achtziger Jahren aus El Salvador geflohen, als dort der Bürgerkrieg tobte, man nie wusste, aus welcher Richtung die Schüsse kommen würden und welcher Ideologie diejenigen anhingen, die einen nachts aus den Betten holten. Viele Dörfer und Städte wurden in Schutt und Asche gelegt, andere wurden zu Geisterdörfern, weil die Menschen in Massen fortzogen auf der Suche nach einem sichereren Ort. Der Staat zog alle männlichen Einwohner ein, die älter als zwölf waren oder einigermaßen ein Gewehr halten konnten. Die Guerilla ebenso. Wer auf keiner der beiden Seiten stand, hatte in El Salvador keinen Platz. Für alle, die nichts mit dem Krieg zu tun haben wollten, blieb nur die Möglichkeit, alles mitzunehmen, was in die Rucksäcke passte, und das Land zu verlassen.

Im Gegensatz zu anderen Flüchtlingslagern, wie Mesa Grande in Honduras oder die Lager in Nicaragua, waren die Menschen im Valle de Paz keine Sympathisanten der Guerilla, stammten nicht alle aus derselben Gegend und folgten nicht einer bestimmten Ideologie. Es waren schlicht Familien, die aus allen Winkeln des Landes vor dem Tod geflohen waren.

Aus einem Haus mit großem Innenhof tritt Don Cirilo. Er begrüßt mich, als würde er mich schon kennen, kommt zum Tor und reicht mir seine schwielige, gichtverkrümmte Hand. Als ich sage, dass ich aus El Salvador bin, lacht er herzlich.

»Ah! Das hier ist mein Land, aber wenn Sie aus El Salvador sind, ist es auch Ihr Land.«

Durch den häufigen Gebrauch der traditionellen Handwerkszeuge Cuma und Machete haben seine Fingerkuppen keine Rillen mehr. Ein untrügliches Zeichen für ein arbeitsreiches Leben. Waffen hinterlassen solche Spuren nicht. Seine Familie gehörte zu den drei ersten, die sich an diesem Ort niederließen.

Der Hohe Flüchtlingskommissar der Vereinten Nationen (UNHCR) und die Regierung Belizes haben den Geflüchteten aus El Salvador ein großes Dschungelgebiet zugewiesen. Kein besonderes Stück Erde, aber eben und fruchtbar, wovon die großen, jahrhundertealten Bäume und die undurchdringliche Vegetation zeugen. Wenn Pflanzen hier so wild und vergessen wuchern, wieso sollte dann nicht auch wohlgepflegter Mais wachsen? Und so kamen nach den drei ersten Familien drei weitere, dann 20, dann 50 usw.

Belize ist das am stärksten salvadorisierte Land der Region. In Zahlen ausgedrückt machen die Salvadorianer 16 Prozent der Bevölkerung aus. Diese Ziffer bezieht sich aber nur auf diejenigen, die sich legal im Land aufhalten. Weitere Tausende leben ohne Papiere dort, sie tauchen in keiner Statistik auf. Die restlichen 80 Prozent sind eine bunte ethnische Mischung. Die meisten sind Kreolen, also Nachfahren der schwarzen Sklaven, die von den englischen Kolonialherren hierher verschleppt wurden. Zwei Prozent sind Chinesen, dazu kommen die Garifuna, die Indios, die Nachfahren deutscher Auswanderer, die Mennoniten, die Elite der Agrarexporteure. Belize setzt sich also zusammen aus Menschen mit Herkünften aus den unterschiedlichsten Gegenden dieser Welt.

Im Valle de Paz sind die Wege aus Erde, aus jener weißen, tonhaltigen Erde, die keinen Staub aufwirbelt. Die Häuser sehen aus wie überall auf dem Land in El Salvador. Sie sind aus Lehm gebaut mit einer Methode, die darin besteht, aus feuchter Erde Ziegel zu formen und aus diesen Ziegeln dann ein Haus. Hinter dem Haus hat jeder ein großes Grundstück für Tiere und die eine oder andere Hängematte. Drinnen sieht es oft aus wie in einem typischen salvadorianischen Bauernhaus: Es gibt nur einen Raum, der nicht unterteilt ist, die Toilette liegt außerhalb. Der einzige Bus, der diese Siedlung anfährt, ist alt und klapprig. Am Steuer sitzt, wie könnte es anders sein, der salvadorianische Eigentümer des Busses, der Leute absetzt und einsammelt. Das Blech scheppert so laut, als würde es permanent fluchen. Wenn der Busfahrer von jemandem weiß, dass er mitfahren will, hupt er mehrmals vor dessen Tür. Eine Frau sagt: »Ich muss zu Don Chico, ein Paket abgeben.« Dann verlässt der Bus seine gewöhnliche Route und macht einen Umweg zu Don Chico. Während er langsam vor sich hin tuckert, plaudern drinnen alle lautstark durcheinander, als wären sie in einem Schulbus. Fast alle kennen sich, scherzen, singen die Worte fast und ersetzen das F durch ein J wie auf dem Dorf im Osten El Salvadors.

Don Cirilo erhält Besuch von Don Joaquín, einem sehr, sehr kleinen, fast 80 Jahre alten Mann. Er kommt mit dem Fahrrad, auf dem Kopf einen Hut, an den Füßen die typischen Stiefel. Kaum ist er eingetreten, gibt er Geschichten zum Besten, die sein ebenfalls 80-jähriger Freund mit Lauten und Klatschen untermalt. Vermutlich hat jemand Don Joaquín von mir erzählt, und er ist schnell herbeigeeilt in der Hoffnung, mir »Anekdoten« erzählen zu können. Salvadorianer erzählen für ihr Leben gern Anekdoten, schließlich waren sie bis vor wenigen Jahren noch eine Gesellschaft von Analphabeten, die ihr Wissen mündlich weitergab.

Sehen Sie, als wir hierherkamen, war das alles Wildnis. Der reinste Urwald, aber wir haben hart angepackt. Am Anfang haben uns die Dunkelhäutigen belästigt, aber richtig mit uns angelegt haben sie sich nie. Vielleicht mal was im Bus gesagt, doch im Grunde haben sie Schiss vor uns. Wenn wir Salvadorianer uns auf etwas verlassen können, dann darauf, dass wir von Geburt an Eier in der Hose haben.

Es gibt nicht viel zu erzählen. Das Leben im *Valley of Peace*, wie es auf dem Ortsschild heißt, verläuft zwischen Mais und Messe (oder einem evangelischen Kult), zwischen Regenfällen und dem friedlichen, rhythmischen Gang der Kühe. Die beiden Alten berichten, dass dort, wo jetzt ein Spielplatz mit Holzgeräten ist, früher eine große Tomatenstaude wuchs. Die jungen Leute hier arbeiten hart, sagen sie. Sie machen keine krummen Dinger oder spinnen irgendwie rum. Sie arbeiten einfach, und irgendwann können sie sich ein Haus bauen, in dem sie ihre Kinder aufziehen, aus denen ebenfalls mal gute Bauern werden. Ich frage sie nach den Morden, und sie deuten in Richtung Belmopán, wo das passiert ist, was ganz Belize erschüttert hat: der merkwürdige Mord an Pastor Lucas, einem bekannten evangelischen Prediger. Nein, nein, sage ich, ich meine die Morde im Valle de Paz. Zum ersten Mal schweigen sie. Don Cirilo mümmelt mit seinem zahnlosen Mund, als würde er etwas kauen, und sieht mich befremdet an. Don Joaquín sagt, so etwas gebe es hier nicht, in väterlichem Ton, als hätte ich eine dumme Bemerkung gemacht. Also frage ich sie nach Gewalt, und sie erzählen, dass die *Bolos*, wenn sie betrunken sind, manchmal Streit anfangen, was aber nie so weit geht, dass sie zur Machete greifen. Ich frage sie nach Vergewaltigungen, und sie sagen, dass so was hier nicht vorkommt, Jungs und Mädchen würden sich respektieren. Wie zum Beweis joggt eine atemberaubende Blondine vorbei, in knappen Shorts und Top, iPod im Ohr. Manchmal kommen solche *Gringas* hier vorbei, die auf einer Farm in der Nähe wohnen, sagen sie. Niemand pfeift ihnen hinterher oder bedrängt sie, kein Mann verfolgt sie, begrapscht sie oder flüstert ihnen ein vulgäres Kompliment ins Ohr, behaupten sie.

Ich frage sie nach den Salvadorianern, die neuerdings auf der Flucht vor den kriminellen Banden herkommen. Sie mögen dieses Thema nicht, weichen abermals aus. Seit den achtziger Jahren leben sie hier in Frieden, und sie glauben, dass sich das ändern wird, wenn weitere Salvadorianer kommen. Sie reden von den neuen Geflüchteten, als trügen diese einen hochansteckenden Virus in sich. Den Virus der Gewalt. Schließlich sagt Don Cirilo, es kämen sowieso nur wenige, die meisten ließen sich in Docrón nieder, einer Armensiedlung hinter den großen Maisfeldern der mennonitischen Elite. Wenn ich Geflüchtete treffen wolle, solle ich nach Docrón gehen.

Alma

Eine Stunde mit dem Bus entfernt von Belmopán, der Hauptstadt Belizes, kommt eine Kreuzung, wo der Bus weiter nach San Ignacio Cayo fährt. Diese Kreuzung heißt *Black Man Guili*, benannt nach einem Schwarzen, der vor vielen Jahren an einer Badestelle im Belize ertrank. Von dort geht eine lange, sehr lange Straße ab. Alles hier ist merkwürdig. Plötzlich sieht man Kutschen mit weißhäutigen Menschen, die wie im

Alabama des 19. Jahrhunderts gekleidet sind. Es ist, als würde man durch die Zeit reisen. Wer nicht stundenlang in der gnadenlos heißen Sonne gehen will, muss den Daumen raushalten, wenn die Farmer mit ihren Kutschen oder Traktoren vorbeifahren. Nach einigen Kilometern taucht ein Monument auf, das einen in Spanish Lookout willkommen heißt. Es handelt sich um eine alte Mennonitengemeinde, gegründet zu Beginn des 20. Jahrhunderts von Glaubensbrüdern, die aus dem kanadischen Winnipeg geflüchtet waren. Damals baten sie um Land und versprachen, es zu bestellen, wenn sie im Gegenzug von der lokalen Bevölkerung in Ruhe gelassen würden. Die Kolonie Spanish Lookout war viele Jahre lang so hermetisch abgeschirmt, dass sich unzählige Legenden darum zu ranken begannen. In dem Dorf sieht es aus wie in Europa. Schöne, stattliche Holzhäuser, silbern glänzende Silos und große rote Scheunen. Das Gras ist grün, und an den Bäumen sind Hängematten und Kinderschaukeln angebracht. Einen Kilometer zügigen Fußmarsch entfernt stößt man auf das, was dieses Paradies am Leben erhält: Maisfelder, so weit das Auge reicht. Der Weg führt noch weiter, aber es gibt hier keine Häuser mehr, nur noch Mais. Links Mais und rechts Mais. Und dahinter liegt Docrón.

Docrón ist ein ganz anderes Dorf mit heruntergekommenen Holzhäusern und Baracken mitten in der Wildnis. Dort wohnen die Tagelöhner. Die meisten sind »Spanier«, so nennen die Menschen in Belize alle, die Spanisch sprechen. Spindeldürre Hunde tollen einem um die Füße herum und versuchen zu beißen. Tümpel brüten Moskitoschwärme aus, der Urwald bedrängt einen stärker als in der Kolonie. Am Ende eines solchen Pfads liegt zwischen zwei Tümpeln ein schlichtes Haus. Vor der Tür spielen dünne, unterernährte Kinder, die keine Schuhe tragen. Dort wohnen Alma und ihre Familie. Sie kommt uns mit ihrer Schwester entgegen. Anfangs sind sie ängstlich, schroff. So abweisend wie möglich stellen sie mir einen Stuhl hin und holen auch Stühle für sich. Seit zwei Jahren leben sie in Belize. Eine von ihnen hat hier auch ihr jüngstes Kind zur Welt gebracht, das jetzt neun Monate alt ist. Geflüchtet sind sie vor dem Tod. Davor lebten sie in der Stadt Zacatecoluca, in dem Bezirk mit dem absurdesten Namen, wenn man die Verhältnisse dort bedenkt: La Paz, der Frieden. Von den 14 Distrikten El Salvadors weist La Paz eine der höchsten Mordraten auf, zudem die höchste Armutsquote und die dichteste Besiedelung. Nur zum Vergleich: Die Einwohnerzahl von La Paz ist genauso groß wie die von Belize, aber Belize ist fast 1 000 Quadratkilometer größer als El Salvador.

Alma arbeitete dort als Hausmädchen. Sie verdiente nicht viel, war arm, aber es war ihr Dorf, dort war sie aufgewachsen, kannte die Leute, und die Leute kannten sie. Ihr Mann arbeitete auf einem Laster, fuhr in die Kantone und verkaufte das Gemüse anderer Leute. Sein jüngerer Bruder Gustavo betrieb ein Motorradtaxi, ein kleines rotes Blechgefährt mit einem 125er-Motor aus China. Eine Kurzstrecke kostete 50 Cent. Dafür musste er jeden Tag eine unsichtbare Grenze passieren, die Grenze zwischen San Juan Nonualco und Zacatecoluca. Früher war das kein Problem gewesen, aber 2014 verschärfte sich die Spannung zwischen den jeweiligen Banden und zwischen den Banden und dem Staat. Dadurch wurde das Überqueren der Grenze äußerst gefährlich.

Weil Gustavo auf der einen Seite wohnte und auf der anderen Seite arbeitete, hielten die Pandilleros ihn für einen Spion und brachten ihn um. Untypischerweise fasste die Polizei in diesem Fall sogar den Täter und warf ihn ins Gefängnis. Ein Staatsanwalt sammelte Beweise, um ihm den Prozess zu machen. Hier beginnt die Geschichte von Almas Flucht. In der Woche nach dem Mord, während sie noch in tiefer Trauer war und am Boden zerstört, erwartete sie ein Mann an der Bushaltestelle und folgte ihr den ganzen Tag, am nächsten wieder und am übernächsten erneut. Sie erfuhr, dass er der Bruder des Mörders war und dass er sie verfolgte, weil er sie töten wollte, damit sie nicht als Geschädigte im Prozess gegen seinen Bruder aussagte. Sie konnte von da an nicht mehr zur Arbeit gehen, war praktisch zu Hause eingesperrt. Von ihrem Mann verlangten die jeweiligen Pandilleros unterdessen in jedem Kanton und in jedem Örtchen eine kleine Abgabe, bevor sie ihm erlaubten, das Gemüse zu verkaufen. Er wies sie darauf hin, dass es nicht sein Geschäft sei, dass er auf dem Lastwagen nur arbeite. Doch sie wollten trotzdem ihr Geld. An jedem neuen Ort, an dem er Station machte, erhöhten die Pandilleros die Rate. Wenn er am Ende des Tages heimkehrte, hatte er nur noch die Hälfte dessen verdient, was er sonst verdiente. Die andere Hälfte hatten sich »die Jungs« in die Tasche gesteckt, wie sie in El Salvador heißen, weil jeder Angst hat, sie beim Namen zu nennen. Auch Alma, obwohl sie inzwischen weit von ihnen entfernt lebt, nennt sie weiterhin so. Die Familie geriet in eine Krise. Das Geld ging ihnen aus, und der Mann von der Bushaltestelle postierte sich immer näher vor ihrem Haus. Letztendlich verkauften sie alles zu einem Schleuderpreis und flüchteten. Mit den Kindern und allem, was sie an Habseligkeiten schleppen konnten, durchquerten sie Guatemala. Jemand hatte ihnen gesagt, es gebe in Mittelamerika, zwischen Guatemala und Mexiko, eine Gegend, in der keine Banden ihr Unwesen trieben. Dort könne man in Ruhe leben. So kamen sie hierher, zu diesen Maisfeldern, in denen sie sich seither verstecken.

*

Die Salvadorianer leben nicht nur in abgelegenen Regionen wie dem Valle de Paz, sondern auch mitten in der Hauptstadt, in Vierteln wie Salvapán und Las Flores. Dort haben sie sich dem städtischen Leben angepasst, spielen Fußball und feiern im September das Fest zur Unabhängigkeit. In diesen Gemeinden wird geweint, wenn die Nationalmannschaft El Salvadors verliert, also praktisch bei jedem Spiel. Man hört die Lieder salvadorianischer Sänger wie der Hermanos Flores, man tanzt zu den Cumbias von Aniceto Molina. Der vielleicht beliebteste Treffpunkt der Salvadorianer ist das La Cabaña im Stadtteil Las Flores, eine Kneipe und Diskothek, dem »In-Treff« schlechthin für die salvadorianische Jugend. Dort gibt es von Donnerstag bis Sonntag Musik, Bier und Karaoke. Der Laden gehört drei Brüdern, die in den achtziger Jahren als Kriegsflüchtlinge nach Belize kamen und nun jeden Freitag zum Mikrofon greifen, um die Lieder von Marco Antonio Solís zu singen. Dekoriert ist er mit Flaggen aller Länder, doch das Blau und Weiß El Salvadors dominieren. Überall funkelt etwas, Weihnachtslichter ebenso wie Werbeschilder für Zigarren, als hätte sich ein schizophrener Designer ausgetobt. Sogar ein Aquarium steht dort, das von innen heraus leuchtet. Darin leben die vermutlich gequältesten Fische der Welt. Die Lautsprecher sind gigantisch, und um Mitternacht tanzen mindestens 100 Jugendliche auf engstem Raum zu den neuesten Hits. Viele tragen das Trikot der Nationalmannschaft El Salvadors wie ein prestigeträchtiges Symbol, obwohl sie in Belize geboren sind und El Salvador für sie nichts weiter ist als eine Geschichte, die ihre Väter und Großväter erzählen.

Es ist Sonntag, die ganze Gemeinde von Las Flores lauscht dem Klopfen der Pupusabäcker. Pupusas, das sind mit Käse und würzigem Schweinehack gefüllte Maisfladen, die sich in El Salvador großer Beliebtheit erfreuen und in Las Flores wie eine Hostie verehrt werden. Die Jugendlichen essen sie mit großer Hingabe, und die Pupusabäcker fahren bis nach San Ignacio Cayo, um die Grundzutaten bei einer salvadorianischen Familie zu kaufen, die die perfekte chemische Formel für den Pupusakäse entdeckt hat. Alle reden gleichzeitig und machen Scherze. Nur Jaime isst still vor sich hin und blickt mich argwöhnisch an.

Jaime

Jaime beißt ein Stück von seiner Pupusa ab und sieht mich an, beißt ein zweites Stück ab und sieht mich noch eindringlicher an, als wolle er mich mit den Augen töten. Neben ihm steht seine vierjährige Tochter und zerrt an seiner Hose. Sie haben gehört, dass ich aus El Salvador komme, und betrachten mich mit unverhohlenem Misstrauen. Während sich fast alle anderen in dem Pupusaimbiss gegenseitig ins Wort fallen, um mir von ihrer friedlichen Gemeinschaft zu berichten, holt Jaime tief Luft, bevor er seine erste Frage stellt: »Sag mal, wo in El Salvador wohnst du überhaupt?«

Das fragt man in El Salvador nicht einfach so. Alle Viertel, vor allem die ärmeren, werden von einer der drei Banden beherrscht, die im Land ihr Unwesen treiben. Wo man lebt bestimmt, wohin man gehen kann und wohin nicht. Wenn die Pandilleros des Viertels jemanden rausgreifen, seinen Ausweis verlangen – die Pandilleros machen in El Salvador tatsächlich Passkontrollen – und entdecken, dass man in einer »feindlichen« Gemeinde wohnt, dann ist es völlig egal, ob man einer Gruppierung angehört oder nicht, dann wird man in die Mangel genommen, wenn nicht gar umgebracht.

Ich antworte ihm, dass ich Anthropologe bin und über Salvadorianer schreibe, die nach Belize ausgewandert sind. Jaime entspannt sich etwas und erzählt mir von seinem Weg hierher.

Ich bin gerade mal drei Monate hier. Vorher hab ich in San Salvador gelebt, in Soyapango. Dort hatte ich meinen Laden, verkaufte belegte Brötchen, Hotdogs und Hamburger. Jahrelang habe ich dieses Geschäft betrieben, und es ging mir gut, nur, damit du's weißt. Das Haus gehörte mir. Ich hatte mein Auto, mein Motorrad. Inzwischen lebe ich von ihrer Mama getrennt – er zeigt auf seine Tochter –, wir beide sind jetzt die Familie. Du wirst es mir vielleicht nicht glauben, aber von mir hat man lange Zeit keine »Rente« verlangt.

Letzteres sagt Jaime wie jemand, der mit Haien geschwommen ist und nicht gebissen wurde. In Soyapango ist die Gewalt allgegenwärtig, nirgendwo sonst sind die Banden so präsent wie in diesem Bezirk der Hauptstadt. Die *Mara*

Salvatrucha 13 beherrscht die umliegenden Gemeinden, die *Barrio 18* das Zentrum und den Markt. Jedes Geschäft, von den großen wie den Coca-Cola-Lieferanten bis zu den kleinen wie den Süßigkeitenständen, zahlt eine Rate an die örtliche Bande, die im Volksmund »Rente« heißt.

Eines Tages kamen plötzlich ein paar Jungs zu mir, Jungs, die ich habe aufwachsen sehen, und sagten, ich müsste »Rente« zahlen. Ich hab sie zum Teufel gejagt. Ich hatte noch nie gezahlt, warum sollte ich ihnen jetzt auf einmal mein Geld geben? Daraufhin haben sie mich bedrängt. Lungerten bei mir vorm Haus rum. Irgendwann beschlossen sie, mich umzubringen. Sie traten die Tür ein, und ich musste durchs Fenster flüchten. An dem Tag war ich allein. Wäre meine Tochter da gewesen, wäre ich nicht rechtzeitig da rausgekommen. Ich habe mich bis zum nächsten Morgen versteckt, dann bin ich fortgegangen. Alles habe ich verkauft. Das Auto, das Motorrad, das Geschäft. 4 000 Dollar habe ich dafür gekriegt. Das ist nicht mal die Hälfte von dem, was es ursprünglich gekostet hat, aber ich habe das Geld für die Reise gebraucht.

In Belize arbeitet Jaime auf dem Bau. Gut geht es ihm damit nicht, es ist Schwerstarbeit, die er nicht gewohnt ist. Sein Leben in Las Flores verläuft ruhig, trotzdem fühlt er sich nach wie vor verfolgt. Neulich hat sich ein Junge einen bösen Scherz mit ihm erlaubt, als er hörte, dass er aus El Salvador kommt. Er meinte: »Sag mal, welcher Bande gehörst du eigentlich an?«, und machte dazu mit den Händen das Zeichen der *Mara Salvatrucha 13*. Es brauchte mehrere Nachbarn, um Jaime von dem Jungen wegzureißen, bevor er ihn noch zusammenschlug.

Angeblich hat Jaime geschrien: »Du Schwein, deinetwegen habe ich alles verloren, nur deinetwegen. Das Geschäft hat mir gehört, du Hund.« Jaime kann sich an nichts mehr erinnern.

*

Die Regierung von Belize hat sich gegenüber seinem weniger vom Glück begünstigten Nachbarn sehr nobel verhalten. Sie hat damals die Salvadorianer aufgenommen, die vor dem Bürgerkrieg geflohen sind, und nun nimmt sie diejenigen auf, die vor dem Bandenkrieg flüchten, den manch ein Experte vereinfachend mit dem kühlen Begriff »sozialer Konflikt« bezeichnet. Die Büros des UN-Flüchtlingskommissariats stellen provisorische Papiere aus und verhandeln mit der Regierung von Belize darüber, den eintreffenden Familien den Status von Asylsuchenden zu gewähren. Belmopán wächst, das Baugewerbe boomt, überhaupt befindet sich Belizes Wirtschaft seit Jahren im Aufschwung. Dieses Wachstum benötigt viele Arbeitskräfte, und davon gibt es in El Salvador mehr als genug. Auch in den Distrikten Corozal und Orange Walk arbeiten Hunderte Salvadorianer auf den Gemüse- und Zuckerrohrfeldern. Daneben bietet Belize auch jede Menge touristische Ziele an der Küste und auf den Inseln, die Cayos genannt werden. Tausende Touristen aus den USA oder Europa besuchen die Strände, Naturschutzgebiete und das spektakuläre *Great Blue Hole*, eine Art Trichter im Meer. Die entsprechende Infrastruktur bereitzustellen, bedeutet viel Arbeit, und Arbeit ist genau das, was die Geflüchteten brauchen. Dass Salvadorianer in großen Zahlen vor den Banden Schutz suchen, ist ein Phänomen, das die ganze Region betrifft. Die Schießereien haben komplette Ortschaften zur Flucht gezwungen, mit der Folge, dass sich die Menschen in dieser Ecke der Welt ganz neu verteilen. Charakteristisch für diese mehr durch Gewalt als durch Armut ausgelöste Migration ist, dass vor allem junge Leute auswandern, weil Kinder und Teenager am meisten unter der Brutalität zu leiden haben. Die Geschichte scheint sich zu wiederholen. In den achtziger Jahren flüchteten diejenigen, die in dem Konflikt zwischen der kommunistischen Guerilla und dem Militärregime aufgerieben wurden. Heute kommen diejenigen, die nicht in den Konflikt zwischen den Banden *Mara Salvatrucha 13* und *Barrio 18* geraten wollen. Belize wirkt wie ein Magnet auf alle, die sich nach Frieden sehnen.

Das UN-Flüchtlingskommissariat hatte aufgrund des erneuten Zustroms vieler Geflüchteter im Jahr 2014 eine Sitzung einberufen, auf der die Bedingungen neu definiert wurden, nach denen einer Person der Status eines Flüchtlings zugesprochen wird. Die Regeln aus den achtziger Jahren ließen sich auf die aktuelle Situation des Bandenkriegs nicht anwenden. Jeden Tag suchen weiterhin Dutzende Salvadorianer ein solches Büro auf, um ihren Fall vorzutragen. Manche haben Papiere oder Zeitungsausschnitte dabei, die ihre Geschichte bestätigen, andere haben nur ihre Worte oder die Fotografie eines ermordeten Angehörigen.

Ganze Familien haben sich unter dem Vordach des Gebäudes zusammengedrängt, um sich vor der Sonne zu schützen. Dort warten sie nun darauf, dass sie an der Reihe sind. An diesem Tag wartet auch die Familie von Wendy.

Wendy

Alles begann in einer öffentlichen Schule im Distrikt Santa Ana, der im heißen, gewalttätigen Osten El Salvadors liegt. Wendy und ihre Mitschülerinnen spielten in der Pause im Hof. Bei einer Rangelei schlug Wendy ein anderes Mädchen, das zu bluten begann. Als ihre Mutter eintraf, rastete dieses Mädchen vollkommen aus. Sie bedrohte die Lehrerin, den Direktor und Wendy selbst. Sie würde sie töten, sagte sie zu Wendy, und ihre Mutter auch. Die Mutter dieses Mädchens war Mitglied der Clique *Hollywood Locos Salvatrucha*, einer wichtigen Zelle der *Mara Salvatrucha 13*. Niemand sagte etwas. Wendys Mutter hoffte, dass sich die Lage wieder beruhigen würde, aber in der darauffolgenden Woche passten zwei Pandilleros sie ab, als sie Wendy in die Schule brachte, und sagten, sie stehe bei der Bande in der Schuld und müsse bald bezahlen. Kurz darauf wurde Marlon, Wendys Vater, abgefangen, als er nach Hause kam. Auch ihm sagten sie, er stünde bei der *Mara Salvatrucha 13* in der Schuld. 50 Dollar in der Woche verlangten sie von ihm. Marlon war Buchhalter bei Pepsi. Sein Gehalt ermöglichte ihm ein gutes Leben, sogar den einen oder anderen Luxus konnte er sich erlauben, eine kleine Reise, ab und zu neue Kleidung. 50 Dollar die Woche gingen jedoch weit über sein Budget. Keinen Dollar würde er ihnen bezahlen, sagte er. Eine Woche später machte die Bande ernst. Zwei Killer drangen in sein Haus ein, um ihn mitzunehmen. Marlon konnte gerade noch rechtzeitig eine Metalltür schließen, sonst wäre er wohl nicht lebend davongekommen. Gleich am nächsten Tag ging die Familie fort. Der Weg in die USA ist weit, dem wollten sie Wendy nicht aussetzen. Außerdem hätte auch Doris, die Großmutter, den langen Marsch durch die Wüste nicht verkraftet. Dableiben und abwarten war aber ebenso wenig eine Option. Sie gingen zur Polizei, um Anzeige zu erstatten. Ein Beamter nahm zunächst ihre Aussage auf, brach jedoch ab, als sie die *Mara Salvatrucha 13* erwähnten. Da könne er nichts machen, sagte er. Das Beste wäre, zu flüchten. Jemand empfahl ihnen, ihr Glück in Belize zu versuchen, dort verdiene man nicht schlecht. Und dann hörten sie noch etwas, das ihnen wie ein Wunder vorkam, etwas, das anfangs weder Marlon noch María und nicht einmal Wendy glauben konnten: dass es dort keine Banden gebe.

Der Blick verliert sich im Meer

José steht auf einer kleinen hölzernen Mole und blickt auf das Türkisblau des Atlantiks. Die Insel Caulker ist ein weißes Stückchen Erde inmitten der Karibischen See, das sich nur deshalb dort behaupten kann, weil ein herrliches Korallenriff es vor den Wellen und den Meerestürmen schützt. Dieses Riff und die Tausende von Tieren, die in ihm leben, locken Touristen aus der ganzen Welt an. Auf Caulker gibt es Hotels, Bars, und die Inselbewohner bieten Touren an, auf denen Deutsche, Franzosen, Spanier und vor allem Nordamerikaner sich von dem Unterwasserdschungel verzaubern lassen. José ist wie alle anderen Salvadorianer vor der Gewalt geflüchtet. Er will an einem Ort leben, an dem seine Kinder ohne Angst aufwachsen können, wo *MS 13* und *B 18* nur Buchstaben und

Zahlen ohne besondere Bedeutung sind. So wie er denken die meisten hier, sowohl damals im politisch-militärischen Konflikt als auch heute, da die Bandengewalt die Menschen vertreibt: Bauern, Händler und Arbeiter. Friedliche Menschen, die mit der Magie, die angeblich von Waffen ausgeht, nichts anfangen können.

Nach El Salvador gehe ich bestimmt nicht zurück. Die Maras *lassen einen nicht in Ruhe. Wenn man ihr Stadtviertel betritt, muss man höllisch aufpassen. Es kann einem jederzeit passieren, dass sie einen anhalten und den Personalausweis sehen wollen, und wenn ihnen nicht passt, wo man wohnt, bringen sie einen an Ort und Stelle um. Nein, nach El Salvador gehe ich garantiert nicht zurück. Hier ist das Leben besser, hier ist es ruhig.*

Während José das sagt, wendet er seinen Blick wieder dem unendlichen Türkis der Karibik zu. Belize, das Land am Meer, in dem Milch und Honig fließen für die Salvadorianer, die keinen Ärger wollen.

Nours Blick

Amanda Michalopoulou

Aus dem Griechischen von Birgit Hildebrand

Die Reise war idyllisch. In Trikala machten wir kurz Halt auf einen Ouzo mit Kuttelsuppe. Ich fand bei dieser Rast auf der langen Fahrt nach Ipiros das mythische Griechenland wieder, das ich im Geist immer mit mir herumtrage: schattige Pfade, Flüsse, Klarinettenmusik, Bogenbrücken und Gerichte mit Innereien.

Eingesponnen in den Kokon der Augustferien ließen mein Mann, unsere Tochter und ich uns in einem malerischen Hotel am See von Ioannina nieder. Am ersten Abend machten wir einen Streifzug durch das historische Stadtzentrum und die Festung, die unter Kaiser Justinian errichtet wurde. Dabei fielen mir wieder ein paar versprengte Einzelheiten aus dem Geschichtsbuch über die Festungsstadt von Ioannina ein. Ich wollte erzählen, dass Ali Pascha, jener heißblütige und ehrgeizige albanische Moslem, der hier nach den Franken osmanischer Statthalter war, die Mauern und den Burggraben verstärkt hatte. Aber ich hörte auf, bevor ich angefangen hatte – unsere Tochter ist in der Pubertät und betrachtet solche Erzählungen als Hirngespinste ihrer Mutter.

Beim Umherstreifen vergaß ich (oder wollte ich es vergessen?), dass ich mich eigentlich hier aufhielt, um das Lager für syrische Geflüchtete zu besuchen. Es befindet sich außerhalb der Stadt, in Katsika, auf einem ehemaligen Militärflugplatz. Nach der Evakuierung von Idomeni im April 2016 waren hier ursprünglich 1 200 Geflüchtete eingetroffen. Von ihnen waren jetzt noch 550 da. Die meisten wollten lieber weiterfahren, anstatt aus den Bussen auszusteigen, die sie aus Idomeni hergebracht hatten. Sie verlangten, was man in der Nachrichtensprache eine »überdachte Unterkunft« nennt und in der Umgangssprache »Wohnung«.

Ich hatte bisher noch nie ein reales Zeltlager gesehen, sondern bloß die entsprechenden Zeitungsfotos und Fernsehreportagen im Kopf. Nur einmal war ich zufällig in Athen auf dem Viktoria-Platz auf ein provisorisches Lager von Syrern und Afghanen gestoßen. In der Stadt begegnen mir die Geflüchteten ständig, meist in kleinen Gruppen: Mütter mit Kleinkindern in der Metro, auf der Straße kauernde junge Männer. Weil ich das Camp nicht als freiwillige Helferin besuchte, sondern um diesen Artikel zu schreiben, begann ich in der Beklommenheit, um nicht zu sagen in der Verzweiflung des Beobachters zu versinken, der etwas Fremdes exponiert anstatt sich selbst. Noch bevor ich das Tor des Camps passiert hatte, fühlte ich mich schon als Eindringling.

Ich musste mich ein Stück weit selbst hinterfragen. Der erste Schritt war, mir darüber klar zu werden, warum ich diese Aufgabe überhaupt übernommen hatte – um nicht zu sagen, ihr sogar hinterhergejagt war. Mit der Flüchtlingsfrage hatte ich mich bislang im Wesentlichen als Zuschauerin befasst (und die Flucht als Schauspiel erinnert mich an den Begriff »Poornography«, mit dem der Kurator Tirdad Zolghadr den voyeuristischen Umgang mit Bildern extremer Verunsicherung und Armut in den Massenmedien, aber auch in der Kunst bezeichnet, der unter dem Label »menschliches Interesse« operiert). Als Griechin und Bürgerin eines Aufnahmelandes fühlte ich mich direkt betroffen. Was ich zu sehen bekam, bedrückte mich sehr. Die Flüchtlingsfrage erschüttert uns nicht nur aus den verständlichen humanitären Gründen, sondern auch weil wir durch sie auf besondere Weise mit uns selbst konfrontiert werden. Es ist die merkwürdige Identifikation mit einem solchen Schicksal, die uns zu tief verborgenen Ängsten führt: der Angst davor, das vertraute Heim verlassen zu müssen, der Angst vor dem Verlust unserer Herkunft, der Angst, die eigene Identität aufgeben zu müssen und vollständig entwurzelt zu werden.

Gleichzeitig habe ich im Fernsehen verschiedentlich eine journalistische Rhetorik wahrgenommen, die die Geflüchteten aus Verlegenheit oder Unfähigkeit in eine diffuse Masse von Schmerz verwandelt. Sie erhebt das Mitleid zu einer politischen Tugend, die das überlegene Fernsehpublikum für den (ihm unterlegenen) Geflüchteten empfindet. Das ist bequem: Der menschliche Schmerz wird, wie es Hannah Arendt ausdrücken würde, zum moralischen Handlungsinstrument. André Malraux hat es noch unverblümter gesagt: »Ich mag die Menschheit nicht, die sich mit der Betrachtung von Schmerz beschäftigt.«

Ich wollte einen Mittelweg einschlagen: Ich wollte nicht kühl und streng sein, bereit, überall Manipulationen, Interessen und Vereinfachungen zu entdecken. Aber auch nicht hinter der Sonnenbrille nasse Augen bekommen, ohne zu wissen, warum.

Karen hatte mir in ihrer E-Mail klare Anweisungen gegeben: »Ihr nehmt die Straße, die durch Anatoli führt und bis Katsikas weitergeht. Nach der Ausfahrt aus dem Dorf sieht man linker Hand eine Tankstelle, und gleich dahinter kommt man rechts zu den Lagerhallen einer alten Kaserne. Eine schmale Straße führt zum Parkplatz des Camps. Außerdem: Zieht keine guten Kleider an, und du solltest Schultern und Knie bedeckt halten. Ich kann nicht versprechen, dass sie euch hereinlassen, weil ihr euch ausweisen müsst, und da du einen griechischen Pass hast, haben sie vielleicht den Verdacht, dass ihr zu keiner Organisation gehört. Normalerweise kommen sonst nur Leute rein, die eine Genehmigung vom Innenministerium haben.«

Ich war enttäuscht. Für die Beantragung offizieller Genehmigungen hatte ich nicht genug Zeit gehabt. Die beste Lösung, die mir einfiel, war, einfach hinzugehen, um zu sehen, was passiert. Auch das Detail mit den bedeckten Schultern mitten im August ärgerte mich – ich hatte nur Trägershirts dabei. Außerdem störte mich der Tenor der Anweisung. Wieso wurde mir gesagt, was ich anzuziehen hätte? Was sollte das? Schließlich fand ich ein Minikleid, das ich über meinen

Jeans tragen konnte. Als ich aus der klimatisierten Hotelhalle auf den Vorplatz trat, hatte ich den Eindruck, gleich umzufallen. Stell dich nicht so an, dachte ich. Geh einfach etwas auf die Wünsche der anderen ein.

Auf der Fahrt machte mir die emotionale Befangenheit am meisten Angst. Wie sollte ich mich im Camp verhalten? Unbekannte Menschen mit dramatischen Geschichten in Augenschein nehmen? Keine Ausbildung und keine Erfahrung hatten mich auf solche Begegnungen vorbereitet. Was sollte ich also tun? Geht man auf die Menschen zu und fragt sie nach ihrem Leben? Oder geht man mit dem Vorsatz hin, sie zu bedauern – was noch schlimmer ist? Mich beschäftigte die organisierte Bereitschaft zum Mitleid – dieses Verströmen von einem seichten, fernsehtauglichen Gefühl, das eine psychische Trägheit erzeugt und die Menschen nur als homogene Masse wahrnimmt und nicht als Einzelpersonen. Über das Mitleid fühlt man sich als guter Mensch, als höherwertiger Mensch. Mitleid teilt die Menschen ebenso wie die Schuld in Opfer und Täter ein.

Ich wollte natürlich und aufrichtig agieren, doch das stellte sich als unvorstellbar schwierig heraus. Die Szenen, die ich in den vorherigen Monaten im Fernsehen gesehen hatte, entfalteten sich nun vor meinen Augen. Am Eingang parkten einige Militärfahrzeuge mit Rotkreuzzeichen. Es gab keinen Platz für Interpretationen oder Missverständnisse. Es gab nur die mörderische Hitze und Steine und Staub, der von den rennenden Füßen der Kinder in die Luft gewirbelt wurde.

Karen musste beim Dolmetschen für ein krankes Kind aushelfen und konnte mich nicht sofort treffen. Ich zeigte meinen Personalausweis – niemand stellte eine Frage – und zog los. Das erste Gebäude, das auf meinem Weg lag, war eine Lagerhalle mit einem Dach aus Wellblech und innen Holzgestellen, Regale für die Vorräte. »This is a shop not a warehouse« las ich. Später erfuhr ich, dass die Geflüchteten Termine für den Besuch des Ladens bekamen, weil es sonst zu einem Gedränge gekommen wäre. Junge und weniger junge freiwillige Helfer aus Spanien und Amerika schleppten Stühle herbei. Ein junger Syrer steppte einen bunten Stoffstreifen auf einer Nähmaschine. Auf einem Teppich liegend malte eine Gruppe von Kindern begeistert auf Zeichenblöcken Disneyprinzessinnen mit Buntstiften aus. In den Kartons darum herum konnte man Badetiere, Babywindeln, Konserven, Kleiderbündel, abgetretene Schuhe und Männergürtel erkennen.

Ich ging wieder hinaus und setzte mich in den Schatten des Containers am Eingang auf die einzige Bank. Neben mir redete eine Frau laut mit einem Soldaten, wie die Menschen in Fernsehreportagen: »Seit diese armen Menschen hergekommen sind, kann ich nicht mehr schlafen. Verstehst du. Den ganzen Tag über drückt mir das aufs Gemüt. So was darf es doch einfach nicht geben!« Und sie schlug sich ständig auf die Knie wie bei einer Totenklage. Neben ihr stand ein junger Syrer mit einem Smartphone und zeigte auf den Bildschirm. »My home«, sagte er, und ich reckte den Hals, um einen Blick darauf zu werfen. Das Bild zeigte eine Ruine aus Balken und Lehm.

Mir fiel das Gedicht »The House« von William Carlos Williams ein, das poetische Gegenstück zu Emmanuel Levinas' Vorstellung von Gastfreundschaft. Als ich jünger war, hatte ich es am Eingang meiner Studentenbude aufhängen wollen, als gleichzeitige Zusicherung von Großzügigkeit und Selbstironie. Ich konnte es immer noch auswendig:

The house is yours
to wander in as you please –
Your breakfasts will be kept
ready for you until

you choose to arise!
This is the front room
where we stood penniless
by the hogshead of crockery.

This is the kitchen –
We have a new
hot water heater and a new
gas-stove to please you.

Es endet so:

The whole house
is waiting – for you
to walk in it at your pleasure –
It is yours.

Ich wusste nicht, wem dieses »Haus« vor mir gehörte, dieses in der Hitze vibrierende Zeltlager, dieses verworrene, unstrukturierte Dorf, dieses Quartier mit den dicht beieinander stehenden Zelten und so vielen vom Schicksal geschlagenen Menschen, über die ich nichts wusste außer der üblichen Kurzform ihrer Geschichte. All ihre individuellen Geschichten waren in Zelte gepfercht, bei 40 Grad im Schatten. Schatten gab es aber kaum und nicht einen einzigen Baum. Vor den Toiletten mit dem Solarboiler wuschen Mütter ihre Kinder oder die Kleider in Plastikwannen. Männer waren meist zu zweit unterwegs. Und bei den Zelten in der ersten Reihe gab es improvisierte Gärten mit grünem Salat, Tomaten und Zwiebeln. Sie waren die einzigen, die beschlossen hatten, hier Wurzeln zu schlagen. Buchstäblich.

Plötzlich tauchte ein Mädchen mit feuchten schwarzen Augen auf. Es setzte sich neben mich und musterte mich lächelnd mit unverhohlener Neugier, während sich ihre Mutter auf Arabisch unterhielt. Mit wem bemerkte ich nicht, denn durch ihre Begeisterung hatte die Kleine mein Interesse ganz auf sich gezogen. Als sie mich mit ihrer melodischen Stimme auf Englisch ansprach, begann ich mich zum ersten Mal zu entspannen.

In unserem Gespräch erzählte mir Nour, dass sie zwölf Jahre alt sei. Auf ihrem veralteten Handy zeigte sie mir verpixelte Fotos ihrer Geschwister und tippte meine Nummer ein, damit wir uns verabreden und wiedersehen konnten. In ihrem ausdrucksvollen, gebrochenen Englisch erzählte sie mir, dass ein Schlepper aus Syrien sie an der israelischen Grenze mitgenommen habe. »So big waves, look«, und sie deutete mit der Hand bis zum Himmel, »very difficult, people sick.« Und dann mit dem Blick auf den Schuhen: »They took very much money.«

Nour sagte mir, wie sehr sie sich einen Hut und eine Sonnenbrille wünsche – ich wollte ihr spontan meine geben, bis mir einfiel, dass sie geschliffene Minusgläser hat.

»Soll ich dir eine Sonnenbrille schicken?«

»Ach, wir wohnen gar nicht mehr hier. Wir wohnen in einem richtigen Haus, der Mann dort nimmt uns in seinem Pickup mit. Die Adresse weiß ich nicht. Wir wollten hier nur die restliche Familie und ein paar Freunde besuchen.«

»Wie war es hier?«

»Gut.«

»Und da, wo ihr jetzt wohnt?«

»Besser.«

Dann mussten sie los, Nour hatte sich schon verspätet. Vom Pickup kam ein Hupen.

»Bye bye«, rief sie. Bevor sie einstieg, drehte sie sich noch einmal zu mir um: »Mein Name bedeutet so was wie bei euch Fotini: Licht.« Bei ihrem Strahlen hätte ich das eigentlich erraten müssen.

Karen lehrt in Princeton Vergleichende Literaturwissenschaft, aber derzeit begleitet sie Studenten, die im Lager helfen wollen. Zwei von ihnen sprechen Farsi, was sehr nachgefragt wird, auch wenn es im Lager wegen der Spannungen mit den Syrern gar nicht mehr so viele Afghanen gibt. Karen war auch schon zweimal in Idomeni und hat sich dort aktiv engagiert, aber sie erlaubt mir nicht, etwas darüber zu schreiben. Ihre Hilfe soll unsichtbar bleiben. Zumindest darf ich schreiben, dass sie die Übersetzerin meiner Bücher ins Englische ist.

Eine äußerst romantische und großzügige Frau, die die Literatur und die Menschen liebt. Wir haben als Kolleginnen angefangen und sind Freundinnen geworden.

Während wir jetzt unter der glutheißen Sonne herumliefen, stritten wir wegen der Kleidervorschriften. »Sieh es mal so«, sagte Karen. »Das ist ihr Zuhause. Und zu Hause müssen sie herumlaufen dürfen, wie sie wollen, wie sie sich wohlfühlen.«

»Ich will auch so herumlaufen dürfen, wie ich mich wohlfühle.«

»The house is yours« – wieder fiel mir das Gedicht ein. »Und außerdem ist das kein Zuhause, das ist ein Ghetto. Eine Art Schwebezustand.«

»Das Camp ist ihr vorläufiges Zuhause. Es ist eine Frage des Respekts gegenüber ihren Gepflogenheiten. Wenn sie ins Dorf gehen, sehen sie ja, wie sich die Leute dort anziehen. Und wenn sie hier dauerhaft leben, werden sie sich wohl anpassen und die Regeln lernen.«

Ich weiß nicht, ob sie Recht hat. Bei einem Expatriierten gilt nach Ansicht von Tzvetan Todorov folgende Wette: dass man nicht die Realität mit dem Ideal verwechselt, die Kultur mit der Natur. Ich kenne diese Wette, weil ich sie während der sieben Jahre, in denen ich in Berlin gelebt habe, mit mir selbst abgeschlossen hatte. Nun kann man natürlich einwenden, dass Migration etwas ganz anderes ist als das Flüchtlingsdasein. Aber was auf dem Spiel steht, ist immer die Identität. Alle Expatriierten teilen die Trauer über den Verlust. Trotzdem kann man wieder von vorne anfangen, wie Todorov meint, der sich dabei auch auf die eigene Erfahrung stützt: »Eine Person erlebt keine Tragödie, wenn sie ihre Herkunftskultur verliert, es genügt ihr, wenn sie sich eine andere aneignet.«

Als ich im Lager ankam, fühlte ich mich zunächst fremd und wusste nicht, was ich tun sollte. Ich wanderte durch die Zeltreihen, die Arme auf dem Rücken verschränkt, wie ein Flaneur im 19. Jahrhundert. Als wäre ein Gang durch diesen unnatürlichen Ort etwas ganz Normales, den man in Ermangelung eines anderen, besseren Ortes als natürlich anzusehen lernt.

Ich ging unbeholfen herum und sah durch die Zelteingänge mal eine auf dem Boden kauernde Frau etwas kochen, mal zwei Kinder herumkrabbeln. Irgendwann fiel mir ein Reinigungsmittel auf, das es bei uns nicht mehr gibt und das ich aus der Kindheit kenne. Die Bewegungen der Frauen erinnerten mich daran, wie ich als Kind mit Pfannen und Töpfen gespielt und auf einem Mäuerchen aus Betonziegeln Steine, Kiefernnadeln, Korken und Feuerdornbeeren aufgereiht hatte. Nun war ich in der Rolle des Homo faber, der betrachtet und urteilt. Und vor mir befand sich der Homo ludens, der selbst unter tragischen Umständen weiterspielt.

Dann kam Karen und rettete mich aus meiner Unsicherheit und diesen eigenartigen Überlegungen. Sie brachte mich zu dem Zelt, in dem am Nachmittag der Computerunterricht für Frauen von 16 bis 80 Jahren stattfinden sollte. In einem anderen Zelt sahen sich ungefähr 20 Kinder im Grundschulalter den Zeichentrickfilm »Die Eiskönigin« an. Ein kleiner Junge haute auf seinen Nachbarn ein, dann legte er sich auch noch mit den anderen Jungs an. Die Helfer versuchten sie zu trennen, aber der Junge schlug blindlings in die Luft. Es war offensichtlich, dass er auf etwas anderes einhieb, etwas Symbolisches und Schweres, das vorerst noch keinen Namen hatte. Die Mädchen saßen dagegen von den bunten Bildern hypnotisiert brav in der ersten Reihe.

Wir gingen zum großen Gemeinschaftszelt. Es war kurz nach Mittag, und ringsherum herrschte tödliche Stille. Die Zeltplane war hier dichter, es gab Stellen, wo man sich sogar aufhalten konnte, ohne ins Schwitzen zu geraten. Unter der Mittelstütze spielte eine Gruppe von Kindern Schach mit den freiwilligen Helfern von Lighthouse Relief, denen sich auch die Studenten aus Princeton angeschlossen hatten. Ich setzte mich auf einen Kelim neben eine Studentin, die gerade eine Pause machte. In ihrem Blick lag eine sympathische Wärme. Sie erzählte mir, dass ihre Gruppe in ihren ersten

Einsatztagen die Strände von Lesbos gesäubert habe. Von dem ganzen Müll waren ihr besonders die falschen Styroporrettungswesten in Erinnerung geblieben, die die Schlepper verteilt hatten, und die Schwimmflügel der Kinder. Sie sagte: »Wir fahren im September wieder zurück, aber hier bleibt alles unverändert.«

Nicht unbedingt. Während ich diese Zeilen schreibe – mittlerweile ist der Sommer zu Ende –, verschärft sich die Situation in Katsikas gerade wieder. Einige Familien haben das Lager verlassen und aus Protest ihre Zelte mitten im Dorf aufgestellt. Man hatte ihnen versprochen, sie nach Athen zu verlegen, was aber nie umgesetzt wurde. Karen bemerkt auf Skype: »Die verarschen sie, das Camp war von Anfang an auf einer Lüge aufgebaut.« Und sie erzählt, was sich in den Wochen nach meinem Besuch ereignet hat: »Ich war noch einmal in Idomeni, um nachzuschauen, was von dem Lager noch da ist. Ein Container und ein Zelt, sonst nichts. Die haben einfach den ganzen Müll in die dahinterliegende Schlucht geschoben, sogar die Zelte. Und du denkst, was das für eine irrwitzige Verschwendung ist, damals haben wir verzweifelt Zelte gesucht, Container aufgestellt, die jeweils 5 000 Euro kosten, und wozu? Der Staat kann einfach nicht akzeptieren, dass einige Flüchtlinge dableiben werden. Die brauchen richtige Wohnungen. Aber der Staat sucht bloß nach einer Übergangslösung für ein dauerhaftes Problem.«

Nach meinem Tag im Lager kehrte ich gegen Abend wieder ins Hotel zurück. Die Lobby war unterkühlt durch die Klimaanlage und die Distanziertheit – ganz im Gegensatz zu dem, was ich an diesem Tag erlebt hatte – sie ließ mich an die legendäre »Hotelhalle« von Siegfried Kracauer denken: »Ein Kommen und Gehen der Unbekannten, die durch den Verlust ihres Kennworts zur Leerform werden und als plane Gespenster vorüberziehen. Besäßen sie ein Innen, es entbehrte der Fenster …«

Meinen Mann und meine Tochter fand ich schlafend im Zimmer vor. Sie wirkten so ruhig, so sicher. Nun war ich an der Reihe, mich in ein Innen zu begeben, das der Fenster entbehrte: In einem gepflegten Hotelzimmer, wo ich Clubsandwiches bestellen konnte. Ich fühlte mich wie eine Amateurschauspielerin, die bei derselben Theatervorstellung zwei verschiedene Rollen spielt und in keiner der beiden überzeugt. Die Betäubung hielt zwei Tage lang an. Ich kehrte langsam in mein Leben zurück. Das einzige, was mich noch an Katsikas erinnerte, waren meine Notizen und das Selfie mit Nour.

Nach der Reise nach Ipiros war ich mit Berliner Freunden auf Donousa, einer Insel der kleinen Kykladen. Eines Tages ließen Barbara und ich unsere Töchter zum Tauchen an der Mole zurück und liefen zum Campingplatz. Wir stiegen auf die Anhöhe von Pera Panta und schlugen den Weg nach Kedros ein. Ich wollte meiner Freundin diesen herrlichen Strand zeigen und ein Überbleibsel aus dem Zweiten Weltkrieg, das Wrack eines deutschen Kriegsschiffs. Nachdem wir gebadet und unseren Fruchtsaft getrunken hatten, machten wir einen Gang zu den Zelten hinter dem Restaurant. Bei ihrem Anblick fühlte ich mich automatisch wieder nach Katsikas versetzt. Auch hier standen in Reihen Zelte und hingen Kleider an Wäscheleinen. Nur ein Mann mit Strohhut und ein paar Tamarisken wirkten touristisch. Auch das Schiffswrack hatte einen Anteil daran, dass die Erinnerungen hochstiegen: Rettungsmannschaften, Europol, europäische Prozesse wegen der effizienten Bewachung der griechischen Küsten und was mir diese Studentin über die Kinderschwimmflügel erzählt hatte.

»Was ist los?«, fragte Barbara.

Wir unterhielten uns darüber, wie schwierig es heute ist, die Realität von dem Abbild zu unterscheiden. In einer extremen Form kopiert der Tourist, der sich einen Bart stehen lässt und barfuß auf einem Campingplatz herumläuft, den Geflüchteten. Das Nomadentum als sicheres Spiel. Eine mir bekannte Fotografin hatte einmal die vielen Menschen am Vulkan von Thirasia fotografiert, eine lange Warteschlange. »Flüchtlinge?«, wurde sie gefragt. »Nein, Touristen.«

Kurz bevor ich den Artikel beendet hatte, lieh mir ein Freund, der Architekt ist, das Buch *Walkscapes. Walking as an Aesthetic Practice* von Francesco Careri. Dort fand ich einen Satz, der meinen inneren Knoten löste und mich etwas mit dem Text versöhnte, den ich verfasst hatte – mit der Tatsache, dass ich etwas geschrieben hatte, ohne zu Schlussfolgerungen zu kommen: »Die nomadische Transhumanz, die allgemein als Archetyp einer Reise gilt, war tatsächlich eine Entwicklung der endlosen Wanderungen der Jäger im Paläolithikum, deren symbolische Bedeutung von den Ägyptern in den Ka übersetzt wurde, das Symbol der ewigen (Seelen-)Wanderung. Dieses urtümliche Vagabundieren lebte in der Religion (die Reise als Ritual) und in literarischen Formen weiter (die Reise als Erzählung).«

Die Reise als Erzählung, die Fortbewegung im buchstäblichen und metaphorischen Sinn, die Hieroglyphe Ka, die mit ihren zwei hochgehobenen Armen die göttliche Gnade darstellt, die dem erwiesen wird, der die Welt durchquert, all das forderte mich auf, das Geheimnis ihrer Verbindung zu spüren: Die Szenen unter der erbarmungslosen Sonne, die freiwilligen Helfer, die vom anderen Ende der Welt gekommen waren, um einen Beitrag zu leisten, ich, die ich mich schließlich doch nicht ganz so zufällig dort befunden hatte. Und über allem Nours Blick.

Nour ist übrigens wieder in Katsikas. Sie schreibt mir regelmäßig Neuigkeiten auf WhatsApp: Heute regnet es im Camp, oder: Ich weiß nicht, ob ich in die Schule gehen werde, solche Sachen, und ich gebe ihr dumme Erwachsenenratschläge, die sie gar nicht braucht, weil ganz klar ist, dass sie ihren Weg gehen wird. Ich glaube an Nours Persönlichkeit, ich glaube, dass sie die Lösung findet, man sieht es an ihrem Blick. Wenn ich an sie denke, denke ich nicht an sie als syrisches Flüchtlingsmädchen, sie braucht kein solches Etikett. Ich denke einfach an sie als ein wunderbares, strahlendes Mädchen.

Land der Helden: Litauens ganz eigene Flüchtlingskrise

Nils Mohl

Die Finger auf den Auslösern stehen nicht mehr still. Alle Objektive zielen auf einen sportlichen jungen Mann, der sich im Ensemble einer Vorabendserie prima als Kumpel von nebenan machen würde. Hätten pubertierende Mädchen sein Poster über dem Bett hängen, würde das Mütter und Väter sicher nicht um den Schlaf bringen. Wellen im Haar, ein schelmischer Blick, tadellos rasiert wie in einem Werbespot für Aftershave. Er trägt eine Daunenjacke mit Fellkapuze und einen Rucksack. Man könnte meinen, der 25-Jährige mache sich gerade auf den Weg zur Uni. Tatsächlich verbaut ihm eine Horde Medienvertreter am Flughafen von Vilnius den Weg nach draußen, sie bitten um ein paar Worte.

Mittwoch, 6. April 2016. Eine Szene, wie man sie aus unzähligen Filmen kennt: die Ankunft des Superstars. Diese Geschichte wird in den Abendnachrichten kommen, landesweit. Jedes Kind wird von ihm hören: Basir Yousofy. Aufgeräumt erklärt er, dass er jetzt gerade nirgends lieber wäre, selbst in Deutschland nicht. Er habe zwar gehört, dass sie dort viel Geld hätten, aber Litauen sei trotzdem für ihn die erste Wahl. Er wolle bleiben, sagt er auf Litauisch.

Basir ist Flüchtling aus Afghanistan.

Etwa zur gleichen Zeit träumt in Griechenland ein anderer junger Mann von Irland. Er hat dort Kontakte, spricht Englisch mit leicht britischem Akzent – antrainiert in Eigenregie. Sein Name: Redwan E. Studium an der Al-Furat-Universität in Syrien. Danach Journalist in Damaskus, Arbeit für Zeitungen und Radio. Eigentlich jemand für den Bildschirm.

Das Haar, das ihm sonst bis aufs Kinn fallen würde, trägt er zurückgegelt. Tagebart. Als Anzugmodel würde er sicher keine schlechte Figur abgeben. Im Alltag bevorzugt er persönlich allerdings Shorts und T-Shirt, um den Hals hängen Kopfhörer der Marke Beats by Dr. Dre.

Redwan baut als Geflüchteter auf das neue Relocation-Programm der EU. Im Antrag darf er sechs Länder angeben, die er favorisiert, und Prioritäten festlegen. Dann wartet er. Es wird Mai. Er feiert seinen 34. Geburtstag. Schließlich der Anruf. Ob es mit Irland klappt, will er wissen. Am Telefon möchte man ihm keine Auskunft erteilen: Das EASO, European Asylum Support Office, bittet ihn ins Athener Büro.

Die Frau auf der anderen Seite des Tisches ist blond, keine 30 Jahre alt und heißt Tanya. Sie spielt an ihren Haaren. Redwan ringt sich zu einem sarkastischen Lächeln durch: »Litauen? Wird da Englisch gesprochen?« Das Einzige, was er mit Sicherheit über das Land weiß: Er hat es nicht angekreuzt. Tanya zwirbelt weiter ihre Haare. Sie erklärt, Redwans Länder-Wunschliste sei eben genau das gewesen – eine Wunschliste, mehr nicht. Das stünde so auch im Kleingedruckten.

Redwan schließt die Augen. Seine allererste Veröffentlichung als Journalist war eine Parodie auf Castingshows im Fernsehen. Die lachhaften Kandidaten, Opfer der eigenen Naivität, wurden nach allen Regeln der Kunst veralbert. Nie hätte er geglaubt, dass die Wirklichkeit das je übertreffen würde. Litauen also?

*

Auf der Weltkarte sind, bei korrektem Maßstab, Dänemark und die Schweiz deutlich winzigere Flecken. Platzmangel herrscht in Litauen keiner: Auf einer Fläche, die nur wenig unter der von Bayern liegt, aber dreimal die Größe von Israel misst, leben nur 2,8 Millionen Einwohner. Zum Vergleich: in Bayern sind es zwölf, in Israel über acht Millionen.

Die Mehrzahl der Litauer sind Katholiken – und vor allem Basketballfans. Basketball ist Volkssport Nummer eins, mit Abstand. Allerdings behaupten böse Zungen auch: Saufen. Oder: Selbstmord. Wahr ist jedenfalls, die litauische Lichtgestalt heißt Arvydas Sabonis und ist eine NBA-Legende. Er führte das litauische Korbleger-Team bei den ersten Olympischen Spielen nach der Unabhängigkeit zu Bronze. In Barcelona war das, 1992. Wo anderswo Bolzplätze stehen, gibt es in Litauen überall Basketballkäfige.

Wahr ist außerdem: Laut des letzten WHO-Berichts lassen sich 30 Prozent aller Todesfälle auf die Folgen von Alkoholkonsum zurückführen. Und nicht zuletzt gehört zur makabren Wahrheit, dass Litauen einen sehr speziellen Europameistertitel seit Jahren eisern verteidigt. Fast drei Menschen pro Tag nehmen sich hier statistisch das Leben. Nirgends auf dem Kontinent liegt die Suizidrate höher.

Die Winter sind kalt, dunkel und lang. Richtig Frühling wird es erst ab Mai. Im Sommer kann man an den Ostseestränden dafür sehr gut baden. Bezahlt wird mit Euro. Seit über zwölf Jahren gehört Litauen zur EU. Vor etwas mehr als einem Vierteljahrhundert schloss man mit der Unabhängigkeit das Kapitel Sowjetunion ab, in einem wahren Glückstaumel. Den Nachbarn Russland fürchtet man allerdings noch immer. Im Laufe des 20. Jahrhunderts haben auch Polen und Deutsche Teile des Landes in ihre Gewalt gebracht. In den zwanziger Jahren, zur Zeit der ersten Unabhängigkeit, plante der Geograph Kazys Pakštas im Fall der nächsten Invasion, die litauische Bevölkerung auszusiedeln – und zwar komplett: nach Venezuela, Madagaskar oder auf die Bahamas. Zuweilen verglich man Pakštas damals mit Abraham Lincoln und Alexander von Humboldt. Für Bedrohungen von außen, wie real auch immer, sind die Litauer in ihrer Kessellage besonders sensibilisiert.

Seit im vergangenen Jahr immer mehr Menschen nach Europa geflohen sind, diskutiert deshalb auch die litauische Öffentlichkeit mit neuer Intensität über den Zuzug von

Migranten. Das Goethe-Institut Vilnius hat im Frühjahr eine Schülerdebatte zum Thema »Soll Litauen aktiv um Flüchtlinge werben?« organisiert. Eine bewusste Provokation, denn von einer Willkommenskultur ist man in der Baltenrepublik gefühlt so weit entfernt wie die Ostsee vom Hindukusch.

Im September 2015 hatte die litauische Regierung sich zwar verpflichtet, im Laufe der nächsten zwei Jahre 1 105 Geflüchtete aus Griechenland und Italien aufzunehmen, im Rahmen des EU-Relocation-Programms, aber bis Juli 2016 waren davon erst 29 gekommen. Die Politik engagiert sich nicht gerade, um das Tempo in dieser Sache zu erhöhen. Und auch sonst nicht. Wahljahr. Zu brisant.

Fragt man beim UNHCR, dem Flüchtlingshilfswerk der Vereinten Nationen, in Vilnius nach, mangelt es vor allem auch an einer ausreichenden Infrastruktur zur Integration von Geflüchteten. Gerade einmal zwei staatliche Einrichtungen zur Unterbringung von Asylbewerbern und Geflüchteten existieren, in Rukla und Pabradė, zwei Orte irgendwo im Nirgendwo, auf Weltkarten kaum zu finden.

*

Litauen also. Wirklich? Tanya nickt und reicht Redwan im Athener Büro der EASO ein Formular mit griechischen Buchstaben. Zehn Minuten Bedenkzeit. Redwan möchte toben, möchte heulen. Tanya möchte, dass er unterschreibt. Redwan tobt und spart sich das Heulen für ein andermal auf: Dieses Dokument entscheidet über seine Zukunft – und er kann es nicht einmal lesen? Er springt auf und will den Raum verlassen. Aber was dann? Er ist zermürbt von der Odyssee der letzten Monate, von Behördenbesuchen, von der vielen Warterei. Schließlich nimmt er wieder Platz und den Stift zur Hand. Das war's, die Sache ist besiegelt. Er fragt nach einer Kopie. Tanya schüttelt den Kopf. Nein, er bekommt keine, dafür jedoch bald einen Termin in der litauischen Botschaft.

Zu diesem Zeitpunkt sind bereits über anderthalb Jahre vergangen, seit Redwan den Entschluss gefasst hat, Damaskus zu verlassen. Er hängt an der Heimat, hasst Staatspräsident Baschar Hafiz al-Assad dafür umso mehr und hat nie einen Hehl daraus gemacht. Wenn er nachts im Bett liegt und ein Auto in der Straße hält, wenn Türen schlagen, Schritte näherkommen, rechnet der Journalist jedes Mal damit, dass die Häscher des Regimes ihn holen. Im September 2014 gibt er dem Drängen seiner Mutter und seiner Schwestern endlich nach.

Die Flucht führt ihn in die türkische Millionenstadt Mersin, wo er an einer privaten Schule syrische Landsleute in Englisch unterrichtet. Dann zieht er nach Istanbul und wird Sprecher bei einem Radiosender der Exilanten. Redwans Bruder hat es inzwischen nach München geschafft. Sie telefonieren. Wer weiß, wie es in der Türkei weitergehen wird? Die EU verhandelt intensiv mit Ankara über die Verteilung der Geflüchteten. Und die Lage in Syrien selbst? Ein Desaster, kein Hoffnungsstreif am Horizont. Asyl in Europa zu beantragen, scheint jetzt das Vernünftigste zu sein.

Die reguläre Fähre von Izmir braucht etwa 20 Minuten für die acht Kilometer und kostet 20 Euro. Die Schlepper nehmen 600 Dollar für den Trip nach Griechenland, eine Rettungsweste kostet extra. Das Schlauchboot hat eine Farbe, die früher vielleicht mal gelb gewesen sein mag. Die Seitenwände sehen aus wie rissiges Plastik. Redwan kann nicht schwimmen. Aber nachts auf dem Wasser überkommt ihn eine Art innerer Frieden, während die Minuten verstreichen. Was kann er jetzt noch verlieren? Die Küstenwache fängt die 40 Geflüchteten nach etwa einer Stunde auf dem Meer ab und bringt sie auf die Insel Chios.

So erzählt Redwan es auch bei seinem Gespräch in der Botschaft. Eine Abgesandte des Auswärtigen Amts, eigens dafür aus Vilnius eingeflogen, stellt Fragen. Zufrieden mit den Antworten versichert man ihm, seine Aussichten seien dank seiner Sprachkenntnisse bestens. Es folgen Andeutungen, dass es bereits Kontakte zur Presse und zu möglichen Arbeitgebern gäbe. Kaum verklausuliert gibt man ihm zu verstehen, warum er so willkommen ist. Er ist gebildet, vorzeigbar, jung, ambitioniert. Redwan hat genau das in Syrien gehasst, auch vor dem Bürgerkrieg schon: das Günstlingssystem. Ist diese Welt denn überall nichts als entweder ein Schlachtfeld oder eine abgekartete Riesencastingshow?

Wo er denn untergebracht werde, will Redwan noch müde wissen. Rukla, sagt man ihm. Zurück im Hotel googelt er den Ort. Die Suchmaschine zeigt: Panzer und Soldaten.

Die ersten litauischen Einsatzkräfte, die Basir zu Gesicht bekommt, sind dann aus Fleisch und Blut. Ein gut 200 Mann starkes Wiederaufbauteam rückt 2005 nach Afghanistan aus. Als Teil der Internationalen Schutztruppe ISAF übernimmt es das Kommando in der Provinz Ghor. Basir ist da noch Teenager. Ein Offizier stirbt im Gefecht. Es bleibt der einzige Verlust, bis die Litauer nach acht Jahren ihre Lager am Hindukusch wieder abbrechen.

Knapp drei Jahre später, im März 2016, streift der freie Reporter Josh Friedman durch das Flüchtlingslager von Idomeni an der griechisch-mazedonischen Grenze. Tausende sitzen hier fest, seit die Balkanroute geschlossen wurde. Friedman, 26 Jahre alt, ein Schlacks mit kurzgeschorenem Schopf, stammt aus Kalifornien, lebt aber seit Längerem in der bulgarischen Hauptstadt Sofia, tourt von dort aus durch halb Europa, immer auf der Suche nach exklusivem Nachrichtenmaterial. Es gibt das Gerücht, dass das Camp geräumt werden soll. Die Türkei und die EU haben soeben ihren Flüchtlingsdeal beschlossen.

Friedman sammelt an einer Essensausgabe gerade O-Töne, als jemand in seinem Alter ihn um Hilfe bittet: Es ist Basir. Er habe in Afghanistan für die litauischen Truppen als Übersetzer gearbeitet. Nach deren Abzug hätten die Taliban ihm Morddrohungen geschickt. Basir hat das Dokument dabei.

Er zeigt auch Fotos, auf denen er mit ISAF-Soldaten zu sehen ist. Friedman hört Zeltstoff im Frühlingswind flattern. Er blickt über zugemüllte Wiesen, Grenzzäune bis zum Horizont. Er weiß, fast jeder hier wäre bereit, etwas zu erfinden, um dem Elend dieser Sackgasse zu entkommen. Aber dass jemand unbedingt nach Litauen möchte, ist ziemlich bizarr. Es ist der 20. März 2016: Friedman bietet Basir an, ein Interview auf Englisch und eine Videobotschaft auf Litauisch aufzuzeichnen. Er könne nichts versprechen, aber wenn die Sache Hand und Fuß habe – er sei gut vernetzt.

»Laba diena visiems iš Lietuvos«, spricht Basir mit unrasiertem Gesicht in die Kamera: »Einen schönen guten Tag an alle in Litauen«. Basir bittet das litauische Volk und die Präsidentin um Hilfe und schließt mit den Worten: »Ich liebe Litauen. Herzlichen Dank. Auf Wiedersehen.«

Elf Tage später, am 31. März, hat Friedman, inzwischen zurück in Sofia, das 33-sekündige Video fertig untertitelt. Er lädt es hoch. Nur Stunden später berichten in Litauen die ersten Fernsehstationen. Kommandant Jurgis Norvaisa, ein Afghanistanveteran, meldet sich zu Wort. Er kennt Basir. Die Sache nimmt Fahrt auf: Vertreter der litauischen Behörden kontaktieren umgehend den Geflüchteten über dessen Facebook-Seite, auch internationale Medien berichten.

In Athen erhält Basir bereits an einem der Folgetage die nötigen Visa. Er schläft in einem Hotelbett. Findet Zeit für eine gründliche Rasur und einen Einkaufsbummel. Er will sich in Litauen etwas aufbauen und denkt darüber nach, ein Restaurant zu eröffnen. Nicht einmal eine Woche, nachdem das Video von Friedman online gestellt wurde, landet Basir in Vilnius. Er hofft, dass ihm seine zweijährige Tochter und seine Familie bald folgen dürfen.

⋆

Ein Bild aus dem Alltag von Vilnius: Unweit der Markthalle am Rand der Altstadt haben rund ein Dutzend ärmlicher

Gestalten ein Stück Gehweg in Beschlag genommen. Eine alte Frau sitzt auf einem umgedrehten Plastikeimer, um Karotten zu verkaufen. Eine andere bietet Schnittblumen feil. Eine dritte benutzt einen Pappkarton als Tisch für ihre kinderfaustgroßen Äpfel, die Nachbarin hat Nylonstrumpfhosen im Angebot.

An der Fassade hinter ihnen prangt leuchtend das Schild der Supermarktkette Maxima, der Platzhirsch mit landesweit über 230 Filialen. Wichtigster Aktionär: Nerijus Numavičius, geboren 1967, Sohn eines Chauffeurs und einer Lehrerin. Es ist eine märchenhafte Aufstiegsgeschichte: Nach Vermögen ist der ehemalige Medizinstudent Litauens einziger Milliardär.

Die Umwälzungen nach dem Ende des Sozialismus haben Gewinner und Verlierer produziert. Der Wohlstand im Land wächst, aber längst nicht alle profitieren davon. Zwar liegt man mit einer Arbeitslosenquote von rund neun Prozent im Mittelfeld unter den EU-Ländern. Trotzdem lebt statistisch fast jeder Dritte hier unter der Armutsgrenze und damit weit, sehr weit davon entfernt, sich den Einkaufswagen bei Maxima nach Belieben füllen zu können.

Womit der Weg nicht weit wäre zum großen Flüchtlingsproblem von Litauen, dem ganz realen: Denn gerade die jungen Menschen hier zieht es ins Ausland. Massenhaft. Die Auswanderungsrate fluktuiert im Bereich zwischen 30 000 und 40 000 Personen pro Jahr. Handwerker, Ärzte, Lehrer, Studierende. Was dazu führt, dass die quasi fünftgrößte Stadt mittlerweile außerhalb Litauens liegt – und London heißt, gemessen zumindest an der Einwohnerzahl mit litauischem Pass oder Wurzeln. Über 100 000 Migranten aus der kleinen Ostseerepublik sind es heute, die allein an der Themse leben.

Praktisch jede Familie im Land kennt Angehörige, die in der Fremde ihr Glück gesucht haben, in Westeuropa, Kanada, Neuseeland. Könnte man unter diesen Vorzeichen nicht von einer großen Sensibilität für die Nöte von Entwurzelten ausgehen? Überhaupt: Warum begreift man die aktuelle Weltlage nicht als Chance? Der Aderlass der letzten Jahre durch die massenhafte Abwanderung lässt die Bevölkerung weiter schrumpfen und die Gesellschaft demographisch altern. Braucht Litauen deshalb nicht deutlich mehr Geflüchtete als nur einige Dutzend oder Hundert?

Überließe man die Sache dem Markt, kämen schon morgen mindestens 20 000, so weit jedenfalls die Überzeugung des Soziologen Karol Žibas vom Zentrum für Ethnische Studien in Vilnius. Für einen Zustrom dieser Dimension sei man andererseits mental nicht mal im Ansatz gerüstet, glaubt er.

Was er meint? Es mangelt vor allem an Toleranz gegenüber Minderheiten, seien es nun Homosexuelle, Ausländer oder Menschen anderer Glaubensrichtungen. Auch weil es schlicht an Erfahrung fehlt. Flüchtlinge, das waren in der Vergangenheit vor allem politisch Verfolgte aus Russland, Weißrussland und der Ukraine, maximal ein paar Hundert jedes Jahr. Ethnisch, sprachlich, religiös und kulturell lagen die Hürden für eine Eingliederung verhältnismäßig niedrig.

Das ist das, was im Bild fehlt: Selbst in der Hauptstadt Vilnius sieht man, Touristen ausgenommen, Menschen anderer Hautfarbe noch immer kaum. Globale Konzerne ziehen in der Stadt wie überall ihre Glaspaläste hoch oder haben sich mit ihren Shops die besten Standorte in den Einkaufsmeilen gesichert. Aber die türkischen Gemüsehändler, pakistanischen Taxifahrer, die afrikanischen Callshops und das vietnamesische Nagelstudio – wo bleiben die?

*

Redwan fliegt am 20. Juni 2016. Zwischenstopp ist, die Ironie der Weltenläufte will es so, wieder Istanbul. Es ist der Todestag seines Vaters. Im Flughafencafé bestellt Redwan ein Getränk, später weiß er nicht mehr, ob Kaffee oder Cola, tauscht Kurznachrichten mit Freunden in der Stadt aus. Er ist drauf und dran, Reißaus zu nehmen und noch einmal in der Türkei unterzutauchen. Andererseits weiß er: Zum ersten Mal, seit er Syrien verlassen hat, ist alles einigermaßen sicher geregelt.

Aber was wiegt das auf? Familie, Heimat, Beruf – verloren. Jetzt, so kurz vor dem Start in den neuen Lebensabschnitt, wird ihm das noch einmal mit aller Wucht klar. Der Moment ist gekommen: Heulend schleicht er zurück zum Gate.

Von Vilnius geht es direkt weiter nach Rukla. Anderthalb Stunden Fahrt, vorbei an unerschlossenem Land und noch mehr unerschlossenem Land, tief in die Menschenleere hinein. Zwischendrin nur einige wenige buntgestrichene Holzhäuser mit Obstbäumen davor. Dann Mischwald. Birken und Kiefern, jede Menge Kiefern. Dann Rukla. Der Wagen hält vor einem sanierten Plattenbaukasten am Ende einer Straße mit lauter anderen Plattenbaukästen, Kasernen der litauischen Streitkräfte.

Es ist Abend bei Redwans Ankunft, aber es will einfach nicht dunkel werden. Dazu die Stille, kein Geräusch draußen. Er setzt seine Kopfhörer auf, hört arabische Musik, verstaut das Gepäck. 15 Bücher umfasst seine Bibliothek, die er ins Furnierregal stellt. Das Oxford Dictionary gehört dazu, ein paar andere englische Wörterbücher und *The Last Of The Mohicans.* Ungefähr so fühlt er sich auch – und es ist ihm nicht unrecht: In der Flüchtlingsunterkunft bleibt er die nächsten Wochen am liebsten allein.

Er schreibt einen Artikel über seine Flucht für das Onlineportal »DELFI« der Lithuanian Tribune. Außerdem auf dem Stundenplan: Sprachunterricht. Bei einer Pädagogin alter Schule, die mit Grundschulmaterialien völlig humorlos ihren Frontalunterricht durchzieht und die Tafel mit Schreibschrift füllt: Verbkonjugationen. Fragende Blicke um Redwan herum. Nicht jeder hier kann mit dem lateinischen Alphabet etwas anfangen. Überhaupt, diese Sprache: sieben grammatische Fälle, exzessiver Gebrauch von Verniedlichungen, seltsame Flexionen. Ein Adjektiv kommt im Extremfall auf fast 150 Formen. Soll Redwan das alles wirklich lernen?

Einen Job findet er jedenfalls auch so, bei Western Union in Vilnius. Man nimmt ihn bereitwillig, zunächst als bezahlten Praktikanten, schult ihn im Bereich Kundenservice.

Kommunikation mit der Klientel aus dem arabischen Raum. Dass er mal im Finanzsektor landen würde – wer hätte das gedacht? Aber so kommt er raus aus Rukla. Eine großherzige Litauerin gewährt ihm vorübergehend Unterschlupf in ihrer Wohnung, weil eigene vier Wände schwer zu finden sind. An einen ledigen Syrer vermietet man offensichtlich ungern. Aus einer Facebook-Liste löscht man Redwans Gesuch sogar sofort wieder.

Es wird Ende August, die Tage werden wieder kürzer. Litauen also: Die nächsten vier Jahre zumindest will Redwan seinen Status als anerkannter Flüchtling nicht verwirken. Erst dann kann er seinen Wohn- und Arbeitsplatz innerhalb der EU frei wählen. So regelt es das EU-Relocation-Progamm, so will es das europäische Asylrecht.

Im September postet Redwan auf Facebook, dass er sich im Exil wie ein wandelnder Untoter vorkomme. Es ist der Tag, an dem sich sein Abschied aus Syrien zum zweiten Mal jährt. Er schreibt: »Von Zeit zu Zeit finde ich mich auf einem anderen Friedhof wieder, das ist alles.«

Und im Augenblick heißt der eben: Litauen.

*

Die Hipster von Vilnius wirken noch ein bisschen bärtiger, gepiercter und tätowierter als ihre Artgenossen in Leipzig, Stockholm, Helsinki. Garderobe und Make-up der jungen Frauen haben auch unter der Woche immer etwas von Freitagabend. Es fällt auf, dass Übergewicht bei beiden Geschlechtern nicht zu den weit verbreiteten Problemen gehört.

Es gibt diese Theorie, dass Gesellschaften, die sich aus der Versklavung der Sowjetunion befreit haben, anfänglich besonders darum bemüht waren, westeuropäische Normen und Standards zu adaptieren, in einer Art Mimikry-Verfahren, vor allem in Sachen Mode, Musik und Freizeitgestaltung.

Mit 26 Jahren ist Litauen ein junger Staat und scheint in vielerlei Hinsicht von ähnlichen Unsicherheiten geplagt zu sein wie ein gleichaltriger Erwachsener, der nach seinem Platz im Leben sucht. Den Bildern von Identität und Zukunft fehlt es noch an Kontur. Möglich, dass in den Geschichtsbüchern Europas einmal geschrieben stehen wird, dass für Litauen die weltweite Flüchtlingskrise am Anfang des 21. Jahrhunderts eine Zeit des inneren Wachsens war, eine Bewährungsprobe, ein wichtiger Schritt auf dem Weg zu sich selbst. Wünscht man sich das nicht für ganz Europa?

Ganz sicher lässt sich sagen, dass es ein Segen war zu merken, dass Europa alle angeht, die dazugehören. Wie Litauen. Alles andere wird Jahre dauern und Generationen beschäftigen. Es stimmt: Basir wurde im Land empfangen wie ein Superstar. Bei meiner Reise im August 2016 durch Litauen kannten alle, mit denen ich ins Gespräch kam, die Umstände seiner Ankunft.

Was aus ihm wird? Was wird aus seiner Tochter? Was aus den Kindern von Geflüchteten, die hier erst zur Welt kommen werden und aufwachsen? Vielleicht einmal Legenden, die für Litauen die erste Goldmedaille im Basketball gewinnen?

Ich habe mit Aktivisten gesprochen, die für die Menschen in den Flüchtlingsunterkünften Kleiderspenden sammeln, die als persönliche Gesprächspartner da sind und Theaterprojekte auf die Beine stellen, die Brücken bauen helfen zwischen den Fremden und den Einheimischen. Ich habe die Mitarbeiterin einer Menschenrechtsorganisation weinen sehen, als sie mir von ihren Erlebnissen im Registrierungszentrum von Pabradė erzählt. Sie kämpft dafür, dass sich auch bei den offiziellen Stellen im Denken etwas bewegt, damit nicht der Schutz vor, sondern der Schutz von Geflüchteten das Handeln bestimmt.

Ich habe Redwan in Rukla getroffen, bin mit ihm einen Abend lang durch die Altstadt von Vilnius spaziert, habe gelernt, dass das Kopfsteinpflaster dort an Damaskus erinnert. Ich habe viel darüber nachgedacht, was der immer auch leicht arrogante Blick von außen, durch die westdeutsche Brille, womöglich übersieht. Das Jahr 2016 ist für Litauer von der eigenen Unabhängigkeit so weit entfernt oder dicht dran wie für Deutschland im Jahr 1971 das Ende des Zweiten Weltkriegs. Menschen anderer Herkunft waren uns damals auch noch ziemlich fremd.

*

Epilog 1

Auch das stimmt: Genau zwei staatliche Einrichtungen zur Unterbringung von Asylbewerbern und Geflüchteten existieren in Litauen: Rukla und Pabradė. Es gibt eine sehenswerte Dokumentation, »Almost Sweden« von Audrius Lelkaitis, über diese beiden Orte oder Unorte. Besonders Pabradė nahe der weißrussischen Grenze fällt in die zweite Kategorie.

Alle, die bei der illegalen Einreise nach Litauen gefasst werden oder deren Asylverfahren noch läuft, landen dort hinter den Mauern des Registrierungszentrums, in einem sanierten Plattenbau, egal ob Mann, Frau oder Kind. Wer einen negativen Bescheid erhält oder sein Asylrecht verwirkt, bleibt bis zur Abschiebung im Gefängnistrakt nebenan in einer Zelle interniert. Tür an Tür mit denen, die ohne gültige Papiere aufgegriffen werden oder keinen Asylantrag in Litauen stellen, weil sie eigentlich woandershin wollen.

Der Film zeigt Stahltüren, massive Riegel und Schlösser, seelenlose Räume mit furchteinflößenden Farben an nackten Wänden. Man sieht einen asphaltierten Hof, trister als jedes Zoogehege, und spielende Kinder vor Stacheldraht. Ein Wachposten verpasst einem Geflüchteten einen Ellbogenschlag. Einen Galaauftritt als blässlicher Unsympath legt der Leiter der Institution hin. Oberst Volikas: gestutzter Haarkranz, rotblondes Oberlippenbärtchen, Nadelstreifenanzug.

Tiefe Gefühlsregungen hat er so viele im Repertoire wie ein drehbarer Stempelhalter. Momentan sei die Situation derart unnormal, findet er, weil die Belange der Migranten über die Interessen des Landes gestellt würden. Ob ihm denn manchmal wehtue, was er hier tagtäglich erlebe? Oberst Volikas wässrige Augen glänzen kurz: »Seltsame Frage«, sagt er, »wie könnte ein Chirurg operieren, wenn ihm die Arbeit im Inneren weh täte?«

Mittwoch, 31. August 2016, mein Abreisetag: Ich fahre mit einem Ford Fiesta der Autovermietung Banga in nordöstliche Richtung, entlang einer schnurgeraden Asphaltpiste, durch einen dieser typischen Kiefernwälder, die im Morgenlicht unten rötlich glimmen und oben tiefgrün leuchten. Auf halber Strecke öffnet sich der Blick auf Felder und Wiesen, hier und da steht, als Fremdkörper in dieser Einöde, ein windschiefes Haus.

Nach einer Stunde begrüßen mich am Ortseingang von Pabradė ein Blitzer und ein druckfrisches Anzuggesicht auf einem Wahlkampfplakat. Ein Stück weiter die Tankstelle. Was habe ich erwartet? Eine monströse Festung mit Wachtürmen und bis unter die Zähne bewaffnete Patrouillen? Ein Stein und Stacheldraht gewordenes Symbol eines heillos überforderten Staatsapparats, auf ewig im Gestern verhaftet? Verzweifelte Gesichter, gepresst gegen Gitterstäbe vor Fensterluken?

Ich parke direkt gegenüber der Flüchtlingseinrichtung auf einer sandigen Fläche voller Schlaglöcher. Im Rücken Holzbutzen zwischen Apfelbäumen. Das also ist Pabradė?

Die Mauern der Anlage, verziert mit einem Muster aus sowjetischen Tagen, sind zwar mannshoch und schäbig, aber vom Grün vieler Bäume überwuchert und nur auf der einen Seite gekrönt von rostigem Stacheldraht.

Ich blicke auf ein Gittertor. Daneben eine Baracke mit Holztüren, vielleicht ein Pförtnerverschlag. Im Hintergrund Flaggenmasten und ein dreistöckiges Gebäude, graue Ziegel, angefressen von Zeit und Witterung. Ich mache drei Fotos. Und jetzt? Ohne Genehmigung gibt es wohl keine Chance auf einen Besichtigungsrundgang.

Dann schwingt auf einmal das Barackentürchen auf. Ein Kerl mit ordentlichem Bizeps, kleinem Bauchansatz, in Militärhose und Wüstentarn-T-Shirt tritt ins Freie, bestimmt eine 90-Kilo-Kante. Ein absurd winziges Schirmmützchen beschattet seine knorrige Visage. Er kampfstiefelt auf mich zu, als wäre er im denkbar schlechtesten Moment beim Kartenspiel im Aufenthaltsraum unterbrochen worden – und anscheinend hat er mich als Grund für diese Unterbrechung ausgemacht.

Kein Auto weit und breit. Kein Wind. Nur das Knirschen der Stiefel. Er raunzt mich auf Litauisch an. Dann, als er kapiert, dass ich ihn nicht verstehe, fährt er auf Englisch fort und zeigt eine hellblaue Plastikkarte vor, hält sie auf Höhe des Gürtels und des Holsters mit der Handfeuerwaffe.

»I'm from Border Control. You took pictures.«

»Yes. Just the building.«

»What are you doing here.«

»I'm a writer from Germany.«

»You have to delete the pictures.«

»I don't understand.«

»It's a government building. Show me the pictures.«

Er schaut aufs Display der Kamera, dann wieder mir direkt in die Augen: »Delete.«

»Why?«

Er zieht kurz die Luft ein.

»Because.«

Jetzt freut er sich. Er rümpft die verkrümmte Nase. Dass sie mindestens einmal gebrochen ist, verrät die Form.

»Because? That's good«, sage ich.

»Show me your passport.«

Er nimmt meine Personalien auf und notiert das Autokennzeichen. Ich werfe die Kamera ins Auto.

»A rental car?«

»Yes.«

»Where are you going from here?«

»To the airport.«

»Are the photos deleted? Show me the camera.«

Ich habe die Bilder noch nicht gelöscht. Das kapiert er sofort. Ein Daumenwischer über die Nase. Ich lösche.

»Have a nice trip.«

Er verschwindet zurück durch das Türchen, vermutlich zu seinem Kartenspiel. Ich starre auf das Gebäude, das ich nicht fotografieren darf. Und ich frage mich, ist das jetzt das Ende der Geschichte? Da öffnet sich das Türchen erneut. Hinaus tritt eine Gruppe Menschen, drei Frauen mit Kopftuch, zwei Männer mit Vollbart, vier Kinder. Sie sehen aus wie Komparsen, die als Geflüchtete ausgestattet wurden. Sie schlendern vorbei an der Maxima-Filiale, Richtung Ortsmitte. Ich schaue ihnen nach und werde das Gefühl nicht los, man habe sie nur meinetwegen rausgeschickt.

*

Epilog 2

»I have left Lithuania, and now I have been in Germany for about a month and applied for asylum here, I hope it works. If they turn down my application for having been fingerprinted in Lithuania, I will ask them to return me to Syria. I know the regime will definitely detain me at the airport, Germany will be my last try! I won't come back to Lithuania.«

Nachricht von Redwan
25. Dezember 2016

Am Fuße des Tokyo Skytree: Die Geschichte eines Geflüchteten aus dem Kongo

Masatsugu Ono

Aus dem Japanischen von Heike Patzschke

Dies hier ist also, wie ihm sein Freund erzählt hat, die VIP-Lounge für Regierungsangehörige und -gäste. Er sieht Frauen und Männer verschiedener Nationalitäten in maßgeschneiderten Anzügen oder in Volkstrachten, die sich auf eleganten Sofas entspannen. Während sie hier in diesem angenehm klimatisierten Raum, der mit einem weitaus besseren Komfort als die Wartebereiche für normale Fluggäste ausgestattet ist, Zeitungen und Zeitschriften lesen oder miteinander plaudern, warten sie auf ihren Abflug. Er selbst trägt ebenfalls einen gepflegten Anzug, dazu ein hellgrünes Hemd und blättert in einer Zeitschrift. Rein äußerlich wirkt er vermutlich auch wie ein hochrangiger Beamter.

Doch es gibt zwischen ihm und den anderen Gästen einen entscheidenden Unterschied. Sein Herz schlägt wie wild. Vor lauter Angst droht er zu ersticken. »Schnell, schnell …!«, schreit es in ihm, aber er unterdrückt seine Stimme.

Er hat nur einen kleinen grauen Rollkoffer bei sich, den er vor seinen Füßen abgestellt hat. Der Koffer ist so gut wie leer. Ein Jackett, eine Hose und Unterwäsche zum Wechseln. Ein Paar Sandalen. Bargeld. Ein Hotel-Voucher. Einige wenige Schriftstücke. Und ein Pass … Das Foto darin zeigt zweifellos ihn, doch der Name daneben ist nicht seiner. Sein richtiger Name lautet Massamba Mangala.

»Schnell, schnell …!«

Solange er sich in dieser VIP-Lounge befindet, wird weder sein Pass kontrolliert noch seine Identität geprüft. Er braucht einfach nur ins Flugzeug zu steigen. So hat es ihm sein älterer Freund beruhigend gesagt, der ihn in einem Mercedes 190 zum Flughafen Ndjili in Kinshasa gebracht hat. Sein Freund arbeitet in einer Regierungsbehörde, verfügt über gute Beziehungen und hat alles für ihn vorbereitet: den gefälschten Pass besorgt, ein Flugticket beschafft, mit einem höheren Flughafen-Angestellten gesprochen und mit dessen Hilfe Massamba sicher in die VIP-Lounge geschleust.

Es ist ein wunderbarer Tag mit einem klaren blauen Himmel, flimmerndes Licht liegt in der Luft, silbern glitzernd. Massamba erinnert sich gut an das Wetter dieses Tages, des 30. September 2008, das in einem so starken Kontrast zu den bedrückenden Gefühlen stand, die seine Brust beherrschten.

Endlich hört er, wie der Flug nach Äthiopien angesagt wird. Er steht auf. »Schnell, schnell ...!«, raunt es unaufhörlich in seinem Innern. Anders als die anderen Fluggäste aus der Lounge nimmt er in der Economy-Class Platz und schnallt sich an. Kurze Zeit später ertönt die Durchsage, dass die Türen nun geschlossen werden. Das Flugzeug setzt sich langsam in Bewegung.

»In diesem Augenblick fiel die Last, die auf meinen Schultern gelegen hatte, ab, und ich hatte das Gefühl, auf einmal viel leichter geworden zu sein«, erzählt mir Massamba und atmet dabei mit einem tiefen Seufzer erleichtert auf.

Das Flugzeug startet. Endlich hat er es geschafft, der Gefahr zu entfliehen, die sein Leben bedroht hat. Einzig und allein dem Gefühl der Erleichterung, das seinen ganzen Körper erfüllt, möchte er sich jetzt hingeben. Über die Zeit danach kann er später nachdenken.

Massamba fliegt zum ersten Mal in seinem Leben. Dem Flugticket, welches sein Freund ihm besorgt hat, kann er entnehmen, dass er von Addis Abeba in Äthiopien nach Bangkok fliegen und dort umsteigen wird, um dann weiter zum Internationalen Flughafen Narita in Japan zu reisen.

Japan? Für den in der Demokratischen Republik Kongo geborenen und aufgewachsenen Massamba ist das ein völlig fremdes Land.

Auch für Japaner ist die Demokratische Republik Kongo wiederum ein fernes Land.

Seine Fläche ist die elftgrößte weltweit, und seine Bevölkerung ist stolz auf den großen Reichtum an Bodenschätzen wie Kobalt, Kupfer und Diamanten. Aber der Kongo hat selbst für diejenigen, die ihn kennen, ein eher negatives Image.

Bei den in Rio de Janeiro eröffneten Olympischen Spielen im August 2016 war die Formierung eines Geflüchtetenteams ein großes Gesprächsthema. Über zwei von ihnen, Popole Misenga und Yolande Bukasa Mabika, Vertreter des Judo-Sports, die derzeit in Rio de Janeiro leben, ist auch in Japan, dem Mutterland des Judo, ausführlich berichtet worden. Das Heimatland der beiden ist die Demokratische Republik Kongo. Wegen des dort herrschenden Bürgerkriegs sind die Sportler getrennt von ihren Familien aufgewachsen.

Die jetzige Demokratische Republik Kongo wird 1960, im »Afrika-Jahr«, von Belgien unabhängig. (Damals nennt man sie oft nach ihrer Hauptstadt Kinshasa Kongo-Kinshasa, um sie von ihrem westlichen Nachbarn, der Republik Kongo, zu unterscheiden, die im selben Jahr ihre Unabhängigkeit von Frankreich erklärt.) Der Militärführer Joseph-Désiré Mobutu, der durch zwei Staatsstreiche 1960 und 1965 die Regierungsgewalt ergreift, wird 1965 Präsident und führt 30 Jahre lang eine Diktatur. 1971 wird der Landesname in Republik Zaire umgeändert. Mobutu praktiziert eine extreme *Authenticité*-Politik und nationalisiert die Unternehmen, die zuvor vom Auslandskapital beherrscht wurden. Das lässt allerdings die Korruption bei den über Privilegien verfügenden herrschenden Schichten stetig wachsen. Der Widerstand gegen Mobutu nimmt zu; ab 1996 verschärft sich der Bürgerkrieg gegen die von Laurent-Désiré Kabila angeführten Regierungsgegner (Erster Kongokrieg). 1997 wird Mobutu gestürzt. Im selben Jahr ändert der neu zum Präsidenten ernannte Kabila den Landesnamen in den derzeit gültigen um – Demokratische Republik Kongo. Während Kabilas

Gewaltherrschaft bricht erneut ein Krieg zwischen der Regierung und der Opposition aus, der von 1998 bis 2003 andauert (Zweiter Kongokrieg).

Parallel zu diesen zwei Kriegen kommt es seit der zweiten Hälfte der neunziger Jahre im Osten Kongos zu heftigen Konflikten. In den zehn Jahren ab 1998 hat das Land ungefähr 5,4 Millionen Tote durch Gewalt, Krankheit und Hungersnöte zu beklagen.

Als 2001 Präsident Kabila einem Attentat zum Opfer fällt, wird sein Sohn Joseph Kabila sein Amtsnachfolger. Er unterzeichnet ein Friedensabkommen mit den Regierungsgegnern und führt im Dezember 2005 ein Volksreferendum über einen neuen Verfassungsentwurf durch, um auf dessen Grundlage Parlaments- und Präsidentschaftswahlen realisieren zu können. Dieses Referendum sollte zu einem wichtigen Wendepunkt in Massambas Leben werden.

*

Massamba Mangala wird 1975 geboren. In Mbanza-Ngungu in der Provinz Bas-Congo (dt. Niederkongo) am Atlantik im Westen der Demokratischen Republik Kongo wächst er auf. Sein Vater arbeitet im Lager einer Eisenbahngesellschaft; er ist aus beruflichen Gründen mit seiner Familie hierhergezogen. Massamba hat elf Geschwister. In seinem Heimatort gibt es noch keinen elektrischen Strom, doch trotz aller Armut ist ihr Leben ruhig und friedlich. Mbanza-Ngungu ist ein mehrsprachiger Ort, viele Sprachen wie Kikongo, Lingála, Tschiluba, aber auch Französisch, das in der Schule unterrichtet wird, existieren hier nebeneinander. Daher beherrscht auch Massamba Kikongo, Lingála und Französisch fließend.

In Mbanza-Ngungu gibt es eine Garnison, auf deren riesigem Sportplatz Massamba manchmal mit seinen Freunden Fußball spielt. In seiner Grundschulzeit gehen sie oft mit ihrem Lehrer, der ihnen den Wert der Arbeit vermittelt, in den Wald in der Nähe ihres Ortes, um Bäume zu fällen und

Gras zum Decken der Dächer zu schneiden. Diese Erlebnisse werden für Massamba zu unvergesslichen Erinnerungen.

1990, im Alter von 15 Jahren, wird Massamba als Schüler im Institut Rivière in der Hauptstadt Kinshasa aufgenommen. Er verlässt sein Elternhaus und zieht in das kleine Haus eines Onkels im Stadtbezirk Selembao im hügelreichen Süden von Kinshasa, wo es bei starken Regenfällen oft zu Erdrutschen kommt, nach denen jedes Mal der Verkehr unterbrochen ist.

Das Institut Rivière ist eine sechsjährige öffentliche koedukative Schule, an der Schüler im Alter von 13 bis 18 Jahren lernen. Da der 15-jährige Massamba zwei Jahre später als üblich aufgenommen wird, beendet er die Schule erst mit 21. Sein Lehrer beobachtet, wie Massamba, der in Mathematik herausragende Leistungen zeigt, seinen Mitschülern die Lösung der Aufgaben erklärt, und fragt ihn, ob er nach seinem Abschluss am Institut bleiben und als Mathelehrer arbeiten möchte.

»Ich liebte es zu unterrichten. Daher habe ich diese Aufgabe sehr gern übernommen«, erzählt mir Massamba. »Ich war überzeugt davon, dass der Lehrerberuf meine Berufung ist. Beim Unterrichten komme ich innerlich zur Ruhe.«

In der Tat sind seine Erklärungen immer logisch und gut strukturiert. Seine Art zu reden lässt einen sofort spüren, dass ihm naturwissenschaftliches Denken liegt.

Massamba beginnt zusätzlich zur Mathematik noch Geographie zu unterrichten. Zu jener Zeit befindet sich der Kongo inmitten großer Unruhen. 1997 dringen regierungsfeindliche Truppen unter der Führung von Laurent Kabila in Kinshasa ein, und Mobutu emigriert nach Marokko. Es kommen zwar ständig Meldungen über heftige Kämpfe aus allen Landesteilen nach Kinshasa, aber in der Stadt selbst bleibt es relativ ruhig, weshalb er seine Sicherheit nicht besonders bedroht sieht. Er trennt sich von der Mutter seiner drei Kinder und heiratet erneut. 2002 beschließt er mit seiner

Familie in die Herkunftsregion seines Vaters zurückzukehren, nach Songololo in der Provinz Bas-Congo.

Zurück in seiner Heimat arbeitet er an einem Institut als Lehrer für Mathematik und Geographie und beginnt, sich für den Bundu Dia Kongo (BDK) zu engagieren. Der BDK ist eine politische, kulturelle und religiöse Bewegung, die 1969 in der Provinz Bas-Congo entstanden ist. In dieser Provinz, die sich vom Süden der nördlich gelegenen Republik Kongo bis hin zum Norden Angolas mit Luanda erstreckt, lebt seit alters her die ethnische Gruppe der Bakongo. Der BDK hat es sich zum Ziel gesetzt, die Rechte und Werte der Bakongo zu schützen und weiterzuentwickeln und strebt eine lokale Selbstverwaltung an.

Als ich Massamba frage, ob der BDK eine radikale Bewegung sei, fragt er leise zurück: »Ist es nicht ganz natürlich und legitim, seine eigene Kultur, Tradition und Geschichte zu schätzen?«

Massambas Gesicht strahlt Sanftmut aus, stets spricht er bedachtsam und leise. Im BDK habe er die Aufgabe übernommen, das Volk aufzuklären, ihm die Ideen und Prinzipien der Bewegung zu vermitteln. Er sei so redegewandt gewesen, dass man ihm nachgesagt habe, er würde nicht mehr aufhören zu reden, wenn er erst einmal angefangen habe. Diesen stillen und bedächtigen Mann kann ich mir einfach nicht als radikalen Aktivisten vorstellen. Warum nur war ein so friedlicher Mensch gezwungen zu emigrieren?

»Was ist denn geschehen?« Als ich ihn das frage, erklärt er mir die Kette der Ereignisse, die dazu geführt haben, dass er hierher, in das ferne Land Japan gekommen ist. Auch dabei bleibt seine Stimme so leise, dass ich mich weit über den Tisch lehnen muss, um ihn zu verstehen.

Im Dezember 2005 wird ein Referendum über die Annahme der neuen Verfassung durchgeführt. Der BDK, der auf

Distanz zur Kabila-Regierung geht und sich gegen diese Verfassung ausspricht, ruft seine Anhänger zum Boykott des Referendums auf. Als die Anhänger des BDK in den Straßen Songololos demonstrieren, schießen plötzlich Polizisten auf die Demonstranten.

Am folgenden Tag verhaften Polizisten Massamba, fesseln ihn und bringen ihn ins Gefängnis. Zusammen mit etwa 20 anderen Anhängern des BDK wird er in eine Gemeinschaftszelle gesteckt. Acht Tage später werden sie wieder entlassen. In der Haft haben ihn die Gefängniswärter zwar unflätig beschimpft, aber nicht körperlich misshandelt. Zu diesem Zeitpunkt habe er noch keine Angst verspürt, erinnert sich Massamba.

Im Februar 2007 werden in der Provinz Bas-Congo Wahlen abgehalten. Der BDK erklärt, die Regierung habe dabei Manipulationen vorgenommen, und organisiert eine große Demonstration. Dabei prallen die von den BDK-Anhängern angeführten Bürger der Stadt und die durch Polizei und Militär vertretene Behörde für Öffentliche Sicherheit heftig aufeinander. Polizeibeamte und Soldaten eröffnen das Feuer, woraufhin es zu unzähligen Verletzungen und auch Todesfällen kommt. Nach Aussagen der UNO, die diesen Fall später untersucht, sind dabei selbst nach vorsichtigen Schätzungen mehr als 100 Menschen ums Leben gekommen.

Kurze Zeit später besetzt die Zentralregierung in Kinshasa wichtige Positionen in Verwaltung und Polizei der Provinz Bas-Congo mit Gefolgsleuten aus der Hauptstadt und entlässt nach und nach die aus Bas-Congo stammenden Beamten. Angesichts dieser Situation organisiert der BDK im Februar 2008 erneut eine großangelegte Demonstration. Daraufhin ergreift die zuständige Behörde für Öffentliche Sicherheit gezielt Maßnahmen gegen den BDK.

»Auch das Militär wurde mobilisiert und beauftragt, Bürger zu ermorden«, erzählt Massamba.

Laut Bericht der internationalen Menschenrechtsorganisation Human Rights Watch sind in der Region über

200 Menschen, hauptsächlich Anhänger des BDK, grausam umgebracht und Versammlungsorte des BDK vollständig zerstört worden. Die Regierung erklärt diesen Bericht für rechtswidrig.

Massamba kann sich des Gefühls, dass sein Leben ernsthaft in Gefahr ist, nicht mehr erwehren. Umgehend bringt er seine Frau und seine drei Kinder in das Nachbarland Angola, wo die Familie der Großeltern seiner Frau lebt. Er selbst versteckt sich im Haus eines Bekannten in einem Dorf etwa 30 Kilometer von Songololo entfernt. Über diesen Bekannten erfährt Massamba, was in der Stadt passiert und dass die Polizei die Anhänger des BDK einen nach dem anderen aufsucht und verschleppt.

»Bis jetzt sind viele meiner Bekannten immer noch im Gefängnis. Es gibt viele, die abgeholt wurden und danach spurlos verschwunden sind«, erzählt Massamba. Er schaut mir fest in die Augen und fragt: »Sie wissen, was das bedeutet?«

»Sie sind ermordet worden?«

Schließlich erhält Massamba die Nachricht, die er bereits befürchtet hat. Eine Vorladung der Staatsanwaltschaft ist in seinem Haus eingegangen. Diesmal wird er bestimmt nicht wieder entlassen werden. Dagegen ist die Wahrscheinlichkeit, dass auch er verschwindet, enorm hoch.

Für uns Japaner, die wir immerhin in einem Rechtsstaat leben, ist es wahrscheinlich schwierig, uns vorzustellen, in was für eine gefährliche Lage Massamba geraten ist. Darf jemand verhaftet, verhört und ermordet werden, der nichts Ungesetzliches getan hat? Länder, in denen solche Dinge geschehen können, gibt es leider auf der ganzen Welt, und eines davon ist die Demokratische Republik Kongo. Massambas Ängste haben also durchaus ihre Berechtigung.

Laut dem bereits erwähnten Bericht von Human Rights Watch sind in dieser Zeit in Kinshasa und der Provinz

Bas-Congo über 500 Menschen durch die Behörde für Öffentliche Sicherheit willkürlich ermordet oder in einem Schnellverfahren hingerichtet worden. Fast 1 000 Menschen sind unrechtmäßig verhaftet, eingesperrt, gefoltert oder misshandelt worden. Wie hätte Massamba als ein engagierter Aktivist des BDK da verschont bleiben sollen?

Massamba verlässt die Provinz Bas-Congo. Er geht nach Kinshasa und versteckt sich im Westen der Stadt, im Haus eines Freundes aus seiner Studentenzeit, in der Hoffnung, dass sich die Situation vielleicht beruhigen würde, und er dann nach Bas-Congo zurückkehren könnte.

Aber ein Anruf von einem Freund, der in einer Einrichtung für Öffentliche Sicherheit in Bas-Congo angestellt ist, überzeugt Massamba vom Gegenteil: »Ich habe deinen Namen auf der Fahndungsliste der Polizei gesehen.« Kalte Todesangst ergreift ihn, und er fällt eine Entscheidung. Ihm bleibt kein anderer Weg, als das Land zu verlassen.

»Aber haben Sie nicht daran gedacht, in ein Land in unmittelbarer Nähe zu fliehen, wie die Republik Kongo oder Angola?«, frage ich naiv. Er lächelt traurig und schüttelt den Kopf: »Die Regierungen stehen miteinander in Verbindung. Man wird sofort ausgeliefert. Ich kenne Menschen, denen das widerfahren ist.«

»Und Ihre Familie? Haben Sie nicht überlegt, Ihre Frau und Ihre Kinder mitzunehmen?«

Massamba seufzt.

»Wenn es möglich gewesen wäre, hätte ich es getan. Aber diese Möglichkeit hatte ich nicht.«

Massambas Freund, der in einer mit der Regierung zusammenarbeitenden Institution angestellt ist und ihm seit seiner Ankunft in Kinshasa schon verschiedentlich geholfen hat, rät ihm:

»Du gehst in die Japanische Botschaft.«

»Japan?«

»Dorthin gehen nur wenige. Da müsstest du sofort ein Visum bekommen.«

Nicht ganz überzeugt begibt sich Massamba am 16. August zur Japanischen Botschaft. Es ist genau so, wie sein gut informierter Freund ihm gesagt hat. Massamba steht als Einziger vor dem Schalter. Obendrein überprüft der Japaner am Schalter – ist es vielleicht sogar der Konsul selbst? – persönlich die eingereichten Dokumente. Als er erklärt, dass das Visum bis zum Abend ausgestellt werden könne, ist Massamba erstaunt. Nach zwei Tagen kommt er erneut zur Botschaft und legt seinen Pass vor. Im Handumdrehen wird das Visum eingeklebt, und er erhält den Pass zurück. Es geht alles so unglaublich schnell, Massamba kann es kaum glauben. Er starrt auf den Pass, in dem ein aus dem Suaheli stammender Name steht, der seinem eigenen nicht einmal ähnelt.

In Japan angekommen, will Massamba unverzüglich einen Antrag auf Anerkennung als Flüchtling stellen. Nach dem Genfer Abkommen sind Flüchtlinge Menschen, die »aus der begründeten Furcht vor Verfolgung wegen ihrer Rasse, Religion, Nationalität, Zugehörigkeit zu einer bestimmten sozialen Gruppe oder wegen ihrer politischen Überzeugung sich außerhalb des Landes befinden, dessen Staatsangehörigkeit sie besitzen«. Massamba ist Mitglied des BDK, einer Vereinigung, die von der Regierung der Demokratischen Republik Kongo unterdrückt wird, deren Staatsangehöriger er ist. Da er verfolgt werden würde, wenn er in seinem Land bliebe, ist er zweifelsfrei ein Flüchtling.

Seit 2015 kommen zahlreiche Geflüchtete von Syrien nach Europa. Viele von ihnen nutzen die Hilfe von Mittelsmännern und überqueren in Gruppen Ländergrenzen und das Mittelmeer. Sie können mit anderen Geflüchteten, die dieselbe Sprache sprechen, über ihre Aussichten, Sorgen und Ängste sowie darüber reden, in welches Land sie am liebsten gehen wollen. Massamba hingegen hat keinen einzigen Menschen, mit dem er sich beraten kann.

Im Flugzeug, mit dem er vom Internationalen Flughafen Suvarnabhumi in Thailand nach Narita in Japan fliegt, lernt er einen Mann aus Kamerun kennen, der in einer japanischen Firma arbeitet. Als er ihm seine Geschichte erzählt und den Mann fragt, ob er, falls er in Japan jemanden aus dem Kongo kennen sollte, ihn mit ihm bekannt machen könne, ändert sich das Verhalten des Mannes schlagartig. Massamba spürt das Misstrauen des Mannes und seine Versuche, auf Distanz zu gehen. Als sie in Narita landen und das Flugzeug verlassen, entfernt sich der Mann mit schnellen Schritten, als wolle er verhindern, dass Massamba ihn noch einmal anspricht. Bald verliert er den Mann in der Menschenmenge vor dem Eingang zur Aus- und Einreisekontrolle aus den Augen. In der Ankunftshalle sieht er ihn plötzlich wieder und spricht ihn an. Als sich ihre Blicke begegnen, taucht im Gesicht des Mannes ein Ausdruck des Erschreckens auf, als sei ihm die Begegnung sehr unangenehm. Massamba erkennt, dass der Mann offenbar nichts mit ihm zu tun haben möchte, was ihn traurig macht. Er wollte ihm doch gar nicht zur Last fallen!

»Tut mir leid, ich hab's eilig«, wirft der Mann ihm kurz zu und steigt schnell in einen Bus.

Massamba nimmt ein Taxi und zeigt dem Fahrer die Adresse des Hotels. Dort will er zunächst eine Nacht bleiben und am nächsten Tag dann die Zweigstelle der UNO aufsuchen, denn schließlich muss es auch in Japan eine Vertretung des Hohen Flüchtlingskommissars der Vereinten Nationen (UNHCR) geben.

Sein Taxi hält vor dem Mitsui Garden Hotel im Viertel Ginza. Als Massamba den Fahrpreis hört, erschrickt er: 280 Dollar. Insgesamt hat er nur 3 000 Dollar bei sich, die vor seiner Abreise seine Brüder und Schwestern sowie Cousins und Cousinen mühselig zusammengekratzt haben. Der Taxipreis macht davon zehn Prozent aus. Im Hotel eingecheckt, fragt er nach dem Preis für eine Nacht. Es kostet 180 Dollar. Bliebe er länger hier, wäre sein Geld im Handumdrehen verbraucht.

Am nächsten Morgen checkt Massamba eilig aus. Er verlässt das Hotel und läuft los, doch er kommt nicht weit. »Ich kannte mich ja in der Stadt gar nicht aus, sodass ich irgendwie immer nur Runden in der Nähe des Hotels herumzudrehen schien.«

Ein junger Japaner, der sich um den verunsicherten Ausländer sorgt, spricht ihn auf Englisch an, was Massamba aber kaum spricht. Er holt aus seiner Tasche ein Stück Papier und schreibt darauf »UNHCR«. Der junge Mann scheint das zu verstehen, sucht mit seinem Smartphone die Adresse und notiert sie auf das Papier. Er bringt Massamba zu einem Taxistand und erklärt dem Fahrer, wohin er ihn bringen soll. Er vergewissert sich, dass Massamba auch einsteigt, und geht dann davon.

Die Begegnung mit dem netten jungen Mann hellt Massambas Stimmung etwas auf. Wenn er im japanischen Büro des UNHCR einen Antrag auf Anerkennung als Flüchtling gestellt hat, wird es schon irgendwie werden, denkt er.

Nachdem das Taxi eine Weile durch Tokio gefahren ist, hält es an. Ein Gebäude, das mehrere Organisationen der UNO beherbergt, ist auf der anderen Straßenseite zu sehen. Als Massamba das Fahrgeld bezahlen will, schaut der Fahrer ihn verlegen an, wedelt mehrmals mit der Hand und sagt immer wieder: »No! No!«

Er scheint ihm sagen zu wollen: »Ich kann die Bezahlung in US-Dollar nicht annehmen. Ich begleite Sie zu einer Bank, dort können Sie wechseln und dann in japanischen Yen bezahlen.« Es bleibt Massamba nichts anderes übrig, als dieser Bitte zu folgen. Das Taxi fährt wieder los, und das Gebäude mit dem Büro des UNHCR gerät wieder außer Reichweite.

Ob aus Sorge oder Misstrauen, der Taxifahrer parkt auf der Straße und begleitet Massamba bis zum Bankschalter. Massamba wechselt dort das Geld. Beim Rausgehen erblickt er einen Mann, der aussieht wie jemand aus einem afrikanischen Land. Unwillkürlich hebt er die Hand und grüßt, »weil ich dachte, er ist doch wie ich aus Afrika, wissen Sie.«

Der Mann bleibt stehen und spricht Massamba in fließendem Englisch an. Er trägt T-Shirt und Jeans, ist etwas kleiner als der hochgewachsene Massamba, aber kräftig gebaut. Er stammt aus Ghana, wie er erzählt. Mit Massambas Englisch-Kenntnissen ist das Gespräch an dieser Stelle schon erschöpft. Der Mann fragt ihn: »Wohin wollen Sie?« Massamba holt den Zettel heraus, den er vorhin dem jungen Japaner gezeigt hat und schreibt noch »Refugee« dazu. »Warten Sie kurz«, sagt der Ghanaer und holt sein Smartphone heraus, um jemanden anzurufen. Beim Sprechen notiert er eine Telefonnummer. Kaum hat er das Gespräch beendet, erklärt er Massamba:

»Ich habe eben einen Freund gefragt. Wenn Sie einen Antrag auf Anerkennung als Flüchtling stellen wollen, dann gehen Sie am besten hierhin.« Er zeigt Massamba den Zettel. »Es gibt eine kleine Organisation, die als Ansprechpartner für Ausländer fungiert, die in Japan einen Antrag auf Anerkennung als Flüchtling stellen. Selbst wenn Sie zur UNO gehen, werden Sie letztendlich dort auch nur an diese Organisation verwiesen. Daher gehen Sie am besten direkt dorthin. Allerdings weiß ich die Adresse nicht.«

Zum Taxifahrer sagt er auf Japanisch: »Das geht schon in Ordnung. Überlassen Sie das mir!« Massamba bittet er, dem Taxifahrer die Fahrt bis zur Bank zu bezahlen. Dann winkt er ihm: »Kommen Sie mit!«

In dem kleinen Häuschen am Straßenrand, zu dem der Mann ihn führt, sitzen zwei Polizisten.

»Waren Sie nicht erschrocken, als Sie die Polizisten gesehen haben?«, frage ich. Als ich seine Antwort höre, bereue ich meine Frage.

»Warum?«, Massamba lächelt. »Ich habe doch nichts Schlimmes getan! Weder im Kongo noch in Japan habe ich gegen das Gesetz verstoßen. Ich bin nach Japan gekommen, um als Flüchtling um Schutz zu bitten. Es ist doch vielmehr so, dass sie mir helfen mussten, oder?«

Einen der beiden Polizisten spricht der Mann an und gibt ihm den Zettel mit der Telefonnummer, die der Polizist sofort anruft. Er scheint nach der Adresse zu fragen. Dann gibt er dem Ghanaer den Zettel mit der Adresse zurück.

Als sie die Polizeiwache verlassen, ruft der Mann aus Ghana ein Taxi herbei und zeigt die Adresse auf dem Zettel. Der Taxifahrer scheint ihn zu verstehen. Zum Abschied sagt der Mann aus Ghana: »Ich wünsche Ihnen viel Glück!«

So gelangt Massamba schließlich zur Japan Association for Refugees (JAR), die ihr Büro im sechsten Stock eines alten Gebäudes im Tokioter Stadtteil Yotsuya hat. Die JAR ist eine 1999 gegründete nichtstaatliche Organisation, die eine wichtige Rolle bei der Unterstützung von Geflüchteten in Japan spielt.

Ob Massamba sich zu diesem Zeitpunkt schon die auf ihn zukommenden Strapazen vorstellen kann, die fast sieben Jahre lang andauern werden?

Die JAR berät Massamba beim Ausfüllen des komplizierten Antrags auf Anerkennung als Flüchtling. Als Massamba, der in ein Hotel mit günstigeren Übernachtungspreisen umgezogen ist, eine Woche später alle Dokumente beisammen hat, macht er sich auf den Weg zur Einwanderungsbehörde im Tokioter Stadtbezirk Shinagawa.

In dem riesigen Bahnhof von Shinagawa verwechselt er den Ausgang und verläuft sich schließlich. Er trifft an diesem Tag aber nicht auf so freundliche Menschen, weshalb er schließlich aufgeben und ins Hotel zurückkehren muss. Erst beim zweiten Versuch schafft er es, bis zur Einwanderungsbehörde zu gelangen. Aber die Türen sind alle verschlossen, denn ausgerechnet an diesem Tag ist ein Feiertag.

Erst bei seinem dritten Versuch, am 14. Oktober 2008, gelingt es ihm dann endlich, seine Unterlagen für den Antrag auf Anerkennung als Flüchtling bei der Einwanderungsbehörde einzureichen. Er erklärt die Umstände seiner Ausreise und gibt ehrlich zu, dass der Name im Pass nicht sein eigener ist. Der zuständige Beamte stellt fest: »Ihre Einreise mit einem falschen Pass verstößt gegen das japanische Gesetz.« Massamba ist wie vor den Kopf geschlagen.

Zu diesem Zeitpunkt ist ihm noch nicht klar, wie sehr sich Japan gegenüber Geflüchteten abschottet. 2015 erreicht die Zahl der Antragsteller den Höchstwert von 7 586, von denen aber nur 27 als Flüchtling anerkannt wurden. 2008, das heißt in jenem Jahr, in dem Massamba seinen Antrag einreicht, werden insgesamt 1 599 Anträge gestellt, von denen 57 anerkannt werden. Es ist das Jahr der meisten Anerkennungen der letzten zehn Jahre. Dabei ist die Zahl der Anerkennungen aber ausgesprochen niedrig geblieben, obgleich die Zahl der Antragsteller stetig steigt. So beträgt im Jahr 2010 die Anerkennungsrate lediglich 1,9 Prozent.

Die Tatsache, dass Massamba einen Antrag gestellt hat, bedeutet nicht, dass dieser umgehend geprüft wird. Da er mit einem gefälschten Pass eingereist ist, hat er nur einen irregulären Aufenthaltsstatus, der seine Bewegungsfreiheit einschränkt. Die vorläufige Aufenthaltsgenehmigung, die er von der Einwanderungsbehörde in Shinagawa erhält, muss alle sechs Monate erneuert werden, und bis zu einer letztgültigen Entscheidung ist es ihm verboten, ohne Genehmigung die Kantō-Region zu verlassen. Wenn er sich an einen Ort außerhalb dieser Region begeben will, muss er persönlich bei der Einwanderungsbehörde in Shinagawa vorstellig werden, um eine Erlaubnis dafür zu erhalten. Außerdem ist es ihm während der Laufzeit des Antrags untersagt, eine Arbeit aufzunehmen.

Wie aber soll er ohne Arbeit leben? Von der Regierung (vom Außenministerium) bekommt er eine Unterstützung, die als Fürsorgegeld bezeichnet wird. Es umfasst Lebenshaltungs- und Wohnungskosten und beträgt etwa 90 000 Yen pro Monat. Sollte er erkranken, muss er die medizinischen Behandlungskosten selbst tragen, da er keinen legalen Status hat.

Das größte Glück, das Massamba seit seiner Ankunft in Japan widerfahren ist, besteht darin, dass er kurze Zeit nachdem er seinen Antrag auf Anerkennung als Flüchtling gestellt hatte, Mitgliedern der Bürgerinitiative Kalabaw begegnet ist, deren Büro sich im Stadtbezirk Naka in Yokohama befindet und die sich der Arbeits- und Alltagsprobleme der Migranten annimmt.

Ende des Jahres 2008 zieht Massamba ins Chōseikan, ein einfaches Gasthaus im Stadtviertel Kotobuki im Bezirk Naka von Yokohama. Da es von hier bis zur Schule, an der Massamba Japanisch lernt, ziemlich weit ist, sind die Fahrtkosten mit der Bahn sehr hoch. Als er den YMCA-Mitarbeiter, der ihm die Unterkunft vermittelt hat, fragt, ob es denn keine Japanisch-Schule in der Nähe gebe, verweist dieser auf die Japanisch-Kurse, die die Organisation Kalabaw veranstaltet, und zwar nur wenige Minuten von Massambas aktueller Herberge entfernt.

»›Wo kommen Sie her? Warum sind Sie in Japan?‹ Die Mitglieder von Kalabaw brachten mir sofort großes Interesse entgegen und waren sehr freundlich zu mir«, erinnert sich Massamba an die ersten Begegnungen. »Aber ich kann kein Englisch, und sie sprechen kein Französisch. Es war sehr schwer, sich zu verständigen.«

Aber beim Sommerfest in der Straße des Chōseikan treffen Mitglieder von Kalabaw den Assistenzprofessor Shintarō Namioka von der Fakultät für Internationale Studien der Meiji-Gakuin-Universität. Er erforscht migrantische Bewegungen von muslimischen Menschen in Europa. Da er lange Zeit in Frankreich studiert und geforscht hat, spricht er fließend Französisch. Diese Begegnung ist sowohl für Massamba als auch für die Mitglieder von Kalabaw ein Glücksfall. Die Kalabaw bittet Professor Namioka darum, als Dolmetscher zu fungieren. Er stimmt zu, ein Treffen wird arrangiert. Bei dem Gespräch mit Professor Namioka hat Massamba zum ersten Mal das Gefühl, dass seine Worte richtig verstanden werden. Der Professor erklärt den Mitgliedern von

Kalabaw Massambas Lage. Sie beschließen, ihn nach Kräften zu unterstützen.

Professor Namioka lädt Massamba auch zu Vorlesungen der Fakultät für Internationale Studien der Meiji-Gakuin-Universität und zu Workshops des Instituts für Internationale Friedensforschung ein und fördert einen intensiven Austausch. Außerdem beginnt ab Februar 2010 in der Kalabaw ein Französisch-Lernzirkel mit Massamba als Lehrer, was ihm sehr viel Freude bereitet.

Im Dezember 2009 wird Massamba von der Einwanderungsbehörde zu einem überprüfenden Gespräch vorgeladen. Es ist bereits über ein Jahr vergangen.

Als ich meine Verwunderung darüber zum Ausdruck bringe, sagt Massamba leise: »Ich kenne Menschen, die noch viel länger warten mussten. Ich glaube, da habe ich noch Glück gehabt.«

Bei dem Überprüfungsgespräch beschleicht Massamba ein Gefühl der Angst. Die Verständigung mit dem zuständigen Beamten gelingt nicht gut. Er fragt sich, ob die japanische Französisch-Dolmetscherin seine Worte auch richtig übersetzt. Immer wieder wird er Dinge gefragt, die er längst erklärt hat. Das Gespräch dreht sich im Kreis. Im März 2010 erfährt er schließlich das Ergebnis. Seine Befürchtungen bestätigen sich. Sein Status als Flüchtling wird nicht anerkannt.

Massamba legt sofort Widerspruch ein und fordert eine erneute Prüfung des Antrags.

Es fällt mir schwer nachzuvollziehen, warum das Gespräch mit Massamba für die erneute Prüfung des Antrags erst am 16. November 2012 stattfindet. Zwei Jahre und acht Monate musste er darauf warten. Darüber hinaus ist dieselbe Dolmetscherin wie beim ersten Mal zugegen. Die chaotischen Wortwechsel machen ihn nervös.

Drei Monate später, am 7. Februar 2013 erfährt er endlich das Ergebnis der zweiten Prüfung, fünf Jahre nach seiner Ankunft in Japan. Aber auch der Einspruch wird abgelehnt. Er wird weiterhin nicht als Flüchtling anerkannt.

Ab dem Zeitpunkt, an dem Massamba die Ablehnung übermittelt wird, wird umgehend auch das Verfahren zu seiner zwangsweisen Abschiebung in sein Heimatland eingeleitet. Noch am selben Tag wird Massamba im Gebäude der Einwanderungsbehörde in Gewahrsam genommen.

Unterdessen weichen die Mitglieder von Kalabaw nicht davon ab, Massamba helfen zu wollen.

Auf ihre Initiative wird ein Verein zur Unterstützung des Flüchtlings Massamba (im Folgenden Unterstützungsverein) gegründet. Daran beteiligen sich verschiedene Vereinigungen und Organisationen wie das Refugee Empowerment Network REN und das Zentrum für Menschenrechte in Kanagawa, außerdem Professor Namioka und seine Studierenden sowie einige in Japan lebende Ausländer. Der Kreis der Unterstützer wird immer größer. Das zeigt, dass Massamba das Vertrauen und die Zuneigung vieler Menschen, denen er seit seiner Ankunft in Japan begegnet ist, gewonnen hat.

Am 26. April 2013, Massamba befindet sich noch in Gewahrsam, führt er mit dem von Kalabaw beauftragten Rechtsanwalt Hajime Kanbara als seinem Bevollmächtigten einen Prozess, in dem er die Aufhebung der Nichtanerkennung als Flüchtling fordert. Am 19. Juli desselben Jahres findet die erste öffentliche Gerichtsverhandlung am Landgericht Tokio statt, an der der inhaftierte Massamba nicht teilnehmen kann.

Erst am 16. August wird Massamba entlassen und vorläufig freigesprochen (Rechtsanwalt Kanbara bürgt für ihn, und der Unterstützungsverein bezahlt die Kaution). Das heißt, dass sich Massamba genau sechs Monate und zehn Tage in Gewahrsam befunden hat. Dass ihn die Mitglieder des

Unterstützungsvereins in der Zeit so oft besucht haben, hat die Aufseher der Abschiebehaft verwundert.

Insgesamt gibt es 13 öffentliche Gerichtsverhandlungen am Landgericht Tokio zu Massambas Fall. Der Prozess dauert vom Juli 2013 bis August 2015, also ganze zwei Jahre.

»Wovon haben Sie in dieser Zeit gelebt?«, frage ich. Denn nachdem Massamba vorläufig freigelassen worden ist, erhält er das Fürsorgegeld nicht mehr, das ihm vorher jeden Monat gezahlt worden war. Da er nur eine provisorische Aufenthaltsgenehmigung für die Zeit des Prozesses hat, darf er natürlich auch keine Arbeit aufnehmen.

»Die Mitglieder des Vereins haben mir auch dabei geholfen! Die ganze Zeit über haben sie mir zur Seite gestanden, mich sowohl finanziell als auch mit Lebensmitteln unterstützt«, erzählt mir Massamba in herzlichen Worten, die seine Dankbarkeit zeigen.

Wenn das alltägliche Leben eines Menschen nur durch die Hilfe anderer ermöglicht wird, denen er sich noch dazu sehr verbunden fühlt, wird er wohl umso mehr von inneren Qualen und Ohnmachtsgefühlen geplagt.

»Es war bestimmt hart für Sie während des Gerichtsprozesses?«

»Ja, das war es, vor allem, weil ich selbst nichts tun konnte. In meinem Innern herrschte totale Dunkelheit. Wenn ich auch eigentlich ruhig und gelassen bleiben wollte, quälte und grämte ich mich doch sehr, ich habe furchtbar darunter gelitten. Während der Haft bin ich immer wieder in mich gegangen. Doch ich habe nichts getan, was gegen das Gesetz verstößt. Ich war immer offen und ehrlich und habe kein einziges Mal gelogen. Warum nur musste ich das alles trotzdem erleben?«, fragt mich Massamba leise.

»Haben Sie nie daran gedacht, aufzugeben?«

»Ich stand kurz davor. Doch ich spürte, wie meine Stimmung sich wieder hob, wenn ich mit den Menschen von

Kalabaw sprach. So schöpfte ich wieder Mut. Sie haben mir Kraft und Hoffnung geschenkt.«

Das Urteil, das das Landgericht Tokio am 28. August 2015 verkündet, widerruft die Verfügung über die Nichtanerkennung als Flüchtling und spricht die Verpflichtung aus, Massamba als Flüchtling anzuerkennen. Damit bestätigt das Landgericht Tokio, dass Massamba die Wahrheit gesagt hat.

Der Staat legt keine Berufung ein. Damit gibt die Einwanderungsbehörde, das heißt das Justizministerium zu, den Fall nicht angemessen geprüft zu haben.

Der Prozess geht zu Ende, am 26. Oktober 2015 erledigt Massamba alle Formalitäten der Einwanderungsbehörde in Shinagawa und erhält endlich seine Aufenthaltskarte. Damit wird er endlich offiziell als Flüchtling anerkannt.

Dank der Vermittlung des Vereins zur Unterstützung von Geflüchteten lerne ich an einem Sonntag Mitte Juli 2016 in einem Café am Fuße des Fernsehturms Skytree im Stadtviertel Oshiage Massamba kennen und erfahre von ihm seine Geschichte. Er lebt jetzt in einer kleinen Wohnung hier in der Nähe. Da er die Berechtigung für einen Langzeitaufenthalt in Japan erhalten hat, kann er auch der Nationalen Krankenversicherung Japans beitreten. An fünf Tagen in der Woche besucht er nun einen Japanisch-Kurs, der vom Refugee Assistance Headquarters (RHQ) angeboten wird, einer Einrichtung, die vom japanischen Außenministerium gefördert wird. Massamba lässt mich in sein Notizbuch sehen, in das er in seiner sorgfältigen kleinen Schrift die japanischen Schriftzeichen der Hiragana- und der Katakana-Silbenschrift sowie einige einfache Kanji geschrieben hat. Massamba wird sich in Zukunft eine Arbeit suchen müssen, was bestimmt nicht einfach sein wird. »Ich war Lehrer, wissen Sie. Da ich auch Französisch spreche, wäre es gut, wenn ich eine Arbeit finden würde, bei der ich Französisch unterrichte«, meint Massamba. Seine leise Stimme wird von den Gesprächen und dem Gelächter der anderen Gäste im Café übertönt. »Ich werde

Japanisch lernen, bis ich die Sprache sicher beherrsche. Ich fände es gut, wenn ich zum Beispiel als Dolmetscher zu einem Vermittler zwischen den französischsprachigen Regionen Afrikas und Japan werden könnte. Afrika wird Japan künftig bestimmt noch viel mehr brauchen.«

Das sagt Massamba, der sieben Jahre auf seine Anerkennung als Flüchtling hat warten müssen. In unserem Gespräch bringt er jedoch kein einziges Mal Groll oder Wut gegenüber Japan über seine Lippen.

»Es gibt viele Menschen, die noch viel länger warten mussten als ich«, sagt er stattdessen. Nie bauscht er seinen Fall auf, seine Worte sind stets relativiert und objektiv.

Ich stelle ihm Fragen zu seiner Zeit im Gewahrsam der Einwanderungsbehörde in Shinagawa. »Haben die dortigen Beamten Sie fair behandelt? Haben Sie keine schlechten Erfahrungen machen müssen?«

Darauf antwortet er in der für ihn so typischen Art:

»Schlechte Erfahrungen? Ich habe keine Gewalttätigkeiten erlebt. Wenn ein Häftling die Regeln nicht einhielt, verloren die Aufseher manchmal die Geduld und wurden wütend. Aber das ist doch normal. Wenn wir nach Japan kommen, müssen wir auch die japanischen Gesetze einhalten.«

Wenn die Gesetze, denen er so viel Respekt entgegenbringt, nicht eingehalten werden, führt das zu einer Tragödie. Die Gesetze seines Heimatlandes konnten ihn nicht schützen. Deshalb musste er die Demokratische Republik Kongo verlassen. Und die japanischen Gesetze wurden zu einer hohen Mauer, die er nicht überwinden konnte. Nur mit Hilfe der Menschen des Vereins Kalabaw konnte er diese Mauer der Ungerechtigkeit nach sieben Jahren endlich überwinden.

Wir verlassen das Café, in dem wir unser Gespräch geführt haben, und laufen ein Stück zusammen. Als ich nach oben schaue, gerät unversehens der Skytree in meinen Blick.

»Sind Sie schon einmal da oben gewesen?«, frage ich.

Ein Lächeln zeigt sich auf Massambas Gesicht, er schüttelt den Kopf: »Kein einziges Mal.«

»Wenn man in seiner Nähe lebt, nimmt man ihn gar nicht bewusst wahr«, sage ich.

Ich verabschiede mich von Massamba und wende mich in Richtung Bahnhof Oshiage. Vielleicht liegt es daran, dass Sonntag ist, denn es zieht ungewöhnlich viele Menschen zu dieser Sehenswürdigkeit Tokios. Mir fallen Touristen aus aller Herren Länder auf.

Aber sind das überhaupt Touristen?

Würde ich Massamba nicht kennen und ihn hier erblicken, würde ich ihn wahrscheinlich auch für einen ganz normalen Touristen halten. Menschen in derselben Lage wie Massamba leben direkt neben uns. Wir sind uns dessen nur nicht bewusst.

Aus dem Leben des aufsehenerregenden Opfers

Ece Temelkuran

Aus dem Englischen von Beatrice Faßbender

Eigentlich sollte ich über eine geflüchtete Frau in Istanbul schreiben. Dann verschwand sie. Die meisten von ihnen verschwinden immer mal wieder. Kurz darauf musste ich selbst verschwinden. Deswegen bin ich nun Gegenstand dieses Textes, obwohl ich keine Geflüchtete bin, eher im selbstauferlegten Exil – oder scheinbar selbstauferlegt. Aber spielt die Terminologie überhaupt eine Rolle, wenn man ständig den Schmerz jener Syrerin fühlt, die bei ihrer Ankunft an der türkischen Küste im letzten Sommer zu einem Journalisten sagte: »Ich wünschte, ich wäre tot, dann wäre mein Stolz nicht gebrochen.«

Stolz ist eines der Grundbedürfnisse einer Exilantin oder einer Geflüchteten, für das das Opfer selbst sorgen muss. Kein Flüchtlingszentrum, keine NGO kann einem dabei helfen. Das merkt man, sobald man lernt, dass zu leben sehr viel komplizierter ist als nicht zu sterben.

Lässt sich die Tatsache, sein Zuhause verlassen zu müssen, überhaupt ehrenhaft bewältigen? Oder ist Stolz nur ein Luxusproblem derjenigen, die eloquent darüber jammern können? Was ist mit all jenen Exilanten, die nicht über so kunstvolle Worte verfügen wie ich? Aus ihnen werden Zahlen. Zahlen überqueren das Mittelmeer, und einige von ihnen, aber das nur nebenbei bemerkt, ertrinken darin. Die restlichen Zahlen schaffen es an Land. Seht her, hier sind sie! Überlebende Zahlen beantragen ihre »Papiere«. Jetzt müssen diese Zahlen leben. Sie müssen ihre Namen zurückerlangen.

Auf der Website des UNHCR gibt es eine Seite mit der Überschrift »Herausragende Geflüchtete«. Gerade einmal 20 Profile sind dort zu finden. Das heißt, dass alle anderen, tausende Namen, die im Ozean der Zahlen ertrunken sind, anonym bleiben, selbst wenn sie die Reise überlebt haben. Wer es heute schafft, das Mittelmeer zu überqueren, muss sich auf eine weitere schwierige Reise machen, um wieder ein Mensch zu werden.

Ich wundere mich, dass die Urlauber am Mittelmeer nicht von dem Gedanken verfolgt werden, am Strand möglicherweise auf eine Leiche zu treffen – einen jener Geflüchteten zu berühren, der keine Chance hatte, »herauszuragen«.

Ich bin keine Zahl. Mein Name steht auf Büchern in mehreren Sprachen. Die Leute fragen mich: »Was soll vor Ihrem Namen stehen? Autorin oder Autorin und Journalistin?« Doch ich bin jetzt ein auswendig gelernter Halbsatz: »die ihre Arbeit aufgrund politischer Unterdrückung verloren hat und die Türkei verlassen musste« und so weiter. Dieser Halbsatz, den ich mit mir herumschleppe, sagt angeblich das Wichtigste über mich aus, während ich den Rest von mir nur auf Wunsch einzelner, detailverliebter Enthusiasten nachlieferte.

*

Zeiten der Unterdrückung bringen den aufsehenerregenden Unterdrücker hervor und später das aufsehenerregende Opfer. Jetzt soll ich in die Schuhe jener Person schlüpfen, die »das Opfer« genannt wird. Es ist ein Vollzeitjob, eine niemals endende Darbietung. Wie eine Geflüchtete, die mit einem albernen Zettel in der Hand auf ein Stück Brot wartet, soll ich mich bereithalten, um meine Opferrolle immer dann zu spielen, wenn sie auf der intellektuellen Bühne gefragt ist. Dann muss ich eine Geschichte erzählen, aber nur die eine alberne Geschichte meiner Leiden, die ich wie einen Fahrschein in die zivilisierte Welt in der Hand halte. Die Rolle passt so wenig zu mir, dass ich bei einer Lesung im Londoner Front Line Club irgendwann einer Zuschauerin, die mich – gnädig wie der Papst, der den Armen die Füße wäscht – mit zusammengelegten Händen fragt: »Was also KÖNNEN WIR für Sie tun?«, dass ich dieser Zuschauerin antworte: »Ich komme mir vor wie ein Pandababy, das Sie über eine Website adoptieren wollen.«

Keiner lacht.

Das Opfer hat das Opfer zu sein und nichts anderes. Sonst kommt das Publikum noch durcheinander. Sei eine Zahl. Sei ein Halbsatz.

Ich erinnere mich an einen Mann aus Somalia, den ich in einem Flüchtlingslager an der tunesisch-libyschen Grenze kennengelernt habe. Gaddafi war gerade getötet worden, und ich war mitten in der Wüste, um diese Leute zu interviewen, die alle aus Schwarzafrika kamen. Ich stellte ihnen immer wieder dieselben Fragen: »Wieviel Wasser steht Ihnen pro Tag zur Verfügung?«, »Wieviel gibt man Ihnen zu essen?« und so weiter. Und dieser Mann lächelte das sarkastischste Lächeln, das ich je gesehen habe, und fragte mich in perfektem Englisch: »Sie ziehen die Möglichkeit, dass ich einen Lebenslauf haben könnte, gar nicht in Betracht, oder?« Er war so liebenswürdig und besonnen, mich freundlich anzulächeln, als er sah, wie sehr ich mich für meine Oberflächlichkeit schämte. Heute lächele ich die Leute im Publikum auf dieselbe Art an, wenn meine dummen Witze sie verwirren, die über das Klischee der leidenden Exilantin hinausgehen.

*

Inzwischen mache ich ganz normale Dinge, die ich früher nie gemacht habe. Im Supermarkt Billa in Zagreb verschenken sie kleine Aufkleber. Hat man genügend Aufkleber gesammelt, kann man eine Pfanne zum halben Preis kaufen.

Weder brauche ich eine Pfanne, noch habe ich die Geduld, Briefmarken zu sammeln. Zudem fehlte mir immer die Entschlossenheit, die es braucht, um solche Ambitionen zu verfolgen. Doch da ich mir vorgaukle, in ganz normalen Zeiten zu leben, mache ich das ganz Normale und kaufe mit den Aufklebern die Pfanne und die Eintrittskarte in die Mittelschicht gleich mit: die »Supermarkt-Treuekarte«. Jetzt bin ich nicht mehr nur ein Opfer. Ich bin ein angesehenes Mitglied der Billa-Supermarkt-Kundenclique. Die Karte bewahre ich im durchsichtigen Fach meiner Geldbörse auf, wo sie nun meinen türkischen Ausweis verdeckt. Bitte sehr, ich bin noch normaler als die meisten Normalen. Ich habe jetzt eine brandneue, leichtere Identität. Ich bin ein Billa-Mensch, keine Exilantin.

*

Einwohnerin der »Bildschirmnation« – das ist meine neue Identität. Dabei handelt es sich um eine Supranation mit Menschen aus chaotischen Ländern, die über die westlichen Staaten verteilt sind. Mit unseren flackernd blauen Gesichtern, die an den Bildschirmen von Computern, Fernsehern oder Smartphones kleben, sehen wir aus wie eine neue Generation keltischer Krieger. Physisch befinden wir uns in anderen Ländern, aber unser unstillbares Interesse gilt den Nachrichten aus unserer Heimat.

Im Fernsehen bringen sie Nachrichten aus der Türkei. Nach stundenlangem, konzentriertem Starren schaffe ich es endlich, mein Gesicht vom Bildschirm abzuwenden und mich mit einer Zigarette aus dem Fenster zu lehnen. Bauchabwärts befinde ich mich im Zimmer, bauchaufwärts in Zagreb. Ein zerstreuter Zauberer hat mich in zwei Hälften geschnitten und danach vergessen, meine Teile wieder zusammenzusetzen.

*

Eines der Dinge, die ich gerade lerne, ist, dass Arroganz das beste Heilmittel gegen gebrochenen Stolz ist. Wenn sie deinen Stolz brechen, trägst du jede Menge Arroganzsalbe auf und wirst schließlich jemand anderes, jemand, den du zu Hause vielleicht gehasst hättest. Ich weiß inzwischen, wie man die Wunden eines Menschen für Organe seines Körpers halten und sie unbewusst benutzen kann, als wären es gesunde Organe. Das hier ist eine Variante davon. Ich habe mir ein Organ hinzugefügt, eine plumpe Arroganzprothese, weil Arroganz das Einzige ist, was sie dir im Exil nicht zugestehen. Stets hast du so unterwürfig zu sein wie nie zuvor, weil du Hilfe brauchst. Ich aber beanspruche das Verbotene für mich und bin stattdessen arrogant. Das macht alle wütend, selbst die zartesten Seelen, die dir helfen wollen. Auch ich wäre wütend geworden, aber hier bin ich, auf der Suche nach einem Leben, das anders ist als das aller Exilanten, die jemals auf diesem Planeten umhergezogen sind. Ich sage: »Ich möchte lieber nicht« und erlebe ein Bartleby-artiges Exil, falls es das überhaupt gibt. Sie werden wütend, und früher oder später sagen sie es dir. Dann freue ich mich, denn Wut ist das einzige Gefühl, das dich davor bewahrt, in ihre »Opfer«-Schublade gesteckt zu werden. Und ja, ich weiß, dass es genauso dämlich ist wie die Aufkleber im Supermarkt. Dabei versuche ich nur – wie es vermutlich schon Millionen andere versucht haben –, einen anderen Weg zu finden. Ich nehme für mich eine bessere Niederlage in Anspruch.

*

Ich bin immer leidenschaftlich böse auf Walter Benjamin gewesen. »Du Trottel, wieso bist du erst so spät gegangen? Ein Genie wie du – wie konntest du, ich meine, wie konntest du das nicht vorhersehen?« Heute stelle ich diese Frage nicht mehr. Denn hier bin ich heute, im Ausland. Nicht zu spät, im Gegenteil, clever genug, sogar zu früh dran zu sein. Und trotzdem vergiftet man sich. Vielleicht nicht mit dem gleichen

Gift, mit dem Benjamin sich an der spanischen Grenze umgebracht hat, aber mit einer ganzen Reihe anderer. Manche Gifte sind unsichtbar.

In letzter Zeit geht mir Stefan Zweig, der 1942 Selbstmord beging, auf die Nerven. »Warum hast du nicht die Zähne zusammengebissen und es noch drei Jahre ausgehalten, bis alles vorbei war?« Dabei weiß ich es ja. Um im Exil zu überleben, schneidet man sich ein Stück aus dem Herzen. Dein Herz ist eine neue Skulptur, die sich nach dem Felsblock sehnt, aus dem sie stammt. Das Verlassen der Heimat ist unumkehrbar. Wenn sie dich ruft, fehlt deinem Herzen das eine Stück, mit dem du sie hören könntest. Ihre Stimme löst nur einen Phantomschmerz im fehlenden Stück aus, und du weißt, dass dein Herz nicht mehr heil ist.

Ich verstehe inzwischen, wie und weshalb sich jemand umbringen kann. Ich bin allerdings nicht der Typ dazu. Aus reiner Vorsicht nehme ich trotzdem mein Vitamin B. Das sind die neuen Antidepressiva, die ohne Rezept erhältlich sind, sehr praktisch im Exil.

⋆

Sämtliche Artikel, die ich für die internationale Presse schreibe, jeder einzelne, erscheint mit einem Foto des türkischen Präsidenten Erdoğan. Plötzlich sind wir ein Duo, wie Goliath und David oder Fred Astaire und Ginger Rogers. Sein Gesicht wird zum Gesicht meines Landes und mein Name ein untrennbarer Teil seines Gesichts in der Zeitung. Das finde ich irgendwie witzig. Nicht für mich, sondern für ihn. Obwohl ich mir recht sicher bin, dass er nicht lacht, wenn er liest, was ich schreibe.

⋆

Ich bin mir auch ziemlich sicher, dass alle Intellektuellen dieser Welt bald zu Flüchtlingen werden, wenn der politische Wahnsinn die Welt weiterhin in diesem Tempo überrennt. Ich höre mir Meryl Streeps Rede während der Golden Globe Awards an. Sie weint, als sie über die Rohheit und Grausamkeit von Trump spricht. Alle Menschen auf der Welt, die zu Gefühlen fähig sind, sind berührt. Auch ich. Und am nächsten Tag antwortet Trump, Meryl Streep sei »überbewertet«. Die Augen sind noch feucht von Streeps Rede, da erwischt uns diese vulgäre Reaktion eiskalt. Dieser Augenblick steht für das derzeitige Problem der Welt. Wir verlieren die fundamentale Übereinkunft, dass dein Gegenüber dir in menschlicher Sprache antworten wird, wenn du die Sprache der Menschen sprichst. Wie also kann man dieser Kollision der Werte entkommen? Wohin flüchtet man, wenn die ganze Welt beschließt, zum Bully zu werden? Wer ist Exilant, wenn alle Länder Zonen der Vulgarität werden? Bald werden wir alle Syrer sein.

*

Vor ein paar Jahren, als ich schon einmal mein Land verlassen musste, fragte ich mich: »Was ist ein Land?« Meine Antwort war, dass ein Land ein Tisch sei und das abstrakte Land das, was den Tisch umgibt. Das Land ist ein Moment. Es ist der Moment, wenn du einen Witz erzählst und deine Freunde ihn ohne Erklärung verstehen und lachen. Wenn jemand sagt, sie vermisse ihr Land, dann vermisst sie jenen Moment an diesem Tisch – nicht so sehr das riesige Land drumherum oder die Ewigkeit, die jenen Moment umgibt.

Jetzt mache ich meine Witze nervös, weil ich auf der endlosen Hochebene des Englischen herumkrauche. Es ist eine hinterhältige Sprache. Sie tut so, als würdest du sie beherrschen, und genau in dem Moment, in dem du dich sicher fühlst und dich entspannst, stellt sie dir ein Bein und piekst dich mit der

Spitze ihres Schwerts, um dich daran zu erinnern, dass du eine Gewöhnliche bist, die bei Hofe nicht akzeptiert werden wird, niemals. Meine Tischnachbarn sind ohnehin schon in alle möglichen Länder verstreut. Alle möglichen Länder, alle möglichen Schlangen im Supermarkt – immer sind sie allein, wenn sie darüber nachdenken, ob sie ja oder nein sagen sollen, wenn sie an der Theke gefragt werden: »Hätten Sie gern unsere Treuekarte?«

Die Menschen, die früher an meinem Tisch saßen, waren Künstler, Musiker, Schriftsteller und Schauspieler, die überall auf der Welt versuchen, den Alltag eines neuen Landes zu verstehen, während sie gleichzeitig überlegen, ob sie mithilfe der Kunst ihren Opferstatus zur Schau stellen sollen. Wir alle haben jetzt einen neuen Tisch in einem anderen Land. Meiner ist ein kleiner schwarzer Tisch, den ich bei Ikea gekauft habe. So wie Thor Heyerdahl damals die Kon-Tiki, habe ich ihn selbst gebaut. Heyerdahl und seine Freunde wollten beweisen, dass Menschen aus Südamerika irgendwann mit Balsaholzflößen nach Polynesien gesegelt sein könnten, um dort Kolonien zu bilden. Mit meiner Kon-Tiki, auf der ich die einzige Besatzung bin, versuche ich, einen Weg über die Wasser des Opferdaseins zu finden, ohne meinen Stolz zu beschädigen. Sollte ich es schaffen, wird es den Beweis erbringen, dass Menschen einst durch interessante Zeiten gereist sind und Kolonien auf der strahlenden Seite der Geschichte gebaut haben.

*

Wäre ich eine Geschichte, wären diese Tage meines Lebens vielleicht die beste Stelle gewesen. Aber ich bin ein Mensch. Wie bedauerlich.

Ewiger Transit

Artem Tschapa

Aus dem Russischen von Franziska Zwerg

Prolog: Ich bin nicht obdachlos

»Ich sehe doch nicht aus wie ein Stadtstreicher? Stimmt's?«, er schaut mir in die Augen.

Gerade hat er statt »Obdachloser« das herablassende Wort »Stadtstreicher« benutzt. Dabei ist er jetzt selbst einer. Hier, in Charkiw, ist er obdachlos.

Wir stehen am Busbahnhof und rauchen. Er zeigt mir Papiere, seine und die seines Sohnes. Der zehnjährige Junge sitzt auf einer schwarzen Sporttasche. Wo die Mutter des Jungen ist, weiß ich nicht, und fragen will ich nicht. In den Papieren steht, dass der Mann und der Junge aus Altschewsk kommen. Altschewsk wird derzeit von der »Volksrepublik Lugansk« kontrolliert.

»Wenn wir heute nicht nach Hause kommen, weiß ich nicht, wo wir übernachten sollen«, sagt der Mann.

Wir nehmen jeder einen Zug an der Zigarette.

Nein, wie ein typischer ukrainischer Obdachloser sieht er tatsächlich nicht aus, eher wie jemand aus dem Arbeitermilieu. Er ist 30, vielleicht 40 Jahre alt, genau lässt sich das nicht sagen. Er trägt schwarze, ausgetretene, aber saubere Schuhe, schwarze Jeans und eine leichte graue Jacke. Die Haare sind kurz geschnitten und zurückgekämmt. Schon lange war er nicht mehr beim Zahnarzt – in der Ukraine kann man den sozialen Status eines Menschen leicht an den Zähnen erkennen. Sein Gesicht ist sonnengebräunt: Den ganzen Sommer über hat er in Charkiw auf einer privaten Baustelle gearbeitet und Säcke mit Zement geschleppt. Kaum war die Trockenperiode zu Ende, war es auch mit der Arbeit vorbei.

Der Mann sieht genauso aus wie die anderen am Busbahnhof. Binnenflüchtlinge, die offiziell den Status von intern Vertriebenen haben, unterscheiden sich äußerlich durch nichts von anderen Menschen. In der Ukraine sind es ungefähr eine halbe Million, aber diese halbe Million ist unsichtbar: Die Umsiedler gehen in den Städten unter. Eine halbe Million Unsichtbarer. Auf ihren Gesichtern steht nicht geschrieben, dass sie vor dem Dauerbeschuss oder vor der Armut, einer Begleiterscheinung des Krieges, geflüchtet sind. Ihre genaue Zahl kann man nur schätzen. Menschenrechtler gehen davon aus, dass es mehr Binnenflüchtlinge gibt, als die offiziellen Zahlen angeben, denn nicht alle lassen sich registrieren. Gleichzeitig berichten die Umsiedler immer öfter, dass andersherum viele ihrer Bekannten zwar nach Hause zurückkehren, aber in den von der Regierung kontrollierten Gebieten registriert bleiben.

Der Mann aus Altschewsk und sein Sohn haben fast ein Jahr in Charkiw gelebt, können nun aber nicht länger bleiben. Es gibt nicht genügend Gelegenheitsjobs, um dauerhaft eine Wohnung mieten zu können. Jetzt wollen sie in ihre Heimatstadt zurückkehren, wo ihnen zumindest ihre Wohnung geblieben ist. Aber das Geld reicht nicht einmal für die Fahrkarten.

Der Vater bittet mich nicht um Geld – er holt zwei 200-Hrywen-Scheine hervor und zeigt sie mir. Die reichen aber nicht. Er bittet mich daher, ihnen die Fahrkarten nach Hause zu kaufen – und gibt mir alles, was er hat. Ich sehe den Schmerz in seinen Augen: Er ist es nicht gewöhnt, um etwas zu betteln, er fühlt sich erniedrigt. Erniedrigt vor sich selbst und vor seinem Sohn, der ihn von oben bis unten mustert.

Als westliche Journalisten nach dem Ausbruch des Krieges hierherkamen, baten einige die ansässigen Scouts, ihnen die »Flüchtlingslager« zu zeigen. Offenbar hatten sie die Vorstellung von riesigen Flächen mit Zelten, ähnlich denen, die man aus der Türkei oder dem Libanon für syrische Geflüchtete kannte. Aber in der Ukraine gab es so etwas nicht.

Die Menschen, die vor dem Krieg flohen, mieteten Wohnungen in Kramatorsk, Charkiw, Isjum, Kiew, Dnipro,

Saporischschja. Sie lebten bei Verwandten oder Bekannten. Wenn es nicht anders ging, zogen sie in Kinderferienlager oder in staatliche Bürogebäude, wohin ihnen von freiwilligen Helfern oder staatlichen Institutionen Möbel gebracht wurden. Weder äußerlich noch durch ihre Sprache unterschieden sich die Umsiedler von den Einheimischen. Oft waren sie selbst Einheimische: Die Mehrheit der Binnenflüchtlinge zog innerhalb der Grenzen des Verwaltungsgebiets von Donezk um, das zum Teil von der Regierung kontrolliert wird. Der andere Teil ist die offiziell nicht anerkannte »Volksrepublik Donezk«. Die zweitgrößte Zahl unfreiwilliger Umsiedler findet sich in der nächstgelegenen Metropole – im russischsprachigen Charkiw.

In Charkiw wurde im Januar 2015 das erste Transitstädtchen eröffnet, finanziert aus Mitteln der Deutschen Gesellschaft für Internationale Zusammenarbeit. Der Staat siedelt dort ausschließlich kinderreiche Familien, alleinstehende Mütter und Familien mit Behinderten an.

Zarenpalast
(März 2015)

»Können Sie mir sagen, wo das Umsiedlerstädtchen ist?«

»Was denn, so etwas soll es hier geben?«

»Ja, irgendwo hier in der Nähe.«

»Höre ich zum ersten Mal.«

Der Frühling lässt auf sich warten. Es ist kalt. Auf der Erde liegt feuchter Schnee. Ich habe einen Betrieb für Stahlbetonkonstruktionen und ein verlassenes Industriegebiet hinter mir gelassen, aber das Städtchen ist immer noch nicht zu sehen. Bislang hat es keine Adresse.

»Entschuldigen Sie, wissen Sie, wo das Umsiedlerstädtchen ist?«

»Dahin wollen Sie? Vielleicht können Sie was gebrauchen. Wir haben hier ein paar Decken.«

»…«

»Aber im Städtchen gibt es keine freien Plätze mehr.«

»Ah, das meinen Sie. Sehe ich aus wie ein Umsiedler?«

»Sie suchen doch eine Wohnung. Da dachte ich …«

»Nein, ich bin Journalist.«

»Ach so …«

»Was denn, sehe ich wie ein Flüchtling aus?«

»Hm. Wie sieht denn ein Flüchtling aus?«

»Stimmt.«

»Fragen Sie dort mal, was gebraucht wird. Wir haben warme Sachen.«

Das Städtchen liegt auf einem Ödland am Rand von Charkiw, an der Autobahn, die zum Flughafen führt. Bis zu den ersten Wohnhäusern sind es 500 Meter. Die Fläche von ungefähr einem Viertelhektar ist mit hellen Containern aus Metall und Kunststoff vollgestellt, in denen fast 400 Menschen leben. Auf der anderen Straßenseite befindet sich ein mit Unkraut überwuchertes Ödland, das die Charkiwer stellenweise als Gemüsegarten nutzen.

»Für uns ist das hier wie ein Zarenpalast«, sagt Ljudmila.

Trotz ihrer schwierigen Lebensumstände ist ihr lebensfroher Charakter spürbar.

Die 29-jährige Frau ist Mutter von drei Kindern. Das mittlere, ihr Sohn Maxim, hat das Downsyndrom. Wo immer seine Mutter geht, steht oder sich hinsetzt, der fünfjährige Junge klammert sich an ihr Bein.

In ihrer Heimat in Antrazyt lebten sie in einem zweistöckigen Wohnhaus. Die Hälfte der Wohnungen stand schon vor dem Krieg leer. Ein Plumpsklo gab es nur auf der Straße. Es gab kein fließendes Wasser – sie mussten es in Eimern von einem Brunnen holen. Geheizt wurde mit Steinkohle: Die Stadt Antrazyt ist nach der Anthrazitkohle benannt. Diese Kohle konnten sie zwar beziehen, aber nicht in Reinform. Um die Wohnung in der kalten Jahreszeit zu beheizen, musste Ljudmila jeden Tag vier Eimer Rohkohle per Hand verlesen.

»Hier in Charkiw haben wir sogar eine Dusche! Sie befindet sich zwar nicht hier, sondern im Nachbarhaus, und man muss anstehen, aber immerhin gibt es eine!«

Ljudmila führt ihren »Zarenpalast« vor. Während die Behausungen des Modulstädtchens im Wesentlichen nach dem Prinzip eines kommunalen Wohnheims aufgebaut sind – ein langer Flur mit vielen Türen zu den Zimmern –, haben Ljudmila, ihr Mann und die Kinder zwei getrennte, aber zusammenhängende Zimmer zugeteilt bekommen – wegen des behinderten Kindes, das manchmal Anfälle hat.

Ljudmila sitzt auf einem Stuhl, Maxim hält sie am Bein fest und jammert ab und zu, dann streichelt sie ihrem Sohn über den Kopf. Neonlampen, weiße Wände, Eisenbetten, Metallschränke wie in einer Schule oder einer Turnhalle. Und Leere, denn sie haben sich mitten im Januar nur mit ein paar Taschen in einem Minibus »Gazel« auf den Weg hierher gemacht. Um Fahrkarten zu kaufen, verhökerten sie ihre Mobiltelefone und die Haushaltstechnik. Sie fuhren über Russland, weil die Ukraine zu dieser Zeit die Kontrollposten entlang der Grenzlinie zu den Rebellen geschlossen hatte.

»Ich dachte, ich verliere den Verstand. Einen Passierschein für die Kontrollposten konnten wir nicht bekommen – den gab's nur in der Ukraine. Wir waren tagelang unterwegs, mit einem behinderten Kind. Der Fahrer hielt immer an, wenn es nötig war, ein netter Mann. Aber der kleine Bus war ja voll mit Leuten wie uns. Man will schließlich niemandem zur Last fallen.«

Auf ihrer Fahrt umfuhren Ljudmila und ihre Familie die Kontrollposten: Von Antrazyt ging es nach Russland, über Kamensk-Schachtinski, Woronesch, Belgorod – und dann zurück in die Ukraine, nach Charkiw.

»Als ich an der Grenze endlich die ukrainische Flagge sah, hätte ich fast geweint: Wir waren da.«

Es war nicht ihr erster Versuch wegzukommen. Als »das alles anfing« (die Umsiedler sprechen über den Krieg oft indirekt, euphemistisch, sie wollen ihn nicht bewerten), fuhr

Ljudmila ohne die Kinder schon einmal nach Charkiw, damals konnte sie aber keine Wohnung finden. Sie ließ sich aber registrieren – und als das Modulstädtchen eröffnet wurde, erhielt sie per Telefon eine Aufforderung des Zivilschutzministeriums.

Als »das alles anfing«, war Ljudmila wie die meisten ihrer Nachbarn zunächst auf der Seite der »Freischärler«. Alle sahen russisches Fernsehen, in dem nach dem Euromaidan der Machtwechsel in Kiew als Beginn einer faschistischen Junta dargestellt wurde. Damals nannten die russischen Fernsehsender die Gruppierung Prawyj Sektor (Rechter Sektor), die einige hundert Menschen zählte, fast häufiger als die die Russische Föderation regierende Partei Edinaja Rossija (Einiges Russland).

Später stimmten bei den ukrainischen Präsidentschaftswahlen für den von den Massenmedien hochgepuschten Anführer des »Prawyj Sektor« nur 0,7 Prozent. Man hätte über die russische Propaganda vom »Faschismus in der Ukraine« nur lachen können. Aber zu diesem Zeitpunkt war der Konflikt bereits entflammt, es gab auf beiden Seiten Tote, und damit auch reale Gründe für eine Feindschaft.

»Und dann lebte das alte Kosakentum auf, und es ging richtig los …«, erzählt Ljudmila.

Nachdem sie im Mai 2014 nur wegen der Krankheit ihres Kindes nicht zum sogenannten »Referendum« über die Autonomie der »Volksrepublik Lugansk« abstimmen gegangen war, in der sie damals einen Schutz vor dem »Faschismus« sah, änderte sie nach dem Auftreten kosakischer Organisationen schnell ihre Meinung.

»Jetzt ist bei uns das halbe Haus für die Ukraine, aber wir sprechen darüber untereinander nur im Flüsterton. Das könnte ja weitergetragen werden.«

Zu ihrem Weggang entschloss sich Ljudmilas Familie eigentlich nicht wegen des Krieges – in Antrazyt blieb es einigermaßen ruhig –, sondern wegen der Plünderungen, Erpressungen, weil den Nachbarn Autos und Wohnungen

»abgenommen« wurden, wegen der ständigen Auseinandersetzungen zwischen den Kosaken und der steigenden Armut: »Das Leben wurde unerträglich.«

Ljudmilas erster Mann, der Vater der beiden älteren Kinder, hatte sie vor fünf Jahren verlassen, gleich nach der Geburt des Sohns mit Downsyndrom. Zum Zeitpunkt ihres Umzugs ging ihr Exmann zur »Bürgerwehr der Volksrepublik Lugansk«.

Ihr zweiter Mann, Jewgeni, mit dem Ljudmila in das Transitstädtchen kam, hatte sein Geld in Antrazyt unter Tage verdient – in einem illegalen Bergwerk, in dem die Kumpel für »Schwarzgeld« arbeiten und niemand für ihre Sicherheit sorgt.

Während meines Besuchs in ihrem Container liegt Jewgeni die ganze Zeit mit dem Gesicht zur Wand und schweigt. Zunächst sagt Ljudmila mir, er sei krank. Ein wenig später aber erzählt sie, Jewgeni habe in den ersten Monaten nach ihrem Umzug Depressionen bekommen: Es fehlte an Geld, aber er konnte keine Arbeit finden.

»Im Supermarkt nebenan hing eine Anzeige: ›Aufsichtspersonal gesucht‹. Er ging hin, aber die schauten erstmal in seinen Pass, um festzustellen, wo er gemeldet ist. ›Gut, wir rufen Sie an.‹ Einen Tag später taten sie das auch: ›Sie sind für uns ungeeignet.‹ Und hinter der Hand: ›Der Chef hat gesagt, wir sollen keine Umsiedler nehmen. Er meint, die sind unzuverlässig, sie kündigen einen Monat später und fahren wieder nach Hause.‹«

Meine Tochter versteht das noch nicht (März 2015)

Und da ist Swetlana – sie hatte Glück mit der Arbeit und konnte als Reinigungskraft unterkommen. Ihr Gehalt beträgt 1 700 Hrywen – das entspricht 60 Euro.

Swetlana ist seit Ende 2014 in Charkiw, sie kam als eine der ersten in das Transitstädtchen. Als ich zum ersten Mal hierherkam und mit der Verwaltung sprach, putzte Swetlana gerade und bat mich einige Male zaghaft, mich woanders hinzusetzen. Man hatte ihr aufgetragen, alles blitzeblank zu putzen. Im Städtchen wurde hoher Besuch erwartet, immerhin die stellvertretende Bürgermeisterin von Charkiw.

Swetlana macht ihrem Namen alle Ehre: Sie strahlt. Die ruhige, blonde Frau mit grauen Augen ist 34 Jahre alt und lächelt freundlich, obwohl gerade ihre Heimatstadt zerbombt wurde.

Swetlana ist alleinerziehende Mutter und kam aus Uglegorsk zusammen mit ihrer siebenjährigen Tochter und ihrer Mutter, die schon mehrere Herzinfarkte erlitten hat. Zu Hause war Swetlana Feinbäckerin. Ihr Leben lang hatte sie Geld für eine Wohnung gespart, die sie dann erst ein paar Jahre vor dem Krieg gekauft hat.

»Im Herbst waren die Kämpfe scheinbar vorbei. Uglegorsk sollte weiter zur Ukraine gehören. Ich kaufte einer alten Frau aus der Nachbarschaft noch ganz billig eine Garage ab, obwohl ich kein Auto habe. Aber ich dachte, es ist für später«, sie lächelt über sich selbst. »Hätte ich das gewusst, hätte ich das Geld nicht angerührt.«

Als Ende 2014 klar war, dass die »Volksrepublik Donezk« zusammen mit der »Volksrepublik Lugansk« den von der Regierung kontrollierten strategischen Punkt Debalzewo in der Nähe von Uglegorsk angreifen würde, packte Swetlana die Sachen.

»Die Lehrerin meiner Tochter meinte: ›Ach, bei uns wird schon nichts passieren. Interessiert sich etwa irgendwer für Uglegorsk?‹«, erzählt Swetlana. »Und ich sagte zu ihr: ›Irgendwer schon.‹« Auf ihrem Gesicht liegt ein ironisches Lächeln.

Swetlana gelangte mit Mutter und Tochter in einem der letzten Züge nach Charkiw. Ein paar Tage später wurde der Verkehr eingestellt, und bald darauf begannen die Kämpfe, bei denen Uglegorsk schwerer beschädigt wurde als Debalzewo.

Sie verfolgte in den Nachrichten, was in ihrer Stadt geschah.

»Einmal sah ich auf YouTube ein Video, da verlassen mitten im Winter zwei Clochards Uglegorsk«, Swetlana bezeichnet mit diesem romantisch-exotischen Wort die Obdachlosen. »Sie gehen und ziehen einen Handwagen. Ein Journalist geht auf sie zu, um mit ihnen zu sprechen. Plötzlich sehe ich – das ist ja mein Neffe und noch ein anderer Verwandter!«

Wie sich später herausstellte, hatten sich beide nachts vor dem Beschuss in einem Keller versteckt. Am Morgen sollten sie gegen Bezahlung in einem Auto auf ukrainisches Gebiet gebracht werden. Vor Angst konnten sie nicht schlafen, erst gegen Morgen, als der Beschuss vorbei war, schliefen sie ein – und verschliefen. Der Fahrer kam zum Haus, hupte, aber sie hörten nichts und das Auto fuhr weg. Am nächsten Tag luden sie so viel wie möglich auf einen Handwagen und gingen zu Fuß nach Jenakijewe – weit in die »Volksrepublik Donezk« hinein, um möglichst von der Frontlinie wegzukommen.

»Und ich dachte, es sind irgendwelche Clochards. Sie hatten ganz schmutzige Gesichter vom Keller«, schmunzelt Swetlana.

Sie erzählt lange, ruhig, ausführlich und immer mit einem kleinen Lächeln im Gesicht. Als sie nach Charkiw kam, traf Swetlana in der Abteilung für sozialen Schutz auf eine gutherzige Frau, die aus eigener Initiative Betten in ihr Büro stellte, das natürlich eigentlich nicht zum Wohnen vorgesehen war. Dort, inmitten von Büros, Beamten und Besuchern lebte sie bis vor Kurzem mit ihrer Familie. Jetzt haben sie im Wohnheim zu dritt ein Zimmer.

»Meine Tochter versteht noch nicht, dass wir nirgendwohin zurückkehren können«, sagt Swetlana. »Ständig sagt sie: ›Und wenn wir dann zurückkommen, gehen wir dann wieder Pilze suchen?‹ Sie denkt viel an ihr Spielzeug.«

Swetlana wird still, dann sagt sie:

»Es war eine so ruhige Stadt, ich habe sie geliebt.«

Von ihren Gefühlen überwältigt, fängt sie auf einmal an zu schluchzen, bedeckt ihr Gesicht mit den Händen und kann lange nicht aufhören. Sie schnappt nach Luft, um sich zu beruhigen, will etwas sagen und weint wieder.

Die Unsichtbaren mit dem schlechten Ruf (2014–2016)

Rückblickend denke ich oft, dass Swetlanas Schluchzen der Hauptgrund war, warum ich mich mehr als ein Jahr lang vom Journalismus zurückgezogen habe. Da weint ein Mensch und zittert, und man sitzt daneben und weiß nicht, was man tun soll und ob man überhaupt etwas tun kann. Wäre ich eine Frau, hätte ich sie zumindest umarmen können. Doch ich saß bewegungslos da, kerzengrade, als wolle ich einen Stein herunterschlucken, und murmelte nur etwas wie: »Nun, ist ja gut ...«

Mit einem unbestimmten Schuldgefühl gegenüber Swetlana, Ljudmila und allen anderen Umsiedlern, die ich kannte, hörte ich auf zu schreiben: Ich kann vor ihrem Leben davonlaufen, sie können das nicht.

Es war einfach zu hart. Ich hatte früher mal ein Verhör erlebt, bei dem ich verprügelt wurde, dann war ich ein anderes Mal in den Beschuss eines Raketenwerfers geraten – aber ständig auf das Leid anderer zu treffen, erwies sich als schwerer.

Da steht eine 50-jährige Geigerin aus Lugansk in einer Schlange um Hilfe an und sagt mit niedergeschlagener Stimme zu einem Psychologen, dass Nehmen viel schwerer falle als Geben. Eine 60-jährige Frau erzählt, dass sie aus einer von der Regierung kontrollierten Stadt geflohen sei und deshalb kein Anrecht auf Hilfeleistungen habe. Dabei steht direkt neben ihrem Haus eine Armeeeinheit, und sie muss den Beschuss der Rebellen fürchten. Flüsternd, als verrate sie ein Geheimnis, sagt sie: »Mir ist doch völlig egal, wessen Granaten mich töten – schrecklich ist es in jedem Fall.« In Kramatorsk, das gerade von Rebellen beschossen wird, steht eine Rentnerin ebenfalls in einer Schlange nach Lebensmitteln an und weint leise, weil in genau diesem Moment auch ihr heimatliches Horliwka von der ukrainischen Armee beschossen wird. (Selbstverständlich bestreiten die ukrainischen Behörden, dass ihre Armee Wohnviertel beschießt, aber die Rebellen gehen hinter der Zivilbevölkerung in Deckung, um von dort die Stellungen der Armee anzugreifen. Und wenn die Armee die Stellungen der Rebellen beschießt, werden auch die Wohngebiete in Mitleidenschaft gezogen.) Eine steinalte Frau aus Lutuhyne flicht in einem unbeleuchteten Flur Tarnmasken für die Armee, wischt sich die Augen mit ihrem Handrücken und sagt: »Der Maidan hat die Familien wie ein Messer entzweigeschnitten. Ich spreche mit meiner Schwester schon seit einem halben Jahr nicht mehr.« Ein Umsiedler aus Donezk, ein vierschrötiger Mann, schaut zur Decke, damit ihm die Tränen nicht herunterlaufen, während er erzählt, dass er nicht mehr mit seinen Eltern redet.

Selbst den Freiwilligen, die sich mit tätigem Mitleid um die Binnenflüchtlinge kümmern, merkt man oft eine emotionale Überforderung an. Man versucht, die Hilfe zu bürokratisieren. Die Leiterin der Unterabteilung »Stanzija Charkiw« in Isjum, Marina Alfjorowa, erzählt: »Wir haben eine Psychologin für die Umsiedler, die benötigt jetzt selbst psychologische Hilfe. Die meisten unserer Freiwilligen sind auch Umsiedler, ständig sage ich ihnen: Gebt den Leuten, was auf der Liste steht, aber fragt nichts, kommt ihnen nicht zu nahe, bedauert niemanden. Das haltet ihr nicht aus.« Alfjorowa zeigt mir das Foto eines fünfjährigen Mädchens, das vor Kurzem aus dem Beschuss geholt wurde. Selbst auf dem Foto kann man dem Kind kaum in die Augen sehen.

Aus all dem gibt es kein Entrinnen. Kaum hat man einige Umsiedler kennengelernt, sieht man um sich herum schon wieder neue. Sie sind überall. Man ruft ein Taxi – das Auto hat eine Donezker Nummer, denn wenn man ein Auto besitzt, ist Taxifahren einer der wenigen Gelderwerbe, denen man unabhängig von seiner Qualifikation nachgehen kann. In einem Secondhandladen höre ich, wie eine Frau, während sie in alter Kleidung wühlt, per Mobiltelefon ihre Anmeldung erledigt und dann versucht, ihr Kind in einem Kindergarten unterzubringen. Bei meinem Sohn in der Tanzschule unterhalten sich zwei Eltern über die Lage in Donezk, sie nennen konkrete Straßen und Bezirke. Ich erfahre, dass ein Journalistenkollege in Lugansk gefoltert wurde, weil man ihn der Spionage verdächtigte. Meine Frau schickt einer Umsiedlerin getragene Kleidung kofferweise in das Verwaltungsgebiet von Tscherkassk – die Frau lebt vom Verkauf alter Sachen. Schließlich siedelt auch einer unserer engsten Freunde aus Donezk um, der Schriftsteller Vladimir Rafeenko.

Man trifft überall auf Diskriminierung und eine ablehnende Haltung gegenüber den Binnenflüchtlingen. Im Verwaltungsgebiet von Iwano-Frankiwsk etwa werden in den Medien Nachrichten von »Kerlen mit Goldketten« aus dem Donbas verbreitet, die man angeblich wegen flegelhaften Verhaltens gegenüber Hotelbesitzern ihrer Unterkunft verwiesen hat. Als ich dorthin komme, um darüber eine Reportage zu schreiben, erweist sich die Geschichte als reines Märchen. Ein Teenager aus Charkiw, der bei uns zu Gast ist, berichtet, dass immer mehr Fahrräder gestohlen werden, und obwohl es dafür keine Beweise gibt, ist er sich sicher, dass die Umsiedler daran schuld sind: In unserem Bezirk werden ständig die Autobatterien gestohlen, und als auch ich zum Opfer werde, ist mein Nachbar überzeugt, dass natürlich die Umsiedler daran schuld sind: Ja, ja, die ehemaligen Bergarbeiter hätten sich zu professionellen Dieben umschulen lassen. Zwar sind die Geflüchteten schon seit Jahren hier, die Situation hat sich jedoch erst in den letzten Monaten zugespitzt. Die Polizisten, an die ich mich wende, bringen das mit dem neuen »Sawtschenko-Gesetz« in Verbindung, durch das auf einen Schlag Tausende von Menschen, die vor dem Krieg inhaftiert waren, aus dem Gefängnis entlassen wurden.

Am häufigsten hört man aber, die Umsiedler seien »selbst schuld« an dem, was mit ihnen geschehen ist. Sie selbst hätten den Zorn der Raketen auf sich gelenkt. Ihretwegen lieferte Russland den Rebellen Waffen – darunter auch solche mit so einer Durchschlagskraft, dass man mit ihnen die Boeing des Flugs MH 17 abschießen kann. Wie der Umsiedler Rafeenko sarkastisch anmerkt, hätten die Bewohner des Donbas in dieser Logik »Putin herbeigeunkt«.

Was soll man dazu sagen, dass es sogar einige Bürger gibt, die die Binnenflüchtlinge beneiden? In einem Land, in dem nach Angaben der UNO ein Drittel der Menschen unterhalb der Armutsgrenze lebt, bekommen die Umsiedler vom Staat 400 Hrywen im Monat (das entspricht 13 Euro).

Transitstädtchen wie das von Charkiw gibt es mittlerweile auch in Saporischschja und in Dnipro. Über eines dieser Städtchen erschien in der ukrainischen Presse kürzlich ein Artikel, der seine Bewohner als deklassierte Elemente darstellt, die auf Kosten anderer leben. Das Städtchen selbst wird als »Ghetto« bezeichnet, als Ort, an dem sich ein Problem angesiedelt hat. Ein »Problem«, keine Menschen.

Einer der Mitarbeiter, die (aus der Ferne) die Abläufe im Modulstädtchen von Charkiw organisieren, erklärt mir, während ich an der Reportage arbeite:

»Ich spreche mit dir nicht als Vertreter einer Organisation, sondern sage dir, wie ich es persönlich sehe – und wie es tatsächlich ist«, hält er für notwendig zu ergänzen. »Ein Teil der Menschen dort arbeitet, aber das sind nur wenige. Die meisten sitzen einfach da und warten auf Hilfe. Die meinen, alle seien ihnen etwas schuldig. Die haben gar nicht vor, sich irgendwo zu integrieren.« Und dann benutzt er dasselbe Wort wie die Journalisten in ihrem Artikel: »Im Grunde ist das ein Ghetto.«

Verdrängung
(September 2016)

Das Städtchen am Rande von Charkiw ist mittlerweile Bestandteil des Finanzplans der örtlichen Behörden. Äußerlich sind nach anderthalb Jahren nur unbedeutende Veränderungen erkennbar: ein neuer Kinderspielplatz und ein blauer Gitterzaun, der das Gelände abgrenzt. Bis heute wird behauptet, das Städtchen sei für den »Transit« und für die »vorübergehende« Unterbringung von Binnenflüchtlingen gedacht. Aber die meisten Gesichter sind mir vertraut – es sind dieselben Menschen wie vor anderthalb Jahren. Vor einer der Baracken steht eine kleine Schlange. Es sind ausschließlich Frauen.

»Die Samariter von Charkiw verteilen Lebensmittelpakete«, erklärt Ljudmila. Sie lebt mit ihrer Familie immer noch hier. Ihr behinderter Sohn Maxim, der nun das Schulalter erreicht hat, ist in einer Spezialeinrichtung untergebracht, wo er zusammen mit Kindern unterrichtet wird, die ähnliche Probleme haben. Ihr Mann Jewgeni hat endlich Arbeit gefunden. In den Supermarkt, wo man ihn nicht nehmen wollte, ist er nicht mehr gegangen – auch wenn dort ständig ein Aushang freie Stellen anbietet. Stattdessen arbeitete er im städtischen Sicherheitsdienst und wurde dann Wachmann in einem benachbarten Einkaufszentrum. Er bekommt nun 3 500 Hrywen im Monat (das entspricht 120 Euro) und arbeitet alle drei Tage in einer 24-Stunden-Schicht.

»Meinem Mann gefällt es dort. Zwischen den Schichten verdient er noch etwas dazu. Nur sind hier die Kosten mittlerweile um ein Vielfaches gestiegen.« Ljudmila kommt damit gleich auf das wichtigste Thema, das alle hier beunruhigt. »Früher habe ich 600 Hrywen bezahlt, jetzt sind es 1 800.«

Die städtischen Behörden haben den Umsiedlern mitgeteilt, dass die Erhöhung mit den steigenden Preisen für die Nebenkosten zusammenhänge. Das, was die Umsiedler jetzt bezahlen müssen, kommt schon fast einer normalen Miete gleich. Sie ist aber immer noch geringer als die für eine Einraumwohnung in Charkiw – deshalb bleiben die Menschen hier. Viele im Städtchen befürchten allerdings weitere Kostensteigerungen. Und dazu haben sie allen Grund, denn nach inoffiziellen Angaben ist die Stadtverwaltung nämlich der Auffassung, die Menschen sollten aus dem Transitstädtchen verschwinden.

»Einige beneiden uns«, sagt Ljudmila. »Ich verstehe das: In Charkiw gibt es so viele Arme. Überall sind jetzt die Nebenkosten gestiegen. Das verstehe ich sehr gut! Aber uns zu beneiden? Wenn ich so was höre, sage ich nur: ›Ihr könnt wenigstens zu Hause leben!‹«

Ljudmila zahlt nun für zwei »zusätzliche« Plätze in ihrem Container. Falls sie das nicht tut, wird man in ihrem Raum eine weitere Familie einquartieren. Die Umsiedler sprechen von einer bevorstehenden »erhöhten Auslastung«.

»Können Sie sich das vorstellen? Mit fremden Menschen zusammenleben, und dann noch mit meinem Maxim? Hier hört man sowieso jedes Husten nebenan. Bei allen liegen längst die Nerven blank. Sie verstehen ja, die Menschen hier sind verschieden, nicht jedem fällt es leicht, sich einzugewöhnen.«

Nach Antrazyt will Ljudmilas Familie nicht zurückkehren. »Mein Mann war noch einmal dort, um unsere Sachen zu holen. ›Natürlich‹, sagt er, ›habe ich mich auf unser Bett gelegt, wollte mich ausruhen. Es war still, nebenan war niemand zu hören.‹ Immerhin sind es die vertrauten Wände. Aber zurückkehren? Wohin? Erstens erkenne ich diese Macht dort nicht an. Es gibt das Land Ukraine. Es gibt Russland. Aber Neurussland gibt es nicht. Und zweitens, haben Sie gehört, wie man die Umsiedler jetzt behandelt? Haben Sie das gehört, ja? Wenn eine Überprüfung stattfindet, und ich bin nicht hier, dann werden mir alle Zahlungen gestrichen. Ich würde das verstehen, wenn sie nur die ›Umsiedlergelder‹ streichen, das wäre gerecht. Aber man streicht den Leuten ja alles – die Altersrente, die Invalidenrente. Mir würde man noch dazu das Pflegegeld für mein behindertes Kind streichen. Obwohl ein Gerichtsurteil besagt, dass das verfassungswidrig ist … wir sind schließlich Bürger der Ukraine.«

Ljudmila sagt, sie wolle eine Wohnung in Charkiw mieten, aber erst im Frühjahr. Über Winter hat sie Angst, mit den Kindern irgendwohin umzuziehen.

Swetlana aus Uglegorsk hat die letzten anderthalb Jahre ebenfalls hier gelebt.

»Sie erinnern sich, dass ich als Reinigungskraft gearbeitet habe? Vor Kurzem habe ich gekündigt. Nachdem das Wohngeld erhöht wurde.«

Ihr Gehalt (1 700 Hrywen, in den letzten Monaten angehoben auf 2 000) deckte gerade so die Zahlungen für die Unterkunft im Städtchen (1 400 Hrywen). Auch Swetlana fürchtet eine »erhöhte Auslastung«, deshalb zahlt sie gewissenhaft. Jetzt sucht sie eine besser bezahlte Arbeit: »Immerhin bin ich ausgebildete Köchin. Und als Näherin habe ich auch schon gearbeitet. Ich mache mir keine Sorgen, ich finde schon einen Job.« Sie lächelt.

Das Problem ist nicht die Arbeit selbst, sondern die Zeiteinteilung, denn sie muss ihre Tochter um 14 Uhr von der Schule abholen. Und ihre alte Mutter kann kaum noch gehen und muss gepflegt werden.

Swetlanas Mutter kam vor Kurzem ins Krankenhaus. Ihr Zustand hatte sich nach dem letzten Infarkt und durch ihren Gelenkrheumatismus verschlechtert. Als er hörte, dass die Frau Umsiedlerin ist, lehnte der Chefarzt eine stationäre Behandlung ab: Die medizinische Versorgung ist in der Ukraine theoretisch kostenlos, aber praktisch muss ein Patient selbst alles kaufen, von den Medikamenten bis zu den Spritzen.

»Der Arzt dachte, weil meine Mutter Umsiedlerin ist, kann sie nicht zahlen.«

Erst als die Mutter drohte, sie habe die Telefonnummer von einer Beamtin der Stadt, gab der Arzt nach unter der Bedingung, dass die Familie im Voraus alle Medikamente zahlt. Swetlana nennt mir die Summe, die drei ihrer Monatsgehälter entspricht. Auf meine Frage, wie sie so viel mit einem Mal zahlen konnte, lächelt sie: »Wir einigten uns darauf, dass wir die Medikamente nach und nach kaufen, je nach Bedarf. Wir kriegen das hin.«

Swetlanas Tochter geht schon in die dritte Klasse. An ihr Zuhause in Uglegorsk denkt sie immer seltener. Sie kommt herein, setzt sich zu ihrer Mutter und hört uns zu. »Geben die Samariter schon aus?«, fragt Swetlana das Mädchen.

»Noch nicht, aber sie fangen wohl bald an«, antwortet ihre Tochter ungeduldig.

Ihre hellroten Haare sind zu einem Zopf gebunden. Sie hat Sommersprossen und helle Augen wie ihre Mutter. Das Kind schaut die Erwachsenen aufmerksam an, während sie zuhört.

»Gut, dann geh und stell dich in die Schlange«, schickt sie Swetlana fort.

Als die Tochter widerwillig gegangen ist, erzählt Swetlana: »Ich bin nach Hause gefahren. Unser Haus hat fünf Stockwerke, es ist aus Ziegeln gebaut. Das vierte und fünfte Stockwerk sind weg. Meine Wohnung liegt im ersten Stock, sie ist heil, nur die Fenster sind herausgeschlagen. Aber im Aufgang ist die Treppe kaputt, es ist gefährlich, dort hochzugehen. Nach dem Beschuss sind die Wasserleitungen geplatzt, alles wurde überflutet. Das Parkett ist aufgeschwemmt, an den Wänden sind Wasserflecken. Mein Bruder ist noch da. Ich habe ihm die Wohnung gezeigt. Er sagt, das kann man nicht reparieren.«

»Und das Haus Ihres Bruders wurde nicht zerbombt?«

»Doch«, auch jetzt huscht über Swetlanas Gesicht ein kleines Lächeln. »Aber nicht so schlimm. Und er wohnt im Villenviertel. Er bringt das jetzt in Ordnung.«

»Und zu ihm wollen Sie nicht?«

»Er hat drei Kinder«, schmunzelt sie. »Was soll er mit uns?«

Trotz der steigenden Preise für die Unterkunft im Transitstädtchen denkt Swetlana nicht daran, sich eine andere Wohnung zu suchen.

»Man weiß nicht, an wen man gerät. Wir haben keine Geldreserven – und wenn uns der Wohnungsbesitzer einen Monat später kündigt? Wohin gehen wir dann?«

Danksagung

Wir möchten uns bei den Autor*innen, Übersetzer*innen und den Lektor*innen bedanken, die die Intention des Projektes teilten und uns diese besonderen Texte aus acht Sprachen zukommen ließen. Ein besonderer Dank geht an Vera Michalski und die Fondation Jan Michalski, die unser Projekt so großzügig unterstützen. Wir bedanken uns für weitere Förderungen beim Auswärtigen Amt, bei der Heinrich-Böll-Stiftung, der Konrad-Adenauer-Stiftung, dem Institut Ramon Llull, der deutschen Botschaft in Nigeria und dem Japanischen Kulturinstitut Köln sowie dem International Cities of Refuge Network (ICORN) und dem UNHCR-Büro in Berlin für die kommunikative Unterstützung. Nicht zuletzt möchten wir allen Mitarbeiter*innen des internationalen literaturfestivals berlin danken, die an der Realisierung des Projekts und der Veröffentlichung dieses Buches mitgewirkt haben: Lucy Curzon, Uta Bieber, Tatjana Gridnev, Maria Röger, Tom Woweries, Andrea Shelton, Isabell Holl, Ibrahim Abdo und Bennet Hübbe.

Biografien

Autor*innen

Nora Bossong

Nora Bossong wurde 1982 in Bremen geboren und studierte Philosophie und Komparatistik in Leipzig und Rom. Von Bossong erschienen zahlreiche erfolgreiche Romane und Gedichtsammlungen, unter anderem *Webers Protokoll* (2009), *36,9°* (2015), *Rotlicht* (2017) und *Sommer vor den Mauern* (2011), für den sie den Peter-Huchel-Preis zugesprochen bekam. Außerdem gewann Bossong viele weitere Preise, beispielsweise den Kunstpreis der Stadt Berlin (2011) und den Roswitha-Preis (2016).

Abdi Latif Dahir

Der Journalist Abdi Latif Dahir wurde in Nairobi geboren, wuchs aber in der somalischen Hauptstadt Mogadischu auf. Dahir studierte an der US International University Africa in Nairobi und erhielt einen Master an der Columbia University. Er schreibt als freier Journalist mit *Quartz* zusammen, einem *digital native news outlet*, ein Guide für die neue globale Wirtschaft.

Andréa del Fuego

Die brasilianische Autorin wurde 1975 in São Paulo geboren, wo sie Philosophie studierte und bis heute lebt. Neben einer Reihe von Kinderbüchern und Kurzgeschichten sowie Beiträgen zu verschiedenen Anthropologien schrieb sie den Roman *Os Malaquias* (2010, dt. Geschwister des Wassers), der in zahlreiche Sprachen übersetzt und mit dem José-Saramago-Preis ausgezeichnet wurde. Ihr neuester Roman heißt *As Miniaturas* (2013).

Stella Gaitano

Stella Gaitano wurde 1979 in Khartum, Sudan, geboren und studierte Pharmazie an der Universität in Khartum. Ihre Kurzgeschichte »Ein See von der Größe einer Papaya« gewann den ersten Preis im Wettbewerb »Kreatives Schreiben im Sudan« (2003). Sie schreibt auf Arabisch und veröffentlichte zwei Sammlungen: *Zouhor Zabila* (2004, engl. Wilted Flowers) und *al-'Aouda* (2015, engl. The Return). Gaitano erhielt auch den Professor-Ali-El-Mek-Preis, Teil einer Ausschreibung des französischen Kulturzentrums in Kooperation mit der arabischen Zeitung *Al-Ayyam* (2001 und 2004).

Najat El Hachmi

Najat El Hachmi wurde 1979 in Marokko geboren und zog 1987 nach Spanien, wo sie ihren Abschluss in Arabistik an der Universität Barcelona erhielt. Ihr erster Roman *L'últim patriarca* (2008, dt. Der letzte Patriarch, erschienen bei Wagenbach) wurde 2008 mit dem Ramon-Llull-Preis und dem Prix Ulyssee ausgezeichnet und in elf Sprachen übersetzt. Für ihr aktuellstes Werk *La filla estrangera* (2015) erhielt sie den BBVA Sant Joan Novel Award und den Ciutat de Barcelona Catalan Fiction Award.

Mohammed Hanif

Mohammed Hanif wurde 1965 in Okara, Pakistan, geboren. Sein Romandebüt *A Case of Exploding Mangos* (2008, dt. Eine Kiste explodierender Mangos) wurde für den Man Booker Prize und den Guardian First Book Award nominiert und gewann den Commonwealth Writers' Prize. Sein 2011 veröffentlichter zweiter Roman *Our Lady of Alice Bhatti* wurde für den Wellcome Trust Book Prize und den DSC Prize for South Asian Literature nominiert. Er lebt in Karachi und ist Kolumnist für die Internationale *New York Times* und BBC Urdu. Er hat das Libretto für die Oper *Bhutto* geschrieben.

Abubakar Adam Ibrahim

Der Autor und Journalist wurde 1979 in Jos, Nigeria, geboren und veröffentlichte 2012 sein literarisches Debüt, die Kurzgeschichtensammlung *The Whispering Trees,* dessen Titelgeschichte auf der Shortlist des Caine Prize for African Writing stand. Sein erster Roman *Season of Crimson Blossoms* erschien 2015 und gewann den NLNG-Preis für nigerianische Literatur 2016, einer der höchstdotierten Literaturpreise der Welt.

Khaled Khalifa

Der Autor wurde 1964 in Aleppo geboren und lebt derzeit in Damaskus. Seinem Debütroman *Haris al-khadi'a* (engl. The Guard of Deception) von 1993 folgten *Dafatir al-Qurbat* (2000, engl. The Gypsies' Notebooks), *Madih al-karahiya* (2006, engl. In Praise of Hatred) und *La sakakin fi matabikh hadhihi al-madina* (2013, engl. No Knives in the Kitchens of this City). Er schaffte es 2008 und 2014 auf die Shortlist für den Internationalen Preis für Arabische Literatur und ist Gewinner der Naguib-Mahfouz-Medaille für Literatur.

Juan José Martínez d'Aubuisson

Der Anthropologe und Autor wurde 1986 in El Salvador geboren und forscht seit fast zehn Jahren über das Phänomen von Bandenkriminalität und dessen Auswirkungen in seinem Heimatland. Er verfasste literarische Berichte für verschiedene Medien und veröffentlichte 2010 das Buch *Las mujeres que nadie amó* (dt. Die Frauen, die niemand liebte), sowie 2015 das Sachbuch *Ver, oír y callar* (dt. Sehe, höre und sei still).

Amanda Michalopoulou

Amanda Michalopoulou wurde 1966 in Athen geboren und ist die Autorin von sieben Romanen und drei Kurzgeschichtensammlungen. Sie schreibt regelmäßig für die Zeitungen *Kathimerini* in Athen und den *Tagesspiegel* in Berlin. Sie hat den Internationalen Literatur-Preis der NEA in den USA und den Liveris Liver Price of the Independent Catalan Publishers für ihr Buch *Tha Ithela* (2008) gewonnen sowie den Preis der Athener Akademie für ihre Gedichtsammlung *Lamperi Mera* (2013, engl. Bright Day). Ihre Geschichten und Essays wurden in 14 Sprachen übersetzt.

Nils Mohl

Der 1971 in Hamburg geborene Autor veröffentlichte 2008 seinen Debütroman *Kasse 53*, gefolgt von *Ich wäre tendenziell für ein Happy End* (2009), eine Sammlung mit Kurzgeschichten, und vier weiteren Romane. *Es war einmal Indianerland* (2011) gewann den Jugendliteraturpreis 2012. Für seine Veröffentlichungen wurde er in der Folgezeit mehrfach ausgezeichnet und erhielt unter anderem den Literaturpreis der Stadt Hamburg und den Oldenburger Kinder- und Jugendbuchpreis.

Masatsugu Ono

Ono wurde 1970 in Japan geboren und promovierte an der Universität von Paris VIII in Literatur. Sein literarisches Debüt *Mizu ni Umoreru Haka* (2001, engl. The Water-Covered Grave) gewann 2001 den Asahi New Writers Award, sein zweiter Roman *Nigiyakana wann i seowareta fune* (2002, engl. Boat on a Choppy Bay) ein Jahr später den Mishima-Yukio-Preis. Ono veröffentlichte außerdem zahlreiche Erzählungen und Kurzgeschichten, einen weiteren Roman und den Kurzgeschichtenband *Kyunen-mae no inori* (2014, engl. A Prayer Nine Years Ago), für den er den Akutagawa-Preis gewann.

Ece Temelkuran

Eine der bekanntesten türkischen Autorinnen und politischen Kommentatorinnen, Ece Temelkuran, wurde 1973 in Izmir geboren und hat zwölf Bücher veröffentlicht, einschließlich des in 22 Sprachen übersetzten Buchs *Düğümlere Üfleyen Kadınlar* (2013, dt. Was nützt mir die Revolution, wenn ich nicht tanzen kann?). Ihre investigativen Reportagen über kontroverse Themen wurden mit zahlreichen Preisen ausgezeichnet, einschließlich des Preises der deutschen Bundesregierung für die Journalistin des Jahres (1996) und des Pen for Peace Award (2001). Ihr aktuellstes Buch *Türkiye: Çılgın ve Hüzünlü* (2016, engl. Turkey: The Insane and the Melancholy) wurde von der Kritik hochgelobt.

Artem Tschapa
Artem Tschapa wurde 1981 in der Ukraine geboren und arbeitet als Verleger eines Kindermagazins, als Übersetzer sowie als Reporter für das ukrainische Außenministerium. Nach seinem Debütroman *Awantjura* (2008, engl. An Adventure) folgten zahlreiche literarische Werke, unter anderem *Podorosh iz Mamajotoju v poschukach Ukraini* (2011, engl. Travels with Mamayota: In Search for Ukraine) und *Tscherwona zona* (2014, engl. The Red Zone). Seine Reportagensammlung *Wojna na tri bukwy* (2015, engl. War in Three Letters) über den Krieg in der Ukraine wurde für den International Kurt Schork Journalism Award nominiert.

Übersetzer*innen

Larissa Bender (Übersetzerin von Khaled Khalifa; Stella Gaitano) ist Literaturübersetzerin aus dem Arabischen, Arabischdozentin und Journalistin mit Schwerpunkt Syrien und arabische Literatur. Sie hat zwei Bücher über Syrien herausgegeben.

Beatrice Faßbender (Übersetzerin von Ece Temelkuran; Abubakar Adam Ibrahim), geboren in Reinbek, lebt in Berlin, wo sie als Lektorin, Redakteurin und Übersetzerin tätig ist. Sie hat unter anderem Gedichtbände von Jeffrey Yang und Altaf Tyrewala übersetzt; 2017 erscheint ihre Übersetzung der Essaysammlung *Vogelgeister* von Eliot Weinberger.

Marianne Gareis (Übersetzerin von Andréa del Fuego) studierte Lateinamerikanistik, Anglistik und Ethnologie. Seit 1989 übersetzt sie Literatur aus dem Portugiesischen und Spanischen, darunter Autor*innen wie José Saramago, Gonçalo M. Tavares, Joaquim Machado de Assis, Andréa del Fuego und Samanta Schweblin. 2014 wurde sie mit dem Straelener Übersetzerpreis der Kunststiftung NRW ausgezeichnet. Marianne Gareis lebt in Berlin.

Ursula Gräfe (Übersetzerin von Mohammed Hanif), Japanologin und Anglistin, lebt und arbeitet als Literaturübersetzerin in Frankfurt am Main. Mohammed Hanifs Romane *Eine Kiste explodierender Mangos* und *Alice Bhattis Himmelfahrt* wurden von ihr ins Deutsche übertragen. Außerdem übersetzt sie Werke anderer englischsprachiger und japanischer Autor*innen wie R. K. Narayan oder Haruki Murakami.

Birgit Hildebrand (Übersetzerin von Amanda Michalopoulou), in Regensburg geboren, hat nach einem Philologiestudium in München und Tübingen acht Jahre an der Deutschen Abteilung der Aristoteles-Universität in Thessaloniki gelehrt. Seit 1989 übersetzt sie neugriechische Literatur, vorwiegend Prosawerke. 2001 Deutsch-Griechischer Übersetzerpreis für Pavlos Matessis' *Tochter der Hündin*, 2014 Griechischer Staatspreis für die Übersetzung von Christos Ikonomous *Warte nur, es passiert schon was*. Sie lebt in Berlin.

Isabel Müller (Übersetzerin von Najat El Hachmi) wurde 1978 in Freiburg i. Br. geboren. Sie studierte Romanische Philologie (Spanisch, Französisch) und Latein in Jena, Paris und Berlin. 2010 promovierte sie an der LMU München mit einer Arbeit zu dem katalanischen Dichter Ausiàs March. Aktuell lehrt und forscht sie an der Ruhr-Universität Bochum und arbeitet nebenbei als freie Übersetzerin.

Heike Patzschke (Übersetzerin von Masatsugu Ono) ist Diplom-Sprachmittlerin Englisch/Japanisch und hat an der Humboldt-Universität zu Berlin auf dem Gebiet der modernen japanischen Literatur promoviert. Seit 1997 arbeitet sie als freiberufliche Dolmetscherin und Übersetzerin für Japanisch und unterrichtet als Lehrbeauftragte an verschiedenen Universitäten.

Gregor Runge (Übersetzer von Abdi Latif Dahir), geboren 1981, Studium am Deutschen Literaturinstitut Leipzig. Lebt als Literaturübersetzer in Berlin. Zuletzt erschienen: E. M. Forster, *Die Maschine steht still* (2016), F. Scott Fitzgerald, *Für dich würde ich sterben* (zusammen mit Melanie Walz und Andrea Stumpf).

Matthias Strobel (Übersetzer von Juan José Martínez d'Aubuisson), geboren 1967, Studium der Germanistik, Geschichte und Hispanistik in Tübingen, Leeds, Madrid und Hamburg. Seit 1999 Literaturübersetzer aus dem Spanischen (unter anderem Alfredo Bryce Echenique, Evelio Rosero, Alberto Barrera Tyszka, Federico Axat). 2014 Europäischer Übersetzerpreis Offenburg (Förderpreis). Er lebt mit seiner Familie in Berlin.

Franziska Zwerg (Übersetzerin von Artem Tschapa), geboren 1969, studierte in Berlin und Moskau Slawistik, Germanistik und Theaterwissenschaft. Sie übersetzte bislang unter anderem German Sadulajew, Wladimir Lortschenkow, Dina Rubina, Sergej Lebedew und Grigori Kanowitsch.

Herausgeber/in

Luisa Donnerberg wurde 1990 in Berlin geboren. Von 2010 bis 2014 studierte sie Philosophie, Spanische Philologie und Sozial- und Kulturanthropologie an der Freien Universität Berlin und an der Universidad Mayor Real y Pontificia de San Francisco Xavier de Chuquisaca in Sucre, Bolivien. Parallel zu ihrem Master in Philosophie an der Freien Universität Berlin wirkt sie in der freien Theatergruppe N.A.C.K.T. mit. Im Sommer 2016 bis Februar 2017 koordinierte sie das Projekt *Refugees Worldwide* der Peter-Weiss-Stiftung für Kunst und Politik e.V.

Ulrich Schreiber wurde 1951 in Solingen geboren. 1989 gründete er die Internationale Peter-Weiss-Gesellschaft, 1993 die Peter-Weiss-Stiftung für Kunst und Politik e.V. Seit 2001 leitet er das internationale literaturfestival berlin. Er ist Mitinitiator von Literaturfestivals im Ausland, darunter World Voices in New York (2005), das internationale Literaturfestival in Mumbai (2007) und das internationale Literaturfestival in Odessa (2015). Schreiber wurde für seinen »Beitrag zur Ausstrahlung der Künste und der Literatur in Frankreich und in der Welt« zum »Chevalier« des Ordre des Arts et des Lettres ernannt (2015).

Lesen Sie weiter …

Najat El Hachmi **Der letzte Patriarch** Roman

Ein bitterböser Abgesang auf das Patriarchat – und ein fesselnder Familienroman über drei Generationen, zwischen gestern und heute, zwischen der arabischen und der westlichen Welt. Temporeich und unterhaltsam, und dennoch ein Buch, das niemanden gleichgültig lässt.

Aus dem Katalanischen von Isabel Müller
Quart*buch*. Gebunden mit Schutzumschlag. 352 Seiten

Daniel Alarcón **Lost City Radio** Roman

Eine Frau, deren Stimme einem verwüsteten Land die Hoffnung zurückgibt, ein Kind ohne Eltern und die Geschichte einer entzweiten Liebe – »Lost City Radio« ist das großartige, universelle Porträt eines Landes zwischen Repression und Bürgerkrieg.

Aus dem Amerikanischen von Friederike Meltendorf
Quart*buch*. Gebunden mit Schutzumschlag. 320 Seiten

Ryad Assani-Razaki **Iman** Roman

Ein hochaktueller, aufwühlender Roman über das Leben dreier Straßenkinder in Afrika. Ein Buch über Freundschaft und Liebe, Hass und Verrat. Assani-Razaki zeigt unvergesslich, was Menschen dazu bewegen kann, alles hinter sich zu lassen und ihr Leben einem Boot zu überantworten, mit Kurs auf Europa.

Aus dem Französischen von Sonja Finck
WAT 750. 320 Seiten

Miguel Ángel Hernández **Fluchtversuch** Roman

Ein Künstler pfercht einen Afrikaner in eine Holzkiste und stellt ihn aus – die Kritiker sind begeistert. Doch danach ist der Eingesperrte wie vom Erdboden verschluckt. Der Student Marcos beginnt nachzuforschen und steckt mit seinem bösen Verdacht auch den Leser an: Kann Kunst tödlich sein?

Aus dem Spanischen von Jannike Marie Haar und Carsten Regling
Quart*buch*. Klappenbroschur. 256 Seiten

Politik bei Wagenbach

Susanne Schüssler (Hrsg.) Wetterbericht

68 und die Krise der Demokratie

Kein nostalgischer Rückblick auf 68: Wagenbach-Autoren untersuchen, was die momentane Krise der Demokratie mit 68 zu tun hat. Eine aktuelle Streitschrift.

Mit einer Liste der bei Wagenbach erschienenen Politik-Titel
Gebunden mit Schutzumschlag. 208 Seiten

Dennis Altman, Jonathan Symons Queer Wars

Erfolge und Bedrohungen einer globalen Bewegung

Die Homosexuellen-Bewegung konnte in den letzten Jahrzehnten enorme Erfolge verzeichnen, gleichzeitig wird sie vielerorts vehement bekämpft. Internationaler Aktivismus muss sich daher an denen orientieren, die dem größten Risiko ausgesetzt sind.

Mit einem Vorwort von Daniel Schreiber und aus dem Englischen von Hans Freundl
Klappenbroschur. 160 Seiten

Tillmann Löhr Schutz statt Abwehr

Für ein Europa des Asyls

Die täglichen Flüchtlingsdramen scheinen sich weit vor den Außengrenzen der Europäischen Union abzuspielen. Tillmann Löhr erklärt, wie eine Verbesserung der humanitären Lage schon in wenigen Schritten erreicht werden kann.

Originalausagabe. WAT 628. 96 Seiten

Wolfgang Kaleck Mit zweierlei Maß

Der Westen und das Völkerstrafrecht

Am 1. Juli 2017 wurde der Internationale Strafgerichtshof in Den Haag fünfzehn Jahre alt. Doch die Hoffnungen auf eine universale Strafverfolgung von Menschheitsverbrechen wurden enttäuscht. Die Praxis internationaler und nationaler Gerichte muss deswegen verändert werden.

Gebunden. 144 Seiten

WAT – Wagenbachs anderes Taschenbuch

Massimo Livi Bacci Planet und Mensch

Bevölkerungswachstum im 21. Jahrhundert

Massimo Livi Baccis Buch enthält ein klares Plädoyer: Politischer Wille und Gestaltungskraft, national und transnational, könnten bewirken, dass die rasante Bevölkerungsentwicklung im 21. Jahrhundert der Menschheit in der Summe Vorteile bringt.

Aus dem Italienischen von Enrico Heinemann
WAT 782. 208 Seiten

Claus Leggewie (Hrsg.), Wolfgang Stenke (Hrsg.)
André Gorz und die zweite Linke

Die Aktualität eines fast vergessenen Denkers

Der lange Brief von André Gorz an seine Frau Dorine kurz vor ihrem gemeinsamen Freitod machte ihn schlagartig weltberühmt. Seine hingegen weitgehend in Vergessenheit geratenen politischen Analysen sind in den gegenwärtigen politischen und ökonomischen Krisen gerade heute unverzichtbar.

Aus dem Französischen von Eva Moldenhauer
WAT 785. 176 Seiten

Ute Schaeffer Ukraine

Reportagen aus einem Land im Aufbruch

Um die Frage zu beantworten, was die Menschen in der Ukraine denken, sagen und fühlen, hat die Journalistin Ute Schaeffer eine Fülle an Material gesammelt. Statt den Fokus auf die militärische Auseinandersetzung zu legen, zieht sie quer durch das zersplitterte Land mit seinen ganz unterschiedlichen Regionen.

WAT 734. 160 Seiten